紅樓夢

原著 曹雪芹 高鶚

編撰 侯桂新

圖說 Classic 經典

A Dream of Red Mansions

好讀出

05

五 黛玉魂歸

導讀

千古文章紅樓夢

主編 侯桂新

《紅樓夢》一書，膾炙人口的章節甚多，著名的第二十三回「西廂記妙詞通戲語，牡丹亭艷曲警芳心」裏，有一段對於賈寶玉和林黛玉在陽春三月於桃花叢中共讀《西廂記》的細膩描寫，即是全書最經典的場景之一。書中寫道：

寶玉道：「好妹妹，若論你，我是不怕的。你看了，好歹別告訴人去。真真這是好文章！你看了，連飯也不想吃呢。」一面說，一面遞了過去。黛玉把花具且都放下，接書來瞧，從頭看去，越看越愛看，不過一頓飯工夫，將十六齣俱已看完。自覺詞藻警人，餘香滿口。雖看完了書，卻只管出神，心內還默默的記誦。

這種盡情陶醉渾然忘我的閱讀體驗，相信很多人在讀《紅樓夢》本身時已經享受過。說《紅樓夢》對千萬讀者具有令人無從抗拒的魅力乃至魔力，一點都不誇張。早在此書問世不久，「開談不說《紅樓夢》，讀盡詩書也枉然」

的美譽即在民間廣爲流傳，直至今日，兩百五十年來，閱讀《紅樓夢》的熱潮從未消退。可以說，一個沒有讀過《紅樓夢》，沒有曾經在某一個時期和賈寶玉、林黛玉、薛寶釵、史湘雲、晴雯、香菱……心心相印、同甘共苦過的現代中國人，不能算是接受過中國古典文學的啓蒙。

在家喻戶曉的中國四大古典小說名著裏，《水滸傳》、《三國演義》、《西遊記》都各有各的精彩，並因此在讀者群中擄獲著各自的擁躉；但毋庸置疑，無論就藝術性、思想性，還是作品在社會上產生的廣泛影響來看，《紅樓夢》都首屈一指。它常被譽爲中國古典小說的高峰，和莎士比亞《哈姆雷特》、但丁《神曲》、歌德《浮士德》、雨果《悲慘世界》等並立於世界文學之林。在全球範圍內，如果非要找出一部中文作品去競逐世界文學經典名著，這個名額非《紅樓夢》莫屬。

魯迅嘗言：「偉大也要有人懂。」儘管《紅樓夢》的超凡出衆早經公認，但要說出它到底好在哪裏，在哪些方面卓爾不群、獨一無二，卻是見仁見智，人言人殊。僅以其主題而言，被學者總結出來的據說就有三十多個。主題的豐富多義性常常是偉大作品的共性，因爲它決定了作品是永遠「說不完」的。不同的讀者可以讀出不同的《紅樓夢》，正如「有一千個讀者就有一千個哈姆雷特」，這話改用來形容《紅樓夢》或賈寶玉也不爲過。

在我看來，這部巨著最震撼人心之處，莫過於淋漓盡致地抒寫了青春的飛揚以及它的毀滅或喪失。這是一部不折不扣的「青春之歌」，字裏行間蕩漾著濃郁的詩情畫意和熱烈的少年情懷，然而書的結局卻是悲劇性的。而且，寶、黛、釵的愛情和人生悲劇與其說是肇因於封建禮教或經濟決定論的壓抑，不如說具有一種超越時代、地域和階級的必然性和永恆性。作爲全書的第一主人公，被賈府上下視若珍寶的賈寶玉尚且無法就人生道路和婚姻實現自由選擇，這凸顯出個人和社會規範之間永遠無法擺脫的衝突。對此，賈寶玉宣稱「女兒是水作的骨肉，男人是泥作的骨肉。我見了女兒，我便清爽；見了男子，便覺濁臭逼人」（第二回），從根本上否定在社會上占統治地位的男權文化，而把希望寄託於女性、確切地說是「正在混沌世界、天眞爛熳之時」的「女孩兒」即少女的身上。然而他悲哀地發現——

女孩兒未出嫁，是顆無價之寶珠；出了嫁，不知怎麼就變出許多的不好的毛病來，雖是顆珠子，卻沒有光彩寶色，是顆死珠了；再老了，更變得不是珠子，竟是魚眼睛了！分明一個人，怎麼變出三樣來？（第五十九回）

隨著人的成長以及社會化程度不斷加深，賈寶玉理想中的女性形象變得

越來越不純潔、不可愛。人不能不長大，不能不社會化，也就不能不滑入這種「一生三變」的悲劇性存在境況——這才是永恆的悲劇。對此，我們無能爲力。試看看我們身邊，曾經令《紅樓夢》作者痛心疾首、惆悵萬分的「成長變異」，難道不是每天都在上演、活生生的現實？因此，《紅樓夢》千年萬年之後，仍永遠不會過時。

然而，曹雪芹畢竟爲我們留下了一部《紅樓夢》，儘管殘缺，仍無與倫比，因爲我們借此得知，曾經有過一個大觀園，一個少男少女的理想家園，一個能夠安放青春夢幻的世外桃源。在洞悉了無比高潔純眞的少男少女情懷必將「無可奈何花落去」的殘酷現實後，曹雪芹以其卓越的想像力和生花妙筆，將青春的激情和美好凝固成永恆。

作爲一部長篇白話小說，《紅樓夢》的語言異常生動，尤其是人物對話，千載之下，如見其人，如聞其聲。由於《紅樓夢》涉及的中國傳統文化包羅萬象，加之時代的演變，今天的讀者要完全把它讀通，也並非易事。有鑑於此，爲了讓這部經典作品變得「好讀」，我們爲原文配上注釋、評點和插圖。注釋用於疏通文義，排除字面理解障礙；評點主要用來引導讀者從文學性的角度更好地欣賞作品；插圖則使閱讀形象化，可以拓展想像空間。本書注釋和評點吸收了衆多前輩學者的研究成果，插圖方面，更得到衆多優秀畫家慷慨授權，大力襄助，在此深表感謝！

最近幾十年來，單是《紅樓夢》原文各地就出版了上百個版本，然而像我們這樣融原典、注釋、評論、相關照片和名家繪圖於一爐的，似乎尚無先例。我們期待此典藏本能夠眞正成爲值得讀者珍藏的版本，讓他們一卷在手，盡覽《紅樓》精華！

本書對原典的選擇，前八十回以完整性最佳、較接近曹雪芹原著的抄本庚辰本《脂硯齋重評石頭記》爲底本，其中所缺第六十四回、第六十七回，以及後四十回，則以程偉元、高鶚所刻程甲本爲底本；以其他抄本和刻本爲參校本。底本不通處，酌情採用校本文字。關於前八十回與後四十回的兩分問題，個人以爲，只要一個人有著正常的文學鑑賞力並且忠實於自己的閱讀感受，不難發現其中確實存在著兩個作者、兩副筆墨，高鶚續寫的後四十回，與曹雪芹留下的前八十回，總體看來，是形似而神不似，相去甚遠。點出這一分別，留待讀者進入文本時細細體味。

最後，本書在編輯過程中得到王暢女士的幫助，她並撰寫了部分圖片說明，謹表謝意。

如何閱讀本書

精緻彩圖：

名家繪圖、相關照片等精緻彩圖，使讀者融入小說情境

詳細注釋：

解釋艱難字詞，隨文直書於奇數頁最左側，並於文中以※記號標號，以供對照

列出各回回目便於索引翻閱

第三回　金陵城起復賈雨村　榮國府收養林黛玉

卻說雨村忙回頭看時，不是別人，乃是當日同僚一案參革的號張如圭者。◎1他本係此地人，革後家居，今打聽得都中奏准起復舊員之信，他便四下裏尋情找門路，忽遇見雨村，故忙道喜。二人見了禮，張如圭便將此信告訴雨村，雨村自是歡喜，忙忙的敘了兩句，遂作別各自回家。冷子興聽得此言，便忙獻計，令雨村央煩林如海，轉向都中去央煩賈政。雨村領其意，作別回至館中，忙尋邸報※1看真確了。◎2

次日，面謀之如海。如海道：「天緣湊巧，因賤荊去世，都中家岳母念及小女無人依傍教育，前已遣了男女船隻來接，因小女未曾大痊，故未及行。此刻正思向蒙訓教之恩未經酬報，遇此機會，豈有不盡心圖報之理！但請放心，弟已預爲籌畫至此，已修下薦書一封，轉托內兄務爲周全協佐，方可稍盡弟之鄙誠。即有所費用之例，弟於內兄信中已注明白，亦不勞尊兄多慮矣。」雨村一面打恭，謝不釋口，一面又問：「不知令親大人現居何職？◎3只怕晚生草率，不敢驟然入都干瀆※2。」如海笑道：「若論舍親，與尊兄猶係同譜，乃榮公之孫。大內兄現襲一等將軍，名赦，字恩侯；二內兄名政，字存周，◎4現任工部員外郎，其爲人謙恭厚道，大有祖父遺風，非膏粱輕薄仕宦之流，故弟方致書煩托。否則，不但有污尊兄之清操，即弟亦不屑爲矣。」◎5雨村聽了，心下方信了昨日子興之言，於是又謝了林如海。如海乃說：「已擇了出月初二日小女入都，尊兄即同路而往豈不兩便？」雨村唯唯聽命，心中十分得意。如海遂打點禮物並餞行之事，雨村一一領了。

那女學生黛玉身體方愈，原不忍棄父而往；無奈他外祖母致意務去，且兼如海說：「汝父年將半百，

《增評補圖石頭記》第三回繪畫。（fotoe提供）

賈雨村依附林黛玉進京，依靠林如海和賈政的推薦，很快地進入官場，飛黃騰達起來。（朱士芳繪）

注

※1：我國最早的一種報紙，起於漢代，後世也用以稱政府官報，內容包括傳抄京都詔令、奏章和宮廷及政治新聞文件。

※2：冒犯。

評點

◎1.蓋言如鬼如蜮也，亦非正人正言。（脂硯齋）

◎2.曹雪芹寫賈雨村性格，可分兩個階段，一是野心勃勃，目空一切的少年時代，一是善於鑽營的官僚時代。（李辰冬）

◎3.補出小人歡人語。（脂硯齋）

◎4.二名二字皆頌德而來，與子興口中作證。（脂硯齋）

◎5.寫如海實寫政老，所謂此書有「不寫之寫」是也。（脂硯齋）

44

45

名家評點：

選收不同名家之評點，隨文橫書於頁面的下方欄位，並於文中以◎記號標號，以供對照

詳細圖說：

說明性和評點性的圖說，提供讓讀者理解

閱讀性高的原典：

將一百二十回原典分爲六大分冊，版面美觀流暢、閱讀性強

目錄

第八十一回

占旺相四美釣游魚　奉嚴詞兩番入家塾※1

且說迎春歸去之後，邢夫人像沒有這事，倒是王夫人撫養了一場，卻甚實傷感，在房中自己嘆息了一回。只見寶玉走來請安，看見王夫人臉上似有淚痕，也不敢坐，只在旁邊站著。王夫人叫他坐下，寶玉才捱上炕來，就在王夫人身旁坐了。王夫人見他呆呆的瞅著，似有欲言不言的光景，便道：「你又爲什麼這樣呆呆的？」寶玉道：「並不爲什麼，只是昨兒聽見二姐姐這種光景，我實在替他受不得。◎1雖不敢告訴老太太，卻這兩夜只是睡不著。我想咱們這樣人家的姑娘，那裏受得這樣的委曲。況且二姐姐是個最懦弱的人，向來不會和人拌嘴，偏偏兒的遇見這樣沒人心的東西，竟一點兒不知道女人的苦處。」說著，幾乎滴下淚來。王夫人道：「這也是沒法兒的事。俗語說的，『嫁出去的女孩兒潑出去的水』，叫我能怎麼

✣《增評補圖石頭記》第八十一回繪畫。（fotoe提供）

樣呢。」寶玉道：「我昨兒夜裏倒想了一個主意：咱們索性回明了老太太，把二姐姐接回來，還叫他紫菱洲住著，仍舊我們姐妹弟兄們一塊兒吃，一塊兒頑，省得受孫家那混賬行子的氣。等他來接，咱們硬不叫他去。由他接一百回，咱們留一百回，只說是老太太的主意。這個豈不好呢！」王夫人聽了，又好笑，又好惱，說道：「你又發了呆氣了，混說的是什麼！大凡作了女孩兒，終究是要出門子的，◎2嫁到人家去，娘家那裏顧得，也只好看他自己的命運，碰得好就好，碰得不好也就沒法兒。你難道沒聽見人說『嫁雞隨雞，嫁狗隨狗』，那裏個個都像你大姐姐作娘娘呢。況且你二姐姐是新媳婦，孫姑爺也還是年輕的人，各人有各人的脾氣，新來乍到，自然要有些扭別的。過幾年大家摸著脾氣兒，生兒長女以後，那就好了。你斷斷不許在老太太跟前說起半個字，我知道了是不依你的。快去幹你的去罷，不要在這裏混說。」說得寶玉也不敢作聲，坐了一回，無精打彩的出來了。憋著一肚子悶氣，無處可泄，走到園中，一逕往瀟湘館來。

剛進了門，便放聲大哭起來。黛玉正在梳洗才畢，見寶玉這個光景，倒嚇了一跳，問：「是怎麼了？和誰慪了氣了？」連問幾聲。寶玉低著頭，伏在桌子上，嗚嗚咽咽，哭得說不出話來。黛玉便在椅子上怔怔的瞅著他，一會子問道：「到底是別人和你慪了氣了，還是我得罪了你呢？」寶玉搖手道：「都不是，都不是。」黛玉道：

註

※1：占：占卜。旺相：旺盛、得時運。嚴詞：即父訓。

評點

◎1.如寶哥能體貼女子者能有幾人？（姚燮）
◎2.雖是無可奈何之言，卻無一句不入情入理。（姚燮）

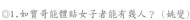

「那麼著為什麼這麼傷起心來？」寶玉道：「我只想著咱們大家越早些死的越好，活著眞眞沒有趣兒！」◎3黛玉聽了這話，更覺驚訝，道：「這是什麼話，你眞正發了瘋了不成！」◎4寶玉道：「也並不是我發瘋，我告訴你，你也不能不傷心。前兒二姐姐回來的樣子和那些話，你也都聽見看見了。我想人到了大的時候，為什麼要嫁？嫁出去受人家這般苦楚！還記得咱們初結『海棠社』的時候，大家吟詩作東道，那時候何等熱鬧。如今寶姐姐家去了，連香菱也不能過來，二姐姐又出了門子了，幾個知心知意的人都不在一處，弄得這樣光景。我原打算去告訴老太太接二姐姐回來，誰知太太不依，倒說我呆、混說，我又不敢言語。這不多幾時，你瞧瞧，園中光景，已經大變了。若再過幾年，又不知怎麼樣了。故此越想不由人不心裏難受起來。」黛玉聽了這番言語，把頭漸漸的低了下去，身子漸漸的退至炕上，一言不發，嘆了口氣，便向裏躺下去了。◎5

紫鵑剛拿進茶來，見他兩個這樣，正在納悶。只見襲人來了，進來看見寶玉，便道：「二爺在這裏呢麼，老太太那裏叫呢。我估量著二爺就是在這裏。」黛玉聽見是襲人，便欠身起來讓坐。黛玉的兩個眼圈兒已經哭的通紅了。寶玉看見道：「妹妹，我剛才說的不過是些呆話，你也不用傷心。你要想我的話時，身子更要保重才好。你歇歇兒罷，老太太那邊叫我，我看看去就來。」說著，往外走了。襲人悄問黛玉道：「你兩個人又為什麼？」黛玉道：「他為他二姐姐傷心；我是剛才眼睛發癢揉的，並

✣ 蘅蕪苑，寶釵在大觀園的住處。（趙塑攝於北京大觀園）

不爲什麼。」襲人也不言語，忙跟了寶玉出來，各自散了。寶玉來到賈母那邊，賈母卻已經歇晌，只得回到怡紅院。

到了午後，寶玉睡了中覺起來，甚覺無聊，隨手拿了一本書看。襲人見他看書，忙去沏茶伺候。誰知寶玉拿的那本書卻是《古樂府》※2，隨手翻來，正看見曹孟德※3「對酒當歌，人生幾何」一首，不覺刺心。因放下這一本，又拿一本看時，卻是《晉文》，翻了幾頁，忽然把書掩上，托著腮，只管痴痴的坐著。襲人倒了茶來，見他這般光景便道：「你爲什麼又不看了？」寶玉也不答言，接過茶來喝了一口，便放下了。襲人一時摸不著頭腦，也只管站在旁邊呆呆的看著他。忽見寶玉站起來，嘴裏咕咕噥噥的說道：「好一個『放浪形骸之外※4』！」襲人聽了，又好笑，又不敢問他，只得勸道：「你若不愛看這些書，不如還到園裏逛逛，也省得悶出毛病來。」那寶玉只管口中答應，只管出著神往外走了。

註

※2：古代樂府詩集名，元代左克明編輯。
※3：曹操，字孟德，東漢沛國譙（今安徽省亳縣）人。
※4：語出晉代王羲之《蘭亭序》。指縱情放任不受拘束。

評點

◎3.「……不如早死」等語，觸起黛玉心事，與前後文遙遙照應，通篇皆血脈貫通。（王希廉）
◎4.此眞情到無可轉處，非此不能眞悟，不能大悟。而黛玉且以爲發了瘋，他人又何知焉？（黃小田）
◎5.林妹妹到底是個中人。（姚燮）

一時走到沁芳亭，但見蕭疏景象，人去房空。又來至蘅蕪苑，更是香草依然，門窗掩閉。轉過藕香榭來，遠遠的只見幾個人在蓼溆一帶欄杆上靠著，有幾個小丫頭蹲在地下找東西。寶玉輕輕的走在假山背後聽著。只聽一個說道：「看他洑上來不洑上來。」好似李紋的語音。一個笑道：「好，下去了。我知道他不上來的。」這個卻是探春的聲音。一個又道：「是了，姐姐你別動，只管等著。他橫豎上來。」一個又說：「上來了。」這兩個是李綺、邢岫煙的聲兒。寶玉忍不住，拾了一塊小磚頭兒，往那水裏一撂，咕咚一聲，四個人都嚇了一跳，驚訝道：「這是誰這麼促狹？唬了我們一跳。」寶玉笑著從山子後直跳出來，笑道：「你們好樂啊，怎麼不叫我一聲兒？」探春道：「我就知道再不是別人，必是二哥哥這樣淘氣。沒什麼說的，你好好兒的賠我們的魚罷。剛才一個魚上來，剛剛兒的要釣著，叫你唬跑了。」寶玉笑道：「你們在這裏頑竟不找我，我還要罰你們呢。」大家笑了一回。寶玉道：「咱們大家今兒釣魚占占誰的運氣好。看誰釣得著就是他今年的運氣好，釣不著就是他今年運氣不好。咱們誰先釣？」

✣ 李紋、李綺、探春、岫煙、寶玉釣魚占運氣。（朱寶榮繪）

探春便讓李紋，李紋不肯。探春笑道：「這樣就是我先釣。」回頭向寶玉說道：「二哥哥，你再趕走了我的魚，我可不依了。」寶玉道：「頭裏原是我要唬你們頑，這會子你只管釣罷。」

探春把絲繩拋下，沒十來句話的工夫，就有一個楊葉竄兒※5吞著鉤子把漂兒墜下去，探春把竿一挑，往地下一撩，卻活迸的。待書在滿地上亂抓，兩手捧著，擱在小磁壇內清水養著。探春把釣竿遞與李紋。李紋也把釣竿垂下，但覺絲兒一動，忙挑起來，卻是個空鉤子。又垂下去，半晌鉤絲一動，又挑起來，還是空鉤子。李紋把那鉤子拿上來一瞧，原來往裏鉤了。李紋笑道：「怪不得釣不著。」忙叫素雲把鉤子敲好了，換上新蟲子，上邊貼好了葦片兒※6。垂下去一會兒，見葦片直沉下去，急忙提起來，倒是一個二寸長的鯽瓜兒※7。李紋笑著道：「寶哥哥釣罷。」寶玉道：「索性三妹妹和邢妹妹釣了我再釣。」岫煙卻不答言。只見李綺道：「寶哥哥先釣罷。」說著水面上起了一個泡兒。探春道：「不必盡著讓了。你看那魚都在三妹妹那邊呢，還是三妹妹快著釣罷。」李綺笑著接了釣竿兒，果然沉下去就釣了一個。然後岫煙也釣著了一個，隨將竿子仍舊遞給探春，探春才遞與寶玉。寶玉道：「我是要作姜太公※8的。」便走下石磯，坐在池邊釣

註

※5：一種在水面游動的淡水小魚，形狀細長似楊柳葉子。
※6：浮漂。
※7：小鯽魚。
※8：即呂尚，本姓姜，從其封姓「呂」，字子牙，東海人。有俗諺「姜太公釣魚，願者上鉤」。

姜尚（西周初）呂氏，名望，一說字子牙，通稱姜太公，齊國始祖。（fotoe提供）

起來，豈知那水裏的魚看見人影兒，都躲到別處去了。寶玉掄著釣竿等了半天，那釣絲兒動也不動。剛有一個魚兒在水邊吐沫，寶玉把竿子一幌，又唬走了。急的寶玉道：「我最是個性兒急的人，他偏性兒慢，這可怎麼樣呢。好魚兒，快來罷！你也成全成全我呢。」說得四人都笑了。一言未了，只見釣絲微微一動。寶玉喜的滿懷，用力往上一兜，把釣竿往石上一碰，折作兩段，◎[6]絲也振斷了，鈎子也不知往那裏去了。衆人越發笑起來。探春道：「再沒見像你這樣魯人。」

正說著，只見麝月慌慌張張的跑來說：「二爺，老太太醒了，叫你快去呢。」五個人都唬了一跳。探春便問麝月道：「老太太叫二爺什麼事？」麝月道：「我也不知道。就只聽見說是什麼鬧破了，叫寶玉來問，還要叫璉二奶奶一塊兒查問呢。」嚇得寶玉發了一回呆，說道：「不知又是那個丫頭遭了瘟了。」探春道：「不知什麼事，二哥哥你快去，有什麼信兒，先叫麝月來告訴我們一聲兒。」說著，便同李紋李綺岫煙走了。

* * *

寶玉走到賈母房中，只見王夫人陪著賈母摸牌。寶玉看見無事，才把心放下了一半。賈母見他進來，便問道：「你前年那一次大病的時候，後來虧了一個瘋和尙和

✣ 麝月。（《紅樓夢煙標精華》杜春耕編著，北京圖書館出版社提供）

✣ 瘋和尚。世人謂之瘋，卻想不到世事早已被他看穿。（《紅樓夢煙標精華》杜春耕編著，北京圖書館出版社提供）

個瘸道士治好了的。那會子病裏，你覺得是怎麼樣？」寶玉想了一回，道：「我記得得病的時候兒，◎7好好的站著，倒像背地裏有人把我攔頭一棍，疼的眼睛前頭漆黑，看見滿屋子裏都是些青面獠牙、拿刀舉棒的惡鬼。躺在炕上，覺得腦袋上加了幾個腦箍似的。以後便疼得任什麼不知道了。到好的時候，又記得堂屋裏一片金光直照到我房裏來，那些鬼都跑著躲避，便不見了。我的頭也不疼了，心上也就清楚了。」賈母告訴王夫人道：「這個樣兒也就差不多了。」

說著鳳姐也進來了，見了賈母，又回身見過了王夫人，說道：「老祖宗要問我什麼？」賈母道：「你前年害了邪病，你還記得怎麼樣？」鳳姐兒笑道：「我也不很記得了。但覺自己身子不由自主，倒像有些鬼怪拉拉扯扯要我殺人才好，有什麼，拿什麼，見什麼，殺什麼。自己原覺很乏，只是不能住手。」賈母道：「好的時候還記得麼？」鳳姐道：「好的時候好像空中有人說了幾句話似的，卻不記得說什麼來著。」賈母道：「這麼看起來竟是他了。他姐兒兩個病中的光景和才說的一樣。這老東西竟這樣壞心，寶玉枉認了他作乾媽。倒是這個和尚道人，阿彌陀佛，才是救寶玉性命

評點

◎6.釣竿，寶玉也；魚則眾美也。竿折魚散，終歸於空；此作者寓意，非徒寫釣魚。（黃小田）

◎7.或預伏在前，或補明在後，總不肯一直說盡，此等處最是作者所長。（姚燮）

你的，只是沒有報答他。」鳳姐道：「怎麼老太太想起我們的病來呢？」賈母道：「你問你太太去，我懶待說。」王夫人道：「才剛老爺進來說起寶玉的乾媽竟是個混賬東西，邪魔外道的。如今鬧破了，被錦衣府拿住送入刑部監，要問死罪的了，前幾天被人告發的。那個人叫作什麼潘三保，有一所房子賣與斜對過當舖裏。這房子加了幾倍價錢，潘三保還要加，當舖裏那裏還肯。潘三保便買囑了這老東西，因他常到當舖裏去，那當舖裏人的內眷都與他好的。他就使了個法兒，叫人家的內人便得了邪病，家翻宅亂起來。他又去說這個病他能治，就用些神馬紙錢燒獻了，果然見效。他又向人家內眷們要了十幾兩銀子。豈知老佛爺有眼，應該敗露了。這一天急要回去，掉了一個絹包兒。當舖裏人撿起來一看，裏頭有許多紙人，還有四丸子很香的香。正詫異著呢，那老東西倒回來找這絹包兒。這裏的人就把他拿住，身邊一搜，搜出一個匣子，裏面有象牙刻的一男一女，不穿衣服，光著身子的兩個魔王，還有七根朱紅繡花針。立時送到錦衣府去，問出許多官員家大戶太太姑娘們的隱情事來。所以知會了營※9裏，把他家中一抄，抄出好些泥塑的煞神，幾匣子鬧香※10。炕背後空屋子裏掛著一盞七星燈※11，燈下有幾個草人，有頭上戴著腦箍的，有胸前穿著釘子的，有項上拴著鎖子的。櫃子裏無數紙人兒，底下幾篇小賬，上面記著某家驗過，應找銀若干。得人家油錢香分也不計其數。」鳳姐道：「咱們的病，一準是他。我記得咱們病後，那老妖精向趙姨娘處來過幾次，要向趙姨娘討銀子，見了我，便臉上變貌變色，兩眼黧雞似的。我當初還猜疑了幾遍，總不知什麼原故。如今說起來，卻原來都是有因的。但只我在這裏當家，自然惹人恨怨，怪不得人治我。寶玉可和人有什麼仇呢，忍得下這樣毒手。」賈母道：「焉知不因我疼寶玉不疼環兒，竟給你們種了毒了呢。」王夫人道：「這老貨已經問了罪，決不好叫他來對證。沒有對證，趙姨娘那裏肯認賬。事情又大，鬧出來，外面也不雅，等他自作自受，少不得要自己敗露的。」賈母道：「你這話說的也是，這樣事，沒有對證，也難作準。只是佛爺菩薩看的眞，他們姐兒兩個，如今又比誰不濟了呢。◎8罷了，過去的事，鳳哥兒也不必提了。今日你和你太太都在我這邊吃了晚飯再過去罷。」遂叫鴛鴦、琥珀等傳飯。鳳姐趕忙笑道：「怎麼老祖宗倒操起心來！」王夫人也笑了。只見外頭幾個媳婦伺候。鳳姐連忙告訴小丫頭子傳飯：「我和太太都跟著老太太吃。」正說著，只見玉釧兒走來對王夫人道：「老爺要找一件什麼東西，請太太伺候了老太太的飯完了自己去找一找呢。」賈母道：「你去罷，保不住你老爺有要緊的事。」王夫人答應著，便留下鳳姐兒伺候，自己退了出來。

回至房中，和賈政說了些閑話，把東西找了出來。賈政便問道：「迎兒已經回去了，他在孫家怎麼樣？」王夫人道：「迎丫頭一肚子眼淚，說孫姑爺凶橫的了不

註

※9：指京師五城巡捕營。
※10：即悶香。一種焚之熏人能使人昏悶的香。
※11：指用來祭祀的油燈，燃有七個燈火。

評點

◎8.勢利財色總括此段，是療妒方結案。（張新之）

得。」因把迎春的話述了一遍。賈政嘆道：「我原知不是對頭，◎[9]無奈大老爺已說定了，教我也沒法。不過迎丫頭受些委曲罷了。」王夫人道：「這還是新媳婦，只指望他以後好了好。」說著，嗤的一笑。賈政道：「笑什麼？」王夫人道：「我笑寶玉，今兒早起特特的到這屋裏來，說的都是些孩子話。」賈政道：「他說什麼？」王夫人把寶玉的言語笑述了一遍。賈政也忍不住的笑，因又說道：「你提寶玉，我正想起一件事來。這小孩子天天放在園裏，也不是事。生女兒不得濟，還是別人家的人；生兒若不濟事，關係非淺。前日倒有人和我提起一位先生來，學問人品都是極好的，也是南邊人。但我想南邊先生性情最是和平，咱們城裏的孩子，個個踢天弄井，鬼聰明倒是有的，可以搪塞就搪塞過去了，膽子又大，先生再要不肯給沒臉，一日哄哥兒似的，沒的白耽誤了。所以老輩子不肯請外頭的先生，只在本家擇出有年紀再有點學問的請來掌家塾。如今儒大太爺雖學問也只中平，但還彈壓的住這些小孩子們，不至以顢頇※[12]了事。我想寶玉閑著總不好，不如仍舊叫他家塾中讀書去罷了。」王夫人道：「老爺說的很是。自從老爺外任去了，他又常病，竟耽擱了好幾年。如今且在家學裏溫習溫習，也是好的。」賈政點頭，又說些閑話，不提。

且說寶玉次日起來，梳洗已畢，早有小廝們傳進話來說：「老爺叫二爺說話。」寶玉忙整理了衣服，來至賈政書房中，請了安站著。賈政道：「你近來作些什麼工課？雖有幾篇字，也算不得什麼。我看你近來的光景，越發比頭幾年散蕩了，況且每每聽見你推病不肯念書。如今可大好了，我還聽見你天天在園子裏和姐妹們頑頑笑笑，甚至和那些丫頭們混鬧，把自己的正經事，總丟在腦袋後頭。就是作得幾句詩詞，也並不怎麼樣，有什麼稀罕處！比如應試選舉，到底以文章為主，你這上頭倒沒有一點兒工夫。我可囑咐你：自今日起，再不許作詩作對的了，單要習學八股文章。限你一年，若毫無長進，你也不用念書了，我也不願有你這樣的兒子了。」◎10遂叫李貴來，說：「明兒一早，傳茗煙跟了寶玉去收拾應念的書籍，一齊拿過來我看看，親自送他到家學裏去。」喝命寶玉：「去罷！明日起早來見我。」寶玉聽了，半日竟無一言可答，因回到怡紅院來。

襲人正在著急聽信，見說取書，倒也歡喜。獨是寶玉要人即刻送信與賈母，欲叫攔阻。賈母得信，便命人叫過寶玉來，告訴他說：「只管放心先去，別叫你老子生氣。有什麼難為你，有我呢。」寶玉沒法，只得回來囑咐了丫頭們：「明日早早叫我，老爺要等著送我到家學裏去呢。」襲人等答應了，同麝月兩個倒替著醒了一夜。

次日一早，襲人便叫醒寶玉，梳洗了，換了衣服，打發小丫頭子傳了茗煙在二門上伺候，拿著書籍等物。襲人又催了兩遍，寶玉只得出來過賈政書房中來，先打聽「老爺過來了沒有？」書房中小廝答應：「方才一位清客相公請老

註

※12：糊塗。

評點

◎9.政老之言是矣。然何以至今日方為此言也？（姚燮）

◎10.可見「詩禮傳家」，在賈政身上也是斷了詩的一脈的，而只剩下了「禮」了！在這方面，我們不得不承認，賈政，眞是這公爺府的唯一繼承人了。他端方正派，忠君孝親，處處循規蹈矩，不越雷池一步。他何嘗不想用他所信奉的封建倫理教條，來規範自己的家族成員，以延續這「鐘鳴鼎食之家，詩書翰墨之族」的世澤。可賈敬、賈赦都是他的老兄，他只能對他們的胡混和胡作非為，視而不見；賈珍雖是他的子侄，卻忝為族長，他也約束不著，甚至連「勸解」也不採納一句；他無能理家，卻把管理家務的權力交給了侄子賈璉和侄媳婦王熙鳳，一任他們揮霍營私，他又怎能治家有方呢！無力回天，左右支絀，處處碰壁，不順心，不順氣，造成了他精神上的極大壓力。……於是，他把這淤積太久的悲憤，都傾瀉在那「不成材」的兒子賈寶玉身上了。（李希凡）

爺回話，裏邊說梳洗呢，命清客相公出去候著去了。」寶玉聽了，心裏稍稍安頓，連忙到賈政這邊來。恰好賈政著人來叫，寶玉便跟著進去。賈政不免又囑咐幾句話，帶了寶玉上了車，茗煙拿著書籍，一直到家塾中來。◎11

早有人先搶一步回代儒說：「老爺來了。」代儒站起身來，賈政早已走入，向代儒請了安。代儒拉著手問了好，又問：「老太太近日安麼？」寶玉過來也請了安。賈政站著，請代儒坐了，然後坐下。賈政道：「我今日自己送他來，因要求托一番。這孩子年紀也不小了，到底要學個成人的舉業，才是終身立身成名之事。如今他在家中只是和些孩子們混鬧，雖懂得幾句詩詞，也是胡謅亂道的；就是好了，也不過是風雲月露，與一生的正事毫無關涉。」代儒道：「我看他相貌也還體面，靈性也還去得，爲什麼不念書，只是心野貪頑？詩詞一道，不是學不得的，只要發達了以後，再學還不遲呢。」賈政道：「原是如此。目今只求叫他讀書、講書、作文章。倘或不聽教訓，還求太爺認眞的管教管教他，才不至有名無實的白耽誤了他的一世。」說畢，站起來又作了一個揖，然後說了些閑話，才辭了出去。代儒送至門首，說：「老太太前替我問好請安罷。」賈政答應著，自己上車去了。

代儒回身進來，看見寶玉在西南角靠窗戶擺著一張花梨小桌，右邊堆下兩套舊書，薄薄兒的一本文章，叫茗煙將紙墨筆硯都擱在抽屜裏藏著。代儒道：「寶玉，我聽見說你前兒有病，如今可大好了？」寶玉站起來道：「大好了。」代儒道：「如今

✣賈政帶著寶玉再入家塾，求賈代儒好好管教管教。（朱寶榮繪）

論起來，你可也該用功了。你父親望你成人懇切的很。你且把從前念過的書，打頭兒理一遍。每日早起理書※13，飯後寫字，晌午講書，念幾遍文章就是了。」寶玉答應了個「是」，回身坐下時，不免四面一看。見昔時金榮輩不見了幾個，又添了幾個小學生，都是些粗俗異常的。忽然想起秦鐘來，如今沒有一個作得伴說句知心話兒的，心上淒然不樂，卻不敢作聲，只是悶著看書。代儒告訴寶玉道：「今日頭一天，早些放你家去罷。明日要講書了。但是你又不是很愚夯的，明日我倒要你先講一兩章書我聽，試試你近來的工課何如，我才曉得你到怎麼個分兒上頭。」說得寶玉心中亂跳。欲知明日聽解何如，且聽下回分解。

註

※13：溫書。

評點

◎11.寶玉再入家塾學作八股，爲後來中舉地步。（王希廉）

第八十二回

老學究講義警頑心　病瀟湘痴魂驚惡夢

話說寶玉下學回來，見了賈母。賈母笑道：「好了，如今野馬上了籠頭了，去罷，見見你老爺，回來散散兒去罷。」寶玉答應著，去見賈政。賈政道：「這早晚就下了學了麼？師父給你定了工課沒有？」寶玉道：「定了。早起理書，飯後寫字，晌午講書念文章。」賈政聽了，點點頭兒，因道：「去罷，還到老太太那邊陪著坐坐去。你也該學些人功道理，別一味的貪頑。晚上早些睡，天天上學早些起來。你聽見了？」寶玉連忙答應幾個「是」，退出來忙忙又去見王夫人，又到賈母那邊打了個照面兒。

趕著出來，恨不得一走就走到瀟湘館才好。剛進門口，便拍著手笑道：「我依舊回來了！」猛可裏倒唬了黛玉一跳。紫鵑打起簾子，寶玉進來坐下。黛玉道：「我恍惚聽見你念書去了。這麼早就回來

✣《增評補圖石頭記》第八十二回繪畫。（fotoe提供）

了？」寶玉道：「噯呀，了不得！我今兒不是被老爺叫了念書去了麼，心上倒像沒有和你們見面的日子了。好容易熬了一天，這會子瞧見你們，竟如死而復生的一樣，眞眞古人說『一日三秋※1』，這話再不錯的。」黛玉道：「你上頭去過了沒有？」寶玉道：「都去過了。」黛玉道：「別處呢？」寶玉道：「沒有。」黛玉道：「你也該瞧瞧他們去。」寶玉道：「我這會子懶待動了，只和妹妹坐著說一會子話兒罷。老爺還叫早睡早起，只好明兒再瞧他們去了。」黛玉道：「你坐坐兒，可是正該歇歇兒去了。」寶玉道：「我那裏是乏，只是悶得慌。這會子咱們坐著才把悶散了，你又催起我來。」黛玉微微的一笑，因叫紫鵑：「把我的龍井茶給二爺沏一碗。二爺如今念書了，比不的頭裏。」紫鵑笑著答應，去拿茶葉，叫小丫頭子沏茶。寶玉接著說道：「還提什麼念書，我最厭這些道學話。更可笑的是八股文章，拿他誆功名混飯吃也罷了，還要說代聖賢立言。好些的，不過拿些經書湊搭湊搭還罷了；更有一種可笑的，肚子裏原沒有什麼，東拉西扯，弄的牛鬼蛇神，還自以爲博奧。這那裏是闡發聖賢的道理。目下老爺口口聲聲叫我學這個，我又不敢違拗，你這會子還提念書呢。」黛玉道：「我們女孩兒家雖然不要這個，但小時跟著你們雨村先生念書，也曾看過。內中也有近情近理的，也有清微淡遠的。那時候雖不大懂，也覺得好，不可一概抹倒。況且你要取功名，這個也清貴些。」寶玉聽到這裏，覺得不甚入耳，因想黛玉從來不

註

※1：語出《詩經．王風．采葛》：「一日不見，如三秋兮。」意謂一天不見面，就像離別了三年，喻思慕心切。

✣龍井茶及茶具。（許旭芒提供）

是這樣人，怎麼也這樣勢欲薰心起來？又不敢在他跟前駁回，只在鼻子眼裏笑了一聲。正說著，忽聽外面兩個人說話，卻是秋紋和紫鵑。只聽秋紋道：「襲人姐姐叫我老太太那裏接去，誰知卻在這裏。」紫鵑道：「我們這裏才沏了茶，索性讓他喝了再去。」說著，二人一齊進來。寶玉和秋紋笑道：「我就過去，又勞動你來找。」秋紋未及答言，只見紫鵑道：「你快喝了茶去罷，人家都想了一天了。」秋紋啐道：「呸，好混賬丫頭！」說的大家都笑了。寶玉起身才辭了出來。黛玉送到屋門口兒，紫鵑在臺階下站著，寶玉出去，才回房裏來。

卻說寶玉回到怡紅院中，進了屋子，只見襲人從裏間迎出來，便問：「回來了麼？」秋紋應道：「二爺早來了，在林姑娘那邊來著。」寶玉道：「今日有事沒有？」襲人道：「事卻沒有。方才太太叫鴛鴦姐姐來吩咐我們：如今老爺發狠叫你念書，如有丫鬟們再敢和你頑笑，都要照著晴雯司棋的例辦。我想，伏侍你一場，賺了這些言語，也沒什麼趣兒。」說著，便傷起心來。◎1寶玉忙道：「好姐姐，你放心。我只好生念書，太太再不說你們了。我今兒晚上還要看書，明日師父叫我講書呢。我要使喚，橫豎有麝月秋紋呢，你歇歇去罷。」襲人道：「你要眞肯念書，我們伏侍你也是歡喜的。」寶玉聽了，趕忙吃了晚飯，就叫點燈，把念過的「四書」翻出來。只是從何處看起？翻了一本，看去章章裏頭似乎明白，細按起來，卻不很明白。看著小注，又看講章，鬧到梆子下來了，自己想道：「我在詩詞上覺得很容易，在這個上頭

竟沒頭腦。」便坐著呆呆的呆想。襲人道：「歇歇罷，作工夫也不在這一時的。」寶玉嘴裏只管胡亂答應。麝月、襲人才伏侍他睡下，兩個才也睡了。及至睡醒一覺，聽得寶玉炕上還是翻來覆去。襲人道：「你還醒著呢麼？你倒別混想了，養養神明兒好念書。」寶玉道：「我也是這樣想，只是睡不著。你來給我揭去一層被。」襲人道：「天氣不熱，別揭罷。」寶玉道：「我心裏煩躁的很。」自把被窩褪下來。襲人忙爬起來按住，把手去他頭上一摸，覺得微微有些發燒。襲人道：「你別動了，有些發燒了。」寶玉道：「可不是！」襲人道：「這是怎麼說呢！」寶玉道：「不怕，是我心煩的原故。你別吵嚷，省得老爺知道了，必說我裝病逃學，不然怎麼病的這樣巧。明兒好了，原到學裏去就完事了。」襲人也覺得可憐，說道：「我靠著你睡罷。」便和寶玉捶了一回脊梁，不知不覺大家都睡著了。

直到紅日高升，方才起來，寶玉道：「不好了，晚了！」急忙梳洗畢，問了安，就往學裏來了。代儒已經變著臉，說：「怪不得你老爺生氣，說你沒出息。第二天你就懶惰，這是什麼時候才來！」寶玉把昨兒發燒的話說了一遍方過去了，原舊念書。

到了下晚，代儒道：「寶玉，有一章書你來講講。」寶玉過來一看，卻是「後生可畏※2」章。寶玉心上說：「這還好，幸虧不是『學』『庸』。」問道：「怎麼講呢？」代儒道：「你把節旨句子細細兒講來。」寶玉把這章先朗朗的念了一遍，說：

註

※2：語見《論語・子罕》，意為後輩超越前輩，令人敬佩。

評點

◎1.都是假惺惺。（姚燮）

「這章書是聖人勉勵後生，教他及時努力，不要弄到……」說到這裏，抬頭向代儒一瞧。代儒覺得了，笑了一笑道：「你只管說，講書是沒有什麼避忌的。《禮記》上說『臨文不諱※3』，只管說，『不要弄到』什麼？」寶玉道：「不要弄到老大無成。先將『可畏』二字激發後生的志氣，後把『不足畏』二字警惕後生的將來。」說罷，看著代儒。代儒道：「也還罷了。串講呢？」寶玉道：「聖人說，人生少時，心思才力，樣樣聰明能幹，實在是可怕的。那裏料得定他後來的日子不像我的今日。若是悠悠忽忽到了四十歲，又到五十歲，既不能夠發達，這種人雖是他後生時像個有用的，到了那個時候，這一輩子就沒有人怕他了。」代儒笑道：「你方才節旨講的倒清楚，只是句子裏有些孩子氣。『無聞』二字不是不能發達作官的話。『聞』是實在自己能夠明理見道，就不作官也是有『聞』了。不然，古聖賢有遁世不見知的，豈不是不作官的人，難道也是『無聞』麼？『不足畏』是使人料得定，方與『焉知』的『知』字對針，不是『怕』的字眼。要從這裏看出，方能入細。你懂得不懂得？」寶玉道：「懂得了。」代儒道：「還有一章，你也講一講。」代儒往前揭了一篇，指給寶玉。寶玉看是「吾未見好德

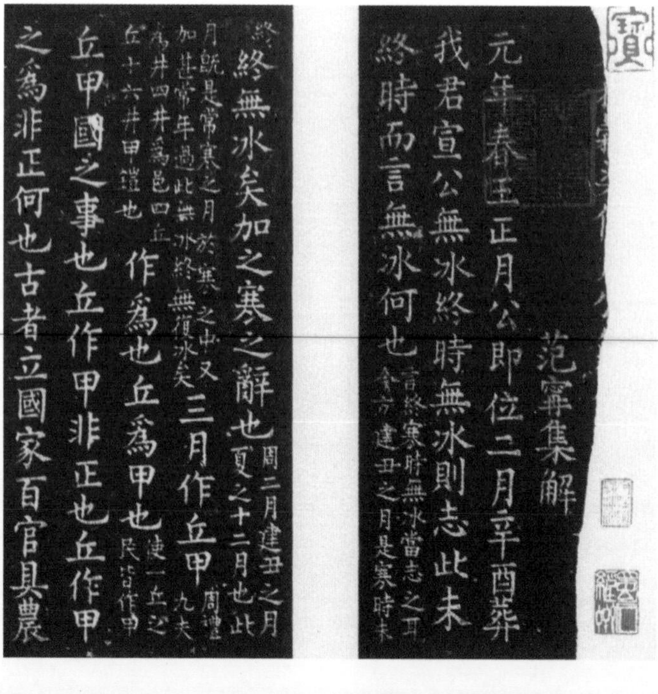

✣《廣政石經》拓片。石經是指刻石的文字是儒家、佛家或道家的經典。《廣政石經》又稱《蜀石經》、《成都石經》，後蜀廣政年間所刻，包含《孝經》、《論語》、《爾雅》、《周易》、《尚書》、《周禮》、《左傳》、《儀禮》、《禮記》、《毛詩》共十經，現僅存《禮記》殘石。（fotoe提供）

✣代儒令寶玉講書作文章，促其上進。（朱寶榮繪）

如好色者也。※4」寶玉覺得這一章卻有些刺心，便陪笑道：「這句話沒有什麼講頭。」代儒道：「胡說！譬如場中出了這個題目，也說沒有作頭麼？」寶玉不得已，講道：「是聖人看見人不肯好德，見了色便好得了不得。殊不想德是性中本有的東西，人偏都不肯好他。至於那個色呢，雖也是從先天中帶來，無人不好的。但是德乃天理，色是人欲，人那裏肯把天理好得像人欲似的。孔子雖是嘆息的話，又是望人回轉來的意思。並且見得人就有好德的好得終是浮淺，直要像色一樣的好起來，那才是眞好呢。」◎2代儒道：「這也講的罷了。我有句話問你：你既懂得聖人的話，爲什麼正犯著這兩件病？◎3我雖不在家中，你們老爺也不曾告訴我，其實你的毛病我卻盡知的。作一個人，怎麼不望長進？你這會兒正是『後生可畏』的時候，『有聞』

註

※3：語出《禮記·曲禮》。指在抄錄或寫作爲避免影響文義，不受避諱之限。

※4：語出《論語·子罕》。意謂我沒有見過像喜歡女色那樣愛好德行的人。

評點

◎2.不肯抹殺「色」字一邊，是寶玉天性。（姚燮）

◎3.殊不知寶玉之好色只是天性，毫無人欲。（陳其泰）

『不足畏』全在你自己作去了。我如今限你一個月，把念過的舊書全要理清，再念一個月文章。以後我要出題目叫你作文章了。如若懈怠，我是斷乎不依的。自古道：『成人不自在，自在不成人。』你好生記著我的話。」寶玉答應了，也只得天天按著工課幹去。不提。

* * *

且說寶玉上學之後，怡紅院中甚覺清淨閑暇。襲人倒可作些活計，拿著針線要繡個檳榔包兒，想著如今寶玉有了工課，丫頭們可也沒有饑荒了。早要如此，晴雯何至弄到沒有結果？兔死狐悲，不覺滴下淚來。忽又想到自己終身本不是寶玉的正配，原是偏房。寶玉的爲人，卻還拿得住，只怕娶了一個利害的，自己便是尤二姐香菱的後身。素來看著賈母王夫人光景及鳳姐兒往往露出話來，自然是黛玉無疑了。◎[4]那黛玉就是個多心人。想到此際，臉紅心熱，拿著針不知戳到那裏去了，便把活計放下，走到黛玉處去探探他的口氣。

黛玉正在那裏看書，見是襲人，欠身讓坐。襲人也連忙迎上來問：「姑娘這幾天身子可大好了？」黛玉道：「那裏能夠，不過略硬朗些。你在家裏作什麼呢？」襲人道：「如今寶二爺上了學，房中一點事兒沒有，因此來瞧瞧姑娘，說說話兒。」說著，紫鵑拿茶來。襲人忙站起來道：「妹妹坐著罷。」因又

✣ 荔枝，別名：離枝、丹荔。南方水果，歷代視為珍果。（徐曄春提供）

笑道：「我前兒聽見秋紋說，妹妹背地裏說我們什麼來著。」紫鵑也笑道：「姐姐信他的話！我說寶二爺上了學，寶姑娘又隔斷了，連香菱也不過來，自然是悶的。」襲人道：「你還提香菱呢！這才苦呢，撞著這位太歲奶奶，難為他怎麼過！」把手伸著兩個指頭道：「說起來，比他還利害，連外頭的臉面都不顧了。」黛玉接著道：「他也夠受了，尤二姑娘怎麼死了！」襲人道：「可不是。想來都是一個人，不過名分裏頭差些，何苦這樣毒？外面名聲也不好聽。」黛玉從不聞襲人背地裏說人，今聽此話有因，便說道：「這也難說。但凡家庭之事，不是東風壓了西風，就是西風壓了東風。」◎5 襲人道：「作了旁邊人，心裏先怯了，那裏倒敢去欺負人呢！」

說著，只見一個婆子在院裏問道：「這裏是林姑娘的屋子麼？那位姐姐在這裏呢？」雪雁出來一看，模模糊糊認得是薛姨媽那邊的人，便問道：「作什麼？」婆子道：「我們姑娘打發來給這裏林姑娘送東西的。」雪雁道：「略等等兒。」雪雁進來回了黛玉，黛玉便叫領他進來。那婆子進來請了安，且不說送什麼，只是覷著眼瞧黛玉，看的黛玉臉上倒不好意思起來，因問道：「寶姑娘叫你來送什麼？」婆子方笑著回道：「我們姑娘叫給姑娘送了一瓶兒蜜餞荔枝來。」回頭又瞧見襲人，便問道：「這位姑娘不是寶二爺屋裏的花姑娘麼？」襲人笑道：「媽媽怎

評點

◎4. 著此一段引起黛玉惡夢，作書者欲看官虛處實看，實處虛看，方解得也。（陳其泰）

◎5. 針鋒相對。（陳其泰）

麼認得我？」婆子笑道：「我們只在太太屋裏看屋子，不大跟太太姑娘出門，所以姑娘們都不大認得。姑娘們碰著到我們那邊去，我們都模糊記得。」說著，將一個瓶兒遞給雪雁，又回頭看看黛玉，因笑著向襲人道：「怨不得我們太太說這林姑娘和你們寶二爺是一對兒，原來眞是天仙似的。」襲人見他說話造次，連忙岔道：「媽媽，你乏了，坐坐吃茶罷。」那婆子笑嘻嘻的道：「我們那裏忙呢，都張羅琴姑娘的事呢。姑娘還有兩瓶荔枝，叫給寶二爺送去。」說著，顫顫巍巍告辭出去。黛玉雖惱這婆子方才冒撞，但因是寶釵使來的，也不好怎麼樣他。等他出了屋門，才說一聲道：「給你們姑娘道費心。」那老婆子還只管嘴裏咕咕噥噥的說：「這樣好模樣兒，除了寶玉，什麼人擎受※5的起。」黛玉只裝沒聽見。襲人笑道：「怎麼人到了老來，就是混說白道的，叫人聽著又生氣，又好笑。」一時雪雁拿過瓶子來與黛玉看。黛玉道：「我懶待吃，拿了擱起去罷。」又說了一回話，襲人才去了。

一時晚妝將卸，黛玉進了套間，猛抬頭看見了荔枝瓶，不禁想起日間老婆子的一番混話，甚是刺心。當此黃昏人靜，千愁萬緒，堆上心來。想起自己身子不牢，年紀又大了。看寶玉的光景，心裏雖沒別人，但是老太太舅母又不見有半點意思。深恨父母在時，何不早定了這頭婚姻。又轉念一想道：「倘若父母在時，別處定了婚姻，怎能夠似寶玉這般人材心地，不如此時尚有可圖。」心內一上一下，輾轉纏綿，竟像轆轤一般。嘆了一回氣，掉了幾點淚，無情無緒，和衣倒下。

不知不覺，只見小丫頭走來說道：「外面雨村賈老爺請姑娘。」黛玉道：「我雖跟他讀過書，卻不比男學生，要見我作什麼？況且他和舅舅往來，從未提起，我也不便見的。」因叫小丫頭：「回覆『身上有病不能出來』，與我請安道謝就是了。」小丫頭道：「只怕要與姑娘道喜，南京還有人來接。」說著，又見鳳姐同邢夫人、王夫人、寶釵等都來笑道：「我們一來道喜，二來送行。」黛玉慌道：「你們說什麼話？」鳳姐道：「你還裝什麼呆！你難道不知道林姑爺升了湖北的糧道，娶了一位繼母，十分合心合意？如今想著你撂在這裏，不成事體，因托了賈雨村作媒，將你許了你繼母的什麼親戚，還說是續弦，所以著人到這裏來接你回去。大約一到家中就要過去的，都是你繼母作主。怕的是道兒上沒有照應，還叫你璉二哥哥送去。」說得黛玉一身冷汗。黛玉又恍惚父親果在那裏作官的樣子，心上急著硬說道：「沒有的事，都是鳳姐姐混鬧！」只見邢夫人向王夫人使個眼色兒，「他還不信呢，咱們走罷。」黛玉含著淚道：「二位舅母坐坐去。」眾人不言語，都冷笑而去。黛玉此時心中乾急，又說不出來，哽哽咽咽。恍惚又是和賈母在一處的似的，心中想道：「此事惟求老太太，或還可救。」於是兩腿跪下去，抱著賈母的腰說道：「老太太救我！我南邊是死也不去的。況且有了繼母，又不是我的親娘。我是情願跟著老太太一塊兒的。」但見老太太呆著臉兒笑道：「這個不干我事。」黛玉哭道：「老太太，這是什麼事呢。」

註

※5：承受。

老太太道：「續弦也好，倒多一副妝奩。」黛玉哭道：「我若在老太太跟前，決不使這裏分外的閑錢，只求老太太救我。」賈母道：「不中用了。作了女人，終是要出嫁的，你孩子家，不知道，在此地終非了局。」黛玉道：「我在這裏情願自己作個奴婢過活，自作自吃，也是願意。只求老太太作主。」老太太總不言語。黛玉抱著賈母的腰哭道：「老太太，你向來最是慈悲的，又最疼我的，到了緊急的時候怎麼全不管！不要說我是你的外孫女兒，是隔了一層了，我的娘是你的親生女兒，看我娘分上，也該護庇些。」說著，撞在懷裏痛哭，聽見賈母道：「鴛鴦，你來送姑娘出去歇歇。我倒被他鬧乏了。」黛玉情知不是路了，求去無用，不如尋個自盡，站起來往外就走。深痛自己沒有親娘，便是外祖母與舅母姐妹們，平時何等待的好，可見都是假的。又一想：「今日怎麼獨不見寶玉？或見一面，看他還有法兒？」便見寶玉站在面前，笑嘻嘻地說：「妹妹大喜呀！」黛玉聽了這一句話，越發急了，也顧不得什麼了，把寶玉緊緊拉住說：「好，寶玉，我今日才知道你是個無情無義的人了！」◎6寶玉道：「我怎麼無情無義？你

✣ 黛玉夢見父親娶了繼母，自己被許配給繼母的親戚作續弦，賈母等置之不理，獨寶玉要剖心取信。（朱寶榮繪）

既有了人家兒，咱們各自幹各自的了。」◎7黛玉越聽越氣，越沒了主意，只得拉著寶玉哭道：「好哥哥，你叫我跟了誰去？」寶玉道：「你要不去，就在這裏住著。你原是許了我的，所以你才到我們這裏來。我待你是怎麼樣的，你也想想。」黛玉恍惚又像果曾許過寶玉的，心內忽又轉悲作喜，問寶玉道：「我是死活打定主意的了。你到底叫我去不去？」寶玉道：「我說叫你住下。你不信我的話，你就瞧瞧我的心。」說著，就拿著一把小刀子往胸口上一劃，只見鮮血直流。黛玉嚇得魂飛魄散，忙用手握著寶玉的心窩，哭道：「你怎麼作出這個事來，你先來殺了我罷！」寶玉道：「不怕，我拿我的心給你瞧。」還把手在劃開的地方兒亂抓。黛玉又顫又哭，又怕人撞破，抱住寶玉痛哭。寶玉道：「不好了，我的心沒有了，活不得了。」說著，眼睛往上一翻，咕咚就倒了。黛玉拚命放聲大哭。只聽見紫鵑叫道：「姑娘，姑娘，怎麼魘住了？快醒醒兒脫了衣服睡罷。」黛玉一翻身，卻原來是一場惡夢。

喉間猶是哽咽，心上還是亂跳，枕頭上已經濕透，肩背身心，但覺冰冷。想了一回，「父親死得久了，與寶玉尚未放定※6，這是從那裏說起？」又想夢中光景，無倚無靠，再眞把寶玉死了，◎8那可怎麼樣好？一時痛定思痛，神魂俱亂。又哭了一回，遍身微微的出了一點兒汗，扎掙起來，把外罩大襖脫了，叫紫鵑蓋好了被窩，又躺下去。翻來覆去，那裏睡得著。只聽得外面淅淅颯颯，又像風聲，又像雨聲。又停了一

註

※6：舊時訂婚，男方給女方聘禮，多是首飾之類。

評點

◎6.爲「寶玉你好」四字下一轉語。（張新之）
◎7.爲「你死了我作和尚」之語作對勘。（張新之）
◎8.此一夢是此書大轉關。（姚燮）

會子，又聽得遠遠的吆呼聲兒，卻是紫鵑已在那裏睡著，鼻息出入之聲。自己扎掙著爬起來，圍著被坐了一會。覺得窗縫裏透進一縷涼風來，吹得寒毛直豎，便又躺下。正要朦朧睡去，聽得竹枝上不知有多少家雀兒的聲兒，啾啾唧唧，叫個不住。那窗上的紙，隔著屜子，漸漸的透進清光來。

黛玉此時已醒得雙眸炯炯，一回兒咳嗽起來，連紫鵑都咳嗽醒了。紫鵑道：「姑娘，你還沒睡著麼？又咳嗽起來了，想是著了風了。這會兒窗戶紙發清了，也待好亮起來了。歇歇兒罷，養養神，別盡著想長想短的了。」黛玉道：「我何嘗不要睡，只是睡不著。你睡你的罷。」說了又嗽起來。

✣「病瀟湘痴魂驚惡夢」，描繪《紅樓夢》第八十二回中的場景。夢雖荒誕，情卻真實。清代孫溫繪《全本紅樓夢》圖冊第十六冊之八。（清．孫溫繪）

紫鵑見黛玉這般光景，心中也自傷感，睡不著了。聽見黛玉又嗽，連忙起來，捧著痰盒。這時天已亮了。黛玉道：「你不睡了麼？」紫鵑笑道：「天都亮了，還睡什麼呢。」黛玉道：「既這樣，你就把痰盒兒換了罷。」紫鵑答應著，忙出來換了一個痰盒兒，將手裏的這個盒兒放在桌上，開了套間門出來，仍舊帶上門，放下撒花軟簾，出來叫醒雪雁。開了屋門去倒那盒子時，只見滿盒子痰，痰中

好些血星，唬了紫鵑一跳，不覺失聲道：「噯喲，這還了得！」黛玉裏面接著問是什麼，紫鵑自知失言，連忙改說道：「手裏一滑，幾乎摺了痰盒子。」黛玉道：「不是盒子裏的痰有了什麼？」紫鵑道：「沒有什麼。」說著這句話時，心中一酸，那眼淚直流下來，聲兒早已岔了。黛玉因爲喉間有些甜腥，早自疑惑，方才聽見紫鵑在外邊詫異，這會子又聽見紫鵑說話聲音帶著悲慘的光景，心中覺了八九分，便叫紫鵑：「進來罷，外頭看涼著。」紫鵑答應了一聲，這一聲更比頭裏悽慘，竟是鼻中酸楚之音。黛玉聽了，涼了半截。看紫鵑推門進來時，尚拿手帕拭眼。黛玉道：「大清早起，好好的爲什麼哭？」紫鵑勉強笑道：「誰哭來，早起起來眼睛裏有些不舒服。姑娘今夜大概比往常醒的時候更大罷，我聽見咳嗽了大半夜。」黛玉道：「可不是，越要睡，越睡不著。」紫鵑道：「姑娘身上不大好，依我說，還得自己開解著些。身子是根本，俗語說的：『留得青山在，依舊有柴燒。』況這裏自老太太、太太起，那個不疼姑娘。」只這一句話，又勾起黛玉的夢來。覺得心頭一撞，眼中一黑，神色俱變，紫鵑連忙端著痰盒，雪雁搥著脊梁，半日才吐出一口痰來。痰中一縷紫血，簌簌亂跳。紫鵑、雪雁臉都唬黃了。兩個旁邊守著，黛玉便昏昏躺下。紫鵑看著不好，連忙努嘴叫雪雁叫人去。

✣ 林黛玉獨倚花鋤。（《紅樓夢煙標精華》杜春耕編著，北京圖書館出版社提供）

雪雁才出屋門，只見翠縷、翠墨兩個人笑嘻嘻的走來。翠縷便道：「林姑娘怎麼這早晚還不出門？我們姑娘和三姑娘都在四姑娘屋裏講究四姑娘畫的那張園子景兒呢。」雪雁連忙擺手兒，翠縷、翠墨二人倒嚇了一跳，說：「這是什麼原故？」雪雁將方才的事一一告訴他二人。二人都吐了吐舌頭兒說：「這可不是頑的！你們怎麼不告訴老太太去？這還了得！你們怎麼這麼糊塗。」雪雁道：「我這裏才要去，你們就來了。」正說著，只聽紫鵑叫道：「誰在外頭說話？姑娘問呢。」三個人連忙一齊進來。翠縷、翠墨見黛玉蓋著被躺在床上，見了他二人便說道：「誰告訴你們了？你們這樣大驚小怪的。」翠墨道：「我們姑娘和雲姑娘才都在四姑娘屋裏講究四姑娘畫的那張園子圖兒，叫我們來請姑娘來，不知姑娘身上又欠安了。」黛玉道：「也不是什麼大病，不過覺得身子略軟些，躺躺兒就起來了。你們回去告訴三姑娘和雲姑娘，飯後若無事，倒是請他們來這裏坐坐罷。寶二爺沒到你們那邊去？」二人答道：「沒有。」翠墨又

✣ 翠墨，探春的一個丫頭。（《紅樓夢煙標精華》杜春耕編著，北京圖書館出版社提供）

道：「寶二爺這兩天上了學了，老爺天天要查工課，那裏還能像從前那麼亂跑呢。」黛玉聽了，默然不言。◎9二人又略站了一回，都悄悄的退出來了。◎10

且說探春、湘雲正在惜春那邊論評惜春所畫大觀園圖，◎11說這個多一點，那個少一點，這個太疏，那個太密。大家又議著題詩，著人去請黛玉商議。正說著，忽見翠縷、翠墨二人回來，神色匆忙。湘雲便先問道：「林姑娘怎麼不來？」翠縷道：「林姑娘昨日夜裏又犯了病了，咳嗽了一夜。我們聽見雪雁說，吐了一盒子痰血。」探春聽了詫異道：「這話眞麼？」翠縷道：「怎麼不眞。」翠墨道：「我們剛才進去去瞧了瞧，顏色不成顏色，說話兒的氣力兒都微了。」湘雲道：「不好的這麼著，怎麼還能說話呢。」探春道：「怎麼你這麼糊塗，不能說話不是已經……」說到這裏卻咽住了。惜春道：「林姐姐那樣一個聰明人，我看他總有些瞧不破，一點半點兒都要認起眞來。天下事那裏有多少眞的呢！」◎12探春道：「既這麼著，咱們都過去看看。倘若病的利害，咱們好過去告訴大嫂子回老太太，傳大夫進來瞧瞧，也得個主意。」湘雲道：「正是這樣。」惜春道：「姐姐們先去，我回來再過去。」

於是探春、湘雲扶了小丫頭，都到瀟湘館來。進入房中，黛玉見他二人，不免又傷心起來。因又轉念想起夢中，連老太太尚且如此，何況他們。況且我不請他們，他們還不來呢。心裏雖是如此，臉上卻礙不過去，只得勉強令紫鵑扶起，口中讓坐。探春、湘雲都坐在床沿上，一頭一個。看了黛玉這般光景，也自傷感。探春便道：「姐

姐怎麼身上又不舒服了？」黛玉道：「也沒什麼要緊，只是身子軟得很。」紫鵑在黛玉身後偷偷的用手指那痰盒兒。湘雲到底年輕，性情又兼直爽，伸手便把痰盒拿起來看。不看則已，看了唬的驚疑不止，說：「這是姐姐吐的？這還了得！」初時黛玉昏沉沉，吐了也沒細看，此時見湘雲這麼說，回頭看時，自己早已灰了一半。探春見湘雲冒失，連忙解說道：「這不過是肺火上炎※7，帶出一半點來，也是常事。偏是雲丫頭，不拘什麼，就這樣蝎蝎螫螫的！」湘雲紅了臉，自悔失言。探春見黛玉精神短少，似有煩倦之意，連忙起身說道：「姐姐靜靜的養養神罷，我們回來再瞧你。」黛玉道：「累你二位惦著。」探春又囑咐紫鵑好生留神伏侍姑娘，紫鵑答應著。探春才要走，只聽外面一個人嚷起來。未知是誰，下回分解。◎13

註

※7：中醫用語。指肝氣鬱結化火上逆，損傷肺中血絡，故易咳血。

評點

◎9.「默然不言」四字包著無限深情。（姚燮）
◎10.此回敗筆甚多，顯然與八十回以前之筆墨不同，自是另出一人之手也。（陳其泰）
◎11.惜春畫大觀園圖久不提起，故用閑筆略描。（姚燮）
◎12.透頂語，是此書本旨。（陳其泰）
◎13.書至此回已爲圓滿，此後無非了事而已。……即一回括一百二十回。（張新之）

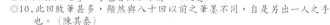

第八十三回

省宮闈賈元妃染恙　鬧閨閫薛寶釵吞聲

話說探春、湘雲才要走時，忽聽外面一個人嚷道：「你這不成人的小蹄子！你是個什麼東西，來這園子裏頭混攪！」黛玉聽了，大叫一聲道：◎1「這裏住不得了。」一手指著窗外，兩眼反插上去。原來黛玉住在大觀園中，雖靠著賈母疼愛，然在別人身上，凡事終是寸步留心。聽見窗外老婆子這樣罵著，在別人呢，一句是貼不上的，竟像專罵著自己的。自思一個千金小姐，只因沒了爹娘，不知何人指使這老婆子來這般辱罵，那裏委曲得來，因此肝腸崩裂，哭暈去了。紫鵑只是哭叫：「姑娘怎麼樣了，快醒轉來罷。」探春也叫了一回。半晌，黛玉回過這口氣，還說不出話來，那隻手仍向窗外指著。◎2

探春會意，開門出去，看見老婆子手中拿著拐棍趕著一個不乾不淨的毛丫頭道：「我是爲照管這園中

✣《增評補圖石頭記》第八十三回繪畫。（fotoe提供）

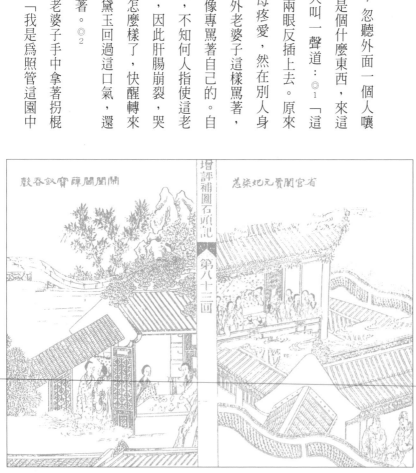

的花果樹木來到這裏，你作什麼來了！等我家去打你一個知道。」這丫頭扭著頭，把一個指頭探在嘴裏，瞅著老婆子笑。探春罵道：「你們這些人如今越發沒了王法了，這裏是你罵人的地方兒嗎？」老婆子見是探春，連忙陪著笑臉兒說道：「剛才是我的外孫女兒，看見我來了他就跟了來。我怕他鬧，所以才吆喝他回去，那裏敢在這裏罵人呢。」探春道：「不用多說了，快給我都出去。這裏林姑娘身上不大好，還不快去麼。」老婆子答應了幾個「是」，說著一扭身去了。那丫頭也就跑了。

探春回來，看見湘雲拉著黛玉的手只管哭，紫鵑一手抱著黛玉，一手給黛玉揉胸口，黛玉的眼睛方漸漸的轉過來了。探春笑道：「想是聽見老婆子的話，你疑了心了麼？」黛玉只搖搖頭兒。探春道：「他是罵他外孫女兒，我才剛也聽見了。這種東西說話再沒有一點道理的，他們懂得什麼避諱。」黛玉聽了點點頭兒，拉著探春的手道：「妹妹……」叫了一聲，又不言語了。探春又道：「你別心煩。我來看你是姐妹們應該的，你又少人伏侍。只要你安心肯吃藥，心上把喜歡事兒想想，能夠一天一天的硬朗起來，大家依舊結社作詩，豈不好呢？」湘雲道：「可是三姐姐說的，那麼著不樂？」黛玉哽咽道：「你們只顧要我喜歡，可憐我那裏趕得上這日子，只怕不能夠了！」探春道：「你這話說的太過了。誰沒個病兒災兒的，那裏就想到這裏來了。你好生歇歇兒罷，我們到老太太那邊，回來再看你。你要什麼東西，只管叫紫鵑告訴我。」黛玉流淚道：「好妹妹，你到老太太那裏只說我請安，身上略有點不好，不是

評點

◎1.自茲以往，隨地皆死根矣。（姚燮）

◎2.寫黛玉病中所見所聞，無不觸心刺耳，真有風聲鶴唳、草木皆兵境況。（王希廉）

什麼大病，也不用老太太煩心的。」探春答應道：「我知道，你只管養著罷。」說著，才同湘雲出去了。

這裏紫鵑扶著黛玉躺在床上，地下諸事，自有雪雁照料，自己只守著旁邊，看著黛玉，又是心酸，又不敢哭泣。那黛玉閉著眼躺了半晌，那裏睡得著？覺得園裏頭平日只見寂寞，如今躺在床上，偏聽得風聲，蟲鳴聲，鳥語聲，人走的腳步聲，又像遠遠的孩子們啼哭聲，一陣一陣的聒噪的煩躁起來，因叫紫鵑放下帳子來。雪雁捧了一碗燕窩湯遞與紫鵑，紫鵑隔著帳子輕輕問道：「姑娘喝一口湯罷？」黛玉微微應了一聲。紫鵑復將湯遞給雪雁，自己上來攙扶黛玉坐起，然後接過湯來，擱在唇邊試了一試，一手摟著黛玉肩臂，一手端著湯送到唇邊。黛玉微微睜眼喝了兩三口，便搖搖頭兒不喝了。紫鵑仍將碗遞給雪雁，輕輕扶黛玉睡下。

靜了一時，略覺安頓。只聽窗外悄悄問道：「紫鵑妹妹在家麼？」雪雁連忙出來，見是襲人，因悄悄說道：「姐姐屋裏坐著。」襲人也便悄悄問道：「姑娘怎麼著？」一面走，一面雪雁告訴夜間及方才之事。襲人聽了這話，也唬怔了，因說道：「怪道剛才翠縷到我們那邊，說你們姑娘病了，唬的寶二爺連忙打發我來看看是怎麼樣。」正說著，只見紫鵑從裏間掀起簾子望外看，見襲人，點頭兒叫他。襲人輕輕走過來問道：「姑娘睡著了嗎？」紫鵑點點頭兒，問道：「姐姐才聽見說了？」襲人也點點頭兒，蹙著眉道：「終久怎麼樣好呢！那一位昨夜也把我唬了個半死兒。」紫鵑忙問怎麼了，襲人道：「昨日晚上睡覺還是好好兒的，誰知半夜裏一疊連聲的嚷起心疼來，◎3嘴裏胡說白道，只說好像刀子割了去的似的。直鬧到打亮梆子※1以後才好些了。你說唬人不唬人？今日不能上學，還要請大夫來吃藥呢。」正說著，只聽黛玉在帳子裏又咳嗽起來。紫鵑連忙過來捧痰盒兒接痰。黛玉微微睜眼問道：「你和誰說話呢？」紫鵑道：「襲人姐姐來瞧姑娘來了。」說著，襲人已走到床前。黛玉命紫鵑扶起，一手指著床邊，讓襲人坐下。襲人側身坐了，連忙陪著笑勸道：「姑娘倒還是躺著罷。」黛玉道：「不妨，你們快別這樣大驚小怪的。剛才是說誰半夜裏心疼起來？」襲人道：「是寶二爺偶然魘住了，不是認眞怎麼樣。」黛玉會意，知道是襲人怕自己又懸心的原故，又感激，又傷心。因趁勢問道：「既是魘住了，不聽見他還說什麼？」襲人道：「也沒說什麼。」黛玉點點頭兒。遲了半日，嘆了一聲，才說道：「你們別告訴寶二爺說我不好，看耽擱了他的工夫，又叫老爺生氣。」襲人答應了，又勸道：「姑娘還是躺躺歇歇罷。」黛玉點頭，命紫鵑扶著歪下。襲人不免坐在旁邊，又寬慰了幾句，然後告辭，回到怡紅院，只說黛玉身上略覺不受用，也沒什麼大病。寶玉才放了心。

且說探春、湘雲出了瀟湘館，一路往賈母這邊來。探春因囑咐湘雲道：「妹妹，回來見了老太太，

註

※1：巡夜人在天快亮時所打的梆子，爲敲五更。

評點

◎3. 寶玉剖心，不自夢而黛玉夢之。對面下筆，斯已妙矣。豈知黛玉夢中之事即寶玉夢中之事。且夢中之事幾幾乎爲實有之事。（陳其泰）

別像剛才那樣冒冒失失的了。」湘雲點頭笑道：「知道了，我頭裏是叫他唬的忘了神了。」說著，已到賈母那邊。探春因提起黛玉的病來。賈母聽了自是心煩，因說道：「偏是這兩個玉兒多病多災的。林丫頭一來二去的大了，他這個身子也要緊。我看那孩子太是個心細。」衆人也不敢答言。賈母便向鴛鴦道：「你告訴他們，明兒大夫來瞧了寶玉，就叫他到林姑娘那屋裏去。」鴛鴦答應著，出來告訴了婆子們，婆子們自去傳話。這裏探春、湘雲就跟著賈母吃了晚飯，然後同回園中去。不提。

到了次日，大夫來了，瞧了寶玉，不過說飲食不調，著了點兒風邪，沒大要緊，疏散疏散就好了。這裏王夫人、鳳姐等一面遣人拿了方子回賈母，一面使人到瀟湘館告訴說大夫就過來。紫鵑答應了，連忙給黛玉蓋好被窩，放下帳子。雪雁趕著收拾房裏的東西。一時賈璉陪著大夫進來了，便說道：「這位老爺是常來的，姑娘們不用迴避。」老婆子打起簾子，賈璉讓著進入房中坐下。賈璉道：「紫鵑姐姐，你先把姑娘的病勢向王老爺說說。」王大夫道：「且慢說。等我診了脈，聽我說了看是對不對，若有不合的地方，姑娘們再告訴我。」紫鵑便向帳中扶出黛玉的一隻手來，擱在迎手上。紫鵑又把鐲子連袖子輕輕的摟起，不叫壓住了脈息。那王大夫診了好一回兒，又換那隻手也診了，便同賈璉出來，到外間屋裏坐下，說道：「六脈皆弦※2，因平日鬱結所致。」說著，紫鵑也出來站在裏間門口。那王大夫便向紫鵑道：「這病時常應得頭暈，減飲食，多夢，每到五更，必醒個幾次。即日間聽見不干自己的事，也必要動氣，且多疑多懼。不知者疑爲性情乖誕，其實因肝陰虧損，心氣衰耗，都是這個病在那裏作怪。不知是否？」紫鵑點點頭兒，向賈璉道：「說的很是。」王太醫道：「既這樣就是了。」說畢起身，同賈璉往外書房去開方子。小廝們早已預備下一張梅紅單帖。王太醫吃了茶，因提筆先寫道：

> 六脈弦遲，素由積鬱。左寸無力，心氣已衰。關脈獨洪，肝邪偏旺。木氣不能疏達，勢必上侵脾土，飲食無味，甚至勝所不勝，肺金定受其殃。氣不流精，凝而爲痰；血隨氣湧，自然咳吐。理宜疏肝保肺，涵養心脾。雖有補劑，未可驟施。姑擬黑逍遙以開其先，復用歸肺固金以繼其後。不揣固陋，俟高明裁服。

又將七味藥與引子寫了。賈璉拿來看時，問道：「血勢上沖，柴胡使得麼？」王大夫笑道：「二爺但知柴胡是升提之品，爲吐衄※3所忌。豈知用鱉血拌炒，非柴胡不足宣少陽甲膽之氣。以鱉血制之，使其不致升提，且能培養肝陰，制遏邪火。所以《內經》※4說：『通因通用，塞因塞用。※5』柴胡用鱉血拌炒，正是『假周勃以安劉※6』的法子。」賈璉點頭道：「原來是這麼著，這就是了。」王大夫又道：「先請服兩劑，再加減或再換方子罷。我還有

註

※2：六脈：指中醫切脈的六個部位。六脈皆呈脈絡緊張的弦象，說明病情嚴重。
※3：吐血。
※4：中醫書名，《黃帝內經》的簡稱。是春秋戰國之時醫療總結，爲最早的中醫理論著作。
※5：中醫的一種反治法。
※6：語出《漢書．周勃傳》，意即安定劉氏天下的一定是周勃。此指某種治病的方法和道理。

一點小事，不能久坐，容日再來請安。」說著，賈璉送了出來，說道：「舍弟的藥就是那麼著了？」王大夫道：「寶二爺倒沒什麼大病，大約再吃一劑就好了。」◎4說著，上車而去。

這裏賈璉一面叫人抓藥，一面回到房中告訴鳳姐黛玉的病原與大夫用的藥，述了一遍。只見周瑞家的走來回了幾件沒要緊的事，賈璉聽到一半，便說道：「你回二奶奶罷，我還有事呢。」說著就走了。周瑞家的回完了這件事，又說道：「我方才到林姑娘那邊，看他那個病，竟是不好呢。臉上一點血色也沒有，摸了摸身上，只剩得一把骨頭。問問他，也沒有話說，只是淌眼淚。回來紫鵑告訴我說：『姑娘現在病著，要什麼自己又不肯要，我打算要問二奶奶那裏支用一兩個月的月錢。如今吃藥雖是公中的，零用也得幾個錢。』我答應了他，替他來回奶奶。」鳳姐低了半日頭，說道：「竟這麼著罷：我送他幾兩銀子使罷，也不用告訴林姑娘。這月錢卻是不好支的，一個人開了例，要是都支起來，那如何使得呢！你不記得趙姨娘和三姑娘拌嘴了，也無非爲的是月錢。況且近來你也知道，出去的多，進來的少，總繞不過彎兒來。不知道的，還說我打算的不好；更有那一種嚼舌根的，說我搬運到娘家去了。周嫂子，你倒是那裏經手的人，這個自然還知道些。」周瑞家的道：「眞正委曲死人！這樣大門頭兒，除了奶奶這樣心計兒當家罷了。別說是女人當不來，就是三頭六臂的男人，還撐不住呢。還說這些個混賬話。」說著，又笑了一聲，道：「奶奶還沒聽見呢，外頭

的人還更糊塗呢。前兒周瑞回家來，◎5說起外頭的人打諒著咱們府裏不知怎麼樣有錢呢。也有說：『賈府裏的銀庫幾間，金庫幾間，使的傢伙都是金子鑲了玉石嵌了的。』也有說：『姑娘作了王妃，自然皇上家的東西分的了一半子給娘家。前兒貴妃娘娘省親回來，我們還親見他帶了幾車金銀回來，所以家裏收拾擺設的水晶宮似的。那日在廟裏還願，花了幾萬銀子，只算得牛身上拔了一根毛罷咧。』有人還說：『他門前的獅子只怕還是玉石的呢。園子裏還有金麒麟，叫人偷了一個去，如今剩下一個了。家裏的奶奶、姑娘不用說，就是屋裏使喚的姑娘們，也是一點兒不動，喝酒下棋，彈琴畫畫，橫豎有伏侍的人呢。單管穿羅罩紗，吃的戴的，都是人家不認得的。那些哥兒姐兒們更不用說了，要天上的月亮，也有人去拿下來給他頑。』還有歌兒呢，說是『寧國府，榮國府，金銀財寶如糞土。吃不窮，穿不窮，算來……』」說到這裏，猛然咽住。原來那時歌兒說道是「算來總是一場空」。這周瑞家的說溜了嘴，說到這裏，忽然想起這話不好，因咽住了。鳳姐兒聽了，已明白必是句不好的話了，也不便追問，◎6因說道：「那都沒要緊。只是這金麒麟的話從何而來？」周瑞家的笑道：「就是那廟裏的老道士送給寶二爺的小金麒麟兒。後來丟了幾天，虧了史姑娘撿著還了他，外頭就造出這個謠言來了。奶奶說這些人可笑不可笑？」鳳姐道：「這些話倒不是可笑，倒是可怕的。咱們一日難似一日，外面還是這麼講究。俗語兒說的，『人怕出名豬怕壯』，況且又是個虛名兒，終久還不知怎麼樣呢。」周瑞家的道：

評點

◎4.王大夫藥案黛玉已是不起之症，臨行向賈璉說「寶二爺倒沒有什麼大病」，意在言外。（王希廉）

◎5.此一節，其於賈府盛衰大有關係。（姚燮）

◎6.王鳳姐亦頗有見識，惜其貪利忘害，不能思患預防，遂至合著謠言。（王希廉）

「奶奶慮的也是。只是滿城裏茶坊酒舖兒以及各胡同兒都是這樣說，並且不是一年了，那裏握的住衆人的嘴。」◎7鳳姐點點頭兒，因叫平兒稱了幾兩銀子，遞給周瑞家的，道：「你先拿去交給紫鵑，只說我給他添補買東西的。若要官中的，只管要去，別提這月錢的話。他也是個伶透人，自然明白我的話。我得了空兒，就去瞧姑娘去。」周瑞家的接了銀子，答應著自去。不提。

* * *

且說賈璉走到外面，只見一個小廝迎上來回道：「大老爺叫二爺說話呢。」賈璉急忙過來，見了賈赦。賈赦道：「方才風聞宮裏頭傳了一個太醫院御醫、兩個吏目去看病，想來不是宮女兒下人了。◎8這幾天娘娘宮裏有什麼信兒沒有？」◎9賈璉道：「沒有。」賈赦道：「你去問問二老爺和你珍大哥。不然，還該叫人去到太醫院裏打聽打聽才是。」賈璉答應了，一面吩咐人往太醫院去，一面連忙去見賈政、賈珍。賈政聽了這話，因問道：「是那裏來的風聲？」賈璉道：「是大老爺才說的。」賈政道：「你索性和你珍大哥到裏頭打聽打聽。」賈璉道：「我已經打發人往太醫院打聽去了。」一面說著，一面退出來，去找賈珍。只見賈珍迎面來了，賈璉忙告訴賈珍。賈珍道：「我正爲也聽見這話，來回大老爺、二老爺去的。」於是兩個人同著來見賈

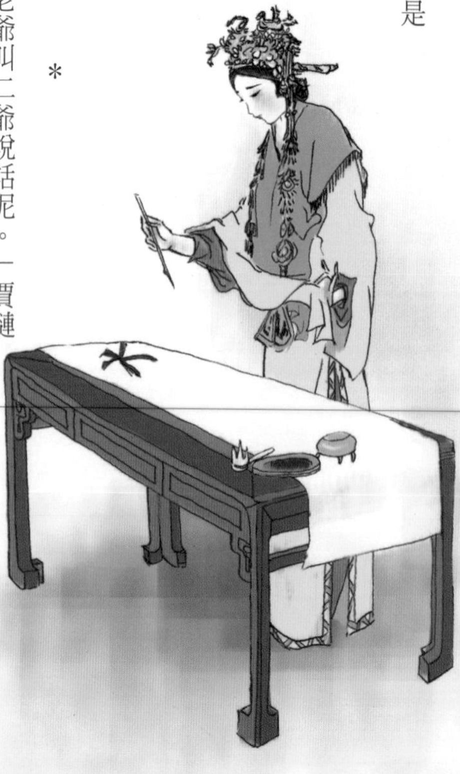

✣ 雍容尊貴、情理兼至的元春，是幼年寶玉認字讀書的啓蒙老師，也是賈府的有力庇護者。（張羽琳繪）

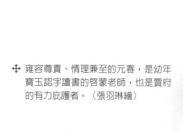

政。賈政道：「如係元妃，少不得終有信的。」說著，賈赦也過來了。

到了晌午，打聽的人尚未回來。門上人進來，回說：「有兩個內相在外要見二位老爺呢。」賈赦道：「請進來。」門上的人領了老公※7進來。賈赦、賈政迎至二門外，先請了娘娘的安，一面同著進來，走至廳上讓了坐。老公道：「前日這裏貴妃娘娘有些欠安。昨日奉過旨意，宣召親丁四人進裏頭探問。許各帶丫頭一人，餘皆不用。親丁男人只許在宮門外遞個職名，請安聽信，不得擅入。准於明日辰巳時進去，申酉時出來。」賈政賈赦等站著聽了旨意，復又坐下，讓老公吃茶畢，老公辭了出去。

賈赦、賈政送出大門，回來先稟賈母。賈母道：「親丁四人，自然是我和你們兩位太太了。那一個人呢？」眾人也不敢答言，賈母想了想，道：「必得是鳳姐兒，他諸事有照應。你們爺兒們各自商量去罷。」賈赦、賈政答應了出來，因派了賈璉、賈蓉看家外，凡文字輩至草字輩一應都去。遂吩咐家人預備四乘綠轎，十餘輛大車，明兒黎明伺候。家人答應去了。賈赦、賈政又進去回明老太太，辰巳時進去，申酉時出來，今日早些歇歇，明日好早些起來收拾進宮。賈母道：「我知道，你們去罷。」赦、政等退出。這裏邢夫人、王夫人、鳳姐兒也都說了一會子元妃的病，又說了些閑話，才各自散了。

註

※7：太監。

評點

◎7.賈赦貪縱任性，賈政迂暗糊塗，賈珍一味奢淫，賈璉縱妻好利……自至一敗塗地，尤不知禍從何起。（黃小田）

◎8.已兆抄沒之機矣。（姚燮）

◎9.本回然恙，九十五回薨逝之兆也。元春死，賈氏敗。（張新之）

次日黎明，各間屋子丫頭們將燈火俱已點齊，太太們各梳洗畢，爺們亦各整頓好了。一到卯初，林之孝和賴大進來，至二門口回道：「轎車俱已齊備，在門外伺候著呢。」不一時，賈赦、邢夫人也過來了。大家用了早飯。鳳姐先扶老太太出來，衆人圍隨，各帶使女一人，緩緩前行。又命李貴等二人先騎馬去外宮門接應，自己家眷隨後。文字輩至草字輩各自登車騎馬，跟著衆家人，一齊去了。賈璉、賈蓉在家中看家。

且說賈家的車輛轎馬俱在外西垣門口歇下等著。一回兒，有兩個內監出來說：「賈府省親的太太、奶奶們，著令入宮探問；爺們俱著令內宮門外請安，不得入見。」門上人叫快進去。賈府中四乘轎子跟著小內監前行，賈家爺們在轎後步行跟著，令衆家人在外等候。走近宮門口，只見幾個老公在門上坐著，見他們來了，便站起來說道：「賈府爺們至此。」賈赦、賈政便捱次立定。轎子抬至宮門口，便都出了轎。早幾個小內監引路，賈母等各有丫頭扶著步行。走至元妃寢宮，只見奎壁※8輝煌，琉璃照耀。又有兩個小宮女兒傳諭道：「只用請安，一概儀注都

✣ 賈母、王夫人進宮探問元妃。
（朱寶榮繪）

免。」賈母等謝了恩，來至床前請安畢，元妃都賜了坐。賈母等又告了坐。元妃便向賈母道：「近日身上可好？」賈母扶著小丫頭，顫顫巍巍站起來，答應道：「托娘娘洪福，起居尚健。」元妃又向邢夫人、王夫人問了好，邢、王二夫人站著回了話。元妃又問鳳姐家中過的日子若何，鳳姐站起來回奏道：「尚可支持。」元妃道：「這幾年來難爲你操心。」鳳姐正要站起來回奏，只見一個宮女傳進許多職名，請娘娘龍目※9。元妃看時，就是賈赦、賈政等若干人。那元妃看了職名，眼圈兒一紅，止不住流下淚來。宮女兒遞過絹子，元妃一面拭淚，一面傳諭道：「今日稍安，令他們外面暫歇。」賈母等站起來，又謝了恩。元妃含淚道：「父女弟兄，反不如小家子得以常常親近。」賈母等都忍著淚道：「娘娘不用悲傷，家中已托著娘娘的福多了。」元妃又問：「寶玉近來若何？」賈母道：「近來頗肯念書。因他父親逼得嚴緊，如今文字也都作上來了。」元妃道：「這樣才好。」遂命外宮賜宴，便有兩個宮女兒、四個小太監引了到一座宮裏，已擺得齊整，各按坐次坐了。不必細述。一時吃完了飯，賈母帶著他婆媳三人謝過宴，又耽擱了一回。看看已近酉初，不敢羈留，俱各辭了出來。元妃命宮女兒引道，送至內宮門，門外仍是四個小太監送出。賈母等依舊坐著轎子出來，賈赦接著，大伙兒一齊回去。到家又要安排明後日進宮，仍令照應齊集。不提。

* * *

註

※8：白璧。

※9：龍是帝王的象徵，「龍目」即帝王的眼睛。目：動詞，看。

且說薛家夏金桂趕了薛蟠出去，日間拌嘴沒有對頭，秋菱又住在寶釵那邊去了，只剩得寶蟾一人同住。既給與薛蟠作妾，寶蟾的意氣又不比從前了。金桂看去更是一個對頭，自己也後悔不來。一日，吃了幾杯悶酒，躺在炕上，便要借那寶蟾作個醒酒湯兒，因問著寶蟾道：「大爺前日出門，到底是到那裏去？你自然是知道的了。」寶蟾道：「我那裏知道。他在奶奶跟前還不說，誰知道他那些事！」金桂冷笑道：「如今還有什麼奶奶太太的，都是你們的世界了。別人是惹不得的，有人護庇著，我也不敢去虎頭上捉虱子。你還是我的丫頭，問你一句話，你就和我摔臉子，說塞話。你既這麼有勢力，爲什麼不把我勒死了？你和秋菱不拘誰作了奶奶，那不清淨了麼！偏我又不死，礙著你們的道兒。」寶蟾聽了這話，那裏受

✣「鬧閨閫薛寶釵吞聲」，描繪《紅樓夢》第八十三回中的場景。寶釵其實不乏處事才能，但礙於閨閣身分，因此奈何金桂不得。清代孫溫繪《全本紅樓夢》圖冊第十七冊之二。（清．孫溫繪）

得住，便眼睛直直的瞅著金桂道：「奶奶這些閑話只好說給別人聽去！我並沒和奶奶說什麼。奶奶不敢惹人家，何苦來拿著我們小軟兒※10出氣呢。正經的，奶奶又裝聽不見，『沒事人一大堆』了。」說著，便哭天哭地起來。金桂越發性起，便爬下炕來，要打寶蟾。寶蟾也是夏家的風氣，半點兒不讓。金桂將桌椅杯盞盡行打翻，那寶蟾只管喊冤叫屈，那裏理會他半點兒。

豈知薛姨媽在寶釵房中聽見如此吵嚷，叫香菱：「你去瞧瞧，且勸勸他。」寶釵道：「使不得！媽媽別叫他去。他去了豈能勸他，那更是火上澆了油了。」薛姨媽道：「既這麼樣，我自己過去。」寶釵道：「依我說媽媽也不用去，由著他們鬧去罷。◎10這也是沒法兒的事了。」薛姨媽道：「這那裏還了得！」說著，自己扶了丫頭，往金桂這邊來。寶釵只得也跟著過去，又囑咐香菱道：「你在這裏罷。」

母女同至金桂房門口，聽見裏頭正還嚷哭不止。薛姨媽道：「你們是怎麼著，又這樣家翻宅亂起來，這還像個人家兒嗎？矮牆淺屋的，難道都不怕親戚們聽見笑話了麼？」金桂屋裏接聲道：「我倒怕人笑話呢！只是這裏掃帚顛倒豎，也沒有主子，也沒有奴才，也沒有妻，沒有妾，是個混賬世界了。我們夏家門子裏沒見過這樣規矩，實在受不得你們家這樣委曲了！」寶釵道：「大嫂子，媽媽因聽見鬧得慌，才過來的。就是問的急了些，沒有分清『奶奶』『寶蟾』兩字，也沒有什麼。如今且先

註

※10：弱小的人。

評點

◎10.「鬧」字從他點出，熱毒自鬧而已。（張新之）

把事情說開，大家和和氣氣的過日子，也省的媽媽天天爲咱們操心。」那薛姨媽道：「是啊，先把事情說開了，你再問我的不是還不遲呢。」金桂道：「好姑娘，好姑娘，你是個大賢大德的。你日後必定有個好人家，好女婿，決不像我這樣守活寡，舉眼無親，叫人家騎上頭來欺負的。我是個沒心眼兒的人，只求姑娘我說話別往死裏挑撿，我從小兒到如今，沒有爹娘教導。再者我們屋裏老婆、漢子、大女人、小女人的事，姑娘也管不得！」寶釵聽了這話，又是羞，又是氣；見他母親這樣光景，又是疼不過，因忍了氣說道：「大嫂子，我勸你少說句兒罷。誰挑撿你？又是誰欺負你？不要說是嫂子，就是秋菱，我也從來沒有加他一點聲氣兒的。」金桂聽了這幾句話，更加拍著炕沿大哭起來，說：「我那裏比得秋菱，連他腳底下的泥我還跟不上呢！他是來久了的，知道姑娘的心事，又會獻勤兒；我是新來的，又不會獻勤兒，如何拿我比他。何苦來，天下有幾個都是貴妃的命，行點好兒罷！別修的像我嫁個糊塗行子守活寡，那就是活活兒的現了眼了！」薛姨媽聽到這裏，萬分氣不過，便站起身來道：「不是我護著自己的女孩兒，他句句勸你，你卻句句慪他。你有什麼過不去，不要尋他，勒死我倒也是希鬆的。」寶釵忙勸道：「媽媽，你老人家不用動氣。咱們既來勸他，自己生氣，倒多了層氣。不如且出去，等嫂子歇歇兒再說。」因吩咐寶蟾道：「你可別再多嘴了。」跟了薛姨媽出得房來。◎11

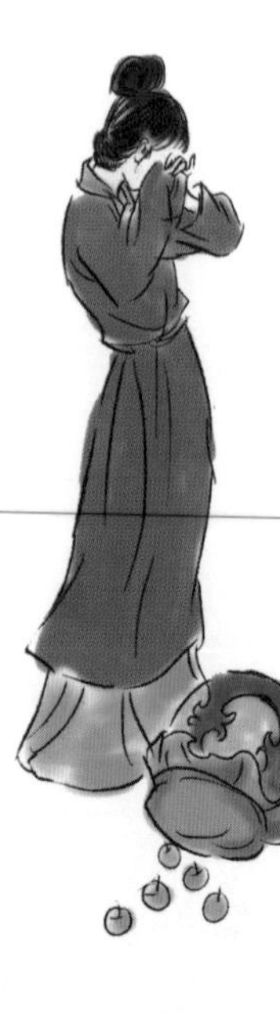

✣ 金桂將薛家鬧得不堪，薛姨媽和寶釵深為苦惱。（朱寶榮繪）

走過院子裏，只見賈母身邊的丫頭同著秋菱迎面走來。薛姨媽道：「你從那裏來，老太太身上可安？」那丫頭道：「老太太身上好，叫來請姨太太安，還謝謝前兒的荔枝，還給琴姑娘道喜。」寶釵道：「你多早晚來的？」那丫頭道：「來了好一會子了。」薛姨媽料他知道，紅著臉說道：「這如今我們家裏鬧得也不像個過日子的人家了，叫你們那邊聽見笑話。」丫頭道：「姨太太說那裏的話，誰家沒個碟大碗小磕著碰著的呢。那是姨太太多心罷咧。」說著，跟了回到薛姨媽房中，略坐了一回就去了。寶釵正囑咐香菱些話，只聽薛姨媽忽然叫道：「左肋疼痛的很。」說著，便向炕上躺下。唬的寶釵、香菱二人手足無措。要知後事如何，下回分解。◎12

評點

◎11.寫金桂撒潑越顯出寶釵涵養，有枯枝生幹，雙管齊下之妙。（王希廉）
◎12.自八十一回起，看去總多與前文不合處，言談口角亦都不似其人。甚矣，續貂之難也。（陳其泰）

第八十四回

試文字寶玉始提親　探驚風賈環重結怨

卻說薛姨媽一時因被金桂這場氣慪得肝氣上逆，右肋作痛。寶釵明知是這個原故，也等不及醫生來看，先叫人去買了幾錢鈎藤來，濃濃的煎了一碗，給他母親吃了。又和秋菱給薛姨媽捶腿揉胸，停了一會兒略覺安頓。這薛姨媽只是又悲又氣，氣的是金桂撒潑，悲的是寶釵有涵養，倒覺可憐。寶釵又勸了一回，不知不覺的睡了一覺，肝氣也漸漸平復了。寶釵便說道：「媽媽你這種閑氣不要放在心上才好。過幾天走的動了，樂得往那邊老太太、姨媽處去說說話兒散散悶也好。家裏橫豎有我和秋菱照看著，諒他也不敢怎麼樣。」薛姨媽點點頭道：「過兩日看罷了。」

* * *

且說元妃疾愈之後，家中俱各喜歡。過了幾日，有幾個老公走來，帶著東西銀兩，宣貴妃娘娘

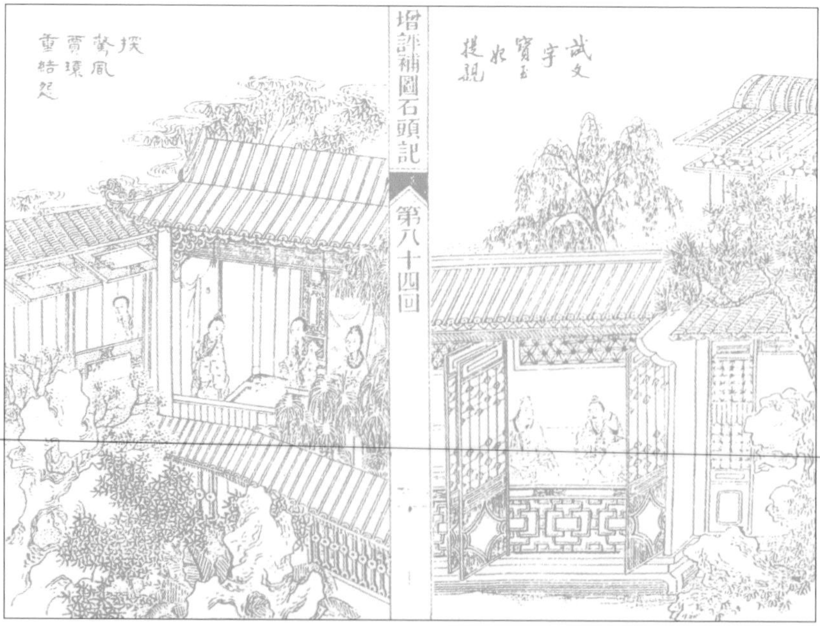

✣《增評補圖石頭記》第八十四回繪畫。（fotoe提供）

✣ 鈎藤，茜草科鈎藤屬植物，光滑藤本，小枝四棱柱形。（王藝忠提供）

之命，因家中省問勤勞，俱有賞賜。把物件銀兩一一交代清楚。賈赦、賈政等稟明了賈母，一齊謝恩畢，太監吃了茶去了。大家回到賈母房中，說笑了一回。外面老婆子傳進來說：「小廝們來回道，那邊有人請大老爺說要緊的話呢。」賈母便向賈赦道：「你去罷。」

賈赦答應著，退出來自去了。

這裏賈母忽然想起，和賈政笑道：「娘娘心裏卻甚實惦記著寶玉，前兒還特特的問他來著呢。」賈政陪笑道：「只是寶玉不大肯念書，辜負了娘娘的美意。」賈母道：「我倒給他上了個好兒，說他近日文章都作上來了。」賈政笑道：「那裏能像老太太的話呢。」賈母道：「你們時常叫他出去作詩作文，難道他都沒作上來麼？小孩子家慢慢的教導他，可是人家說的，『胖子也不是一口兒吃的』。」賈政聽了這話，忙陪笑道：「老太太說的是。」賈母又道：「提起寶玉，我還有一件事和你商量。如今他也大了，你們也該留神看一個好孩子給他定下。這也是他終身的大事。也別論遠近親戚，什麼窮啊富的，只要深知那姑娘的脾性兒好，模樣兒周正的就好。」賈政道：「老太太吩咐的很是。但只一件，姑娘也要好，第一要他自己學好才好，不然不稂不莠※[1]的，反倒耽誤了人家的女孩兒，豈不可惜。」賈母聽了這話，心裏卻有些不喜歡，便說道：「論起來，現放著你們作父母的，那裏用我去張心。但只我想寶玉這孩子從小兒跟著我，未免多疼他一點兒，耽誤了他成人的正事也是有的。只是我看他那生來的模樣兒也還齊整，心性兒也還實在，未必一定是那種沒出息的，必至糟蹋了人家的女孩兒。也不知是我偏心，我看著橫豎比環兒略好些，不知你們看著怎麼樣。」幾句話說得賈政心中甚實不安，連忙陪笑道：「老太太看的人也多了，既說他好有造化的，想來是不錯的。只是兒子望他成人性兒太急了一點，或者竟和古人的話相反，倒是『莫知其子之美※[2]』了。」一句話把賈母也慪笑了，衆人也都陪著笑了。賈母因說道：「你這會子也有了幾歲年紀，又居著官，自然越歷練越老成。」說到這裏，回頭瞅著邢夫人和王夫人笑道：「想他那年輕的時候，◎[1]那一種古怪脾氣，比寶玉還加一倍呢。直等娶了媳婦，才略略的懂了些人事兒。如今只抱怨寶玉，這會子我看寶玉比他還略體些人情兒呢。」◎[2]說的邢夫人、王夫人都笑了。因說道：「老太太又說起逗笑兒的話兒來了。」說著，小丫頭子們進來告訴鴛鴦：「請示老太太，晚飯伺候下了。」賈母便問：「你們又咕咕唧唧的說什麼？」鴛鴦笑著回明了。賈母道：「那麼著，你們也都吃飯去罷，單留鳳姐兒和珍哥媳婦跟著我吃罷。」賈政及邢、王二夫人都答應著，伺候擺上飯來。賈母又催了一遍，才都退出各散。

卻說邢夫人自去了。賈政同王夫人進入房中。賈政因提起賈母方才的話來，說

✣ 稂，俗稱狼尾草。（華國軍提供）

✣ 莠，俗稱狗尾草。（熊一軍提供）

道：「老太太這樣疼寶玉，畢竟要他有些實學，日後可以混得功名，才好不枉老太太疼他一場，也不至糟蹋了人家的女兒。」王夫人道：「老爺這話自然是該當的。」賈政因著個屋裏的丫頭傳出去告訴李貴：「寶玉放學回來，索性吃飯後再叫他過來，說我還要問他話呢。」李貴答應了「是」。至寶玉放了學剛要過來請安，只見李貴道：「二爺先不用過去。老爺吩咐了，今日叫二爺吃了飯再過去呢，聽見還有話問二爺呢。」寶玉聽了這話，又是一個悶雷。只得見過賈母，便回園吃飯。三口兩口吃完，忙漱了口，便往賈政這邊來。

賈政此時在內書房坐著，寶玉進來請了安，一旁侍立。賈政問道：「這幾日我心上有事，也忘了問你。那一日你說你師父叫你講一個月的書就要給你開筆※3，如今算來將兩個月了，你到底開了筆了沒有？」◎3寶玉道：「才作過三次。師父說且不必回老爺知道，等好些再回老爺知道罷。因此這兩天總沒敢回。」賈政道：「是什麼題目？」寶玉道：「一個是《吾十有五而志於學》，一個是《人不知而不慍》，一個是《則歸墨》三字。※4」賈政道：「都有稿

註

※1：語出《詩經．小雅．大田》，原指田中無野草，後比喻人不成材、沒出息。稂：狼尾草。莠：狗尾草。

※2：《大學》有語「人莫知其子之惡」，意謂父母因偏愛自己的孩子而看不到他的缺點。此改「惡」字為「美」，意在討賈母喜歡。

※3：首度作文。

※4：吾十有五而志於學：語出《論語．為政》。人不知而不慍：語出《論語．學而》。慍：怨。則歸墨：語出《孟子．滕文公下》意謂人們的主張，不是屬於楊朱，就是屬於墨翟。

評點

◎1.渲染生姿，不過使文字有波瀾耳。若平直敘去，便覺無味。（姚燮）

◎2.賈政是一位典型的中國文化和傳統薰陶出來的知識份子。他的執著和追求體現了傳統的價值取向和人倫道德。他的身世歷程反映了一個封建時代貴族士大夫和嚴父的人生縮影。賈政的一生，是實實在在地作人，在他的身上，既沒有什麼英雄的氣質和吸引人的個性，也沒有什麼為民請命和為民作主之類的業績。他遠不如寶玉那樣活得瀟灑自在。寶玉的一生在作詩，他幾乎沒有具體的社會責任和義務，而賈政自從戴上責任感和使命感的緊箍咒後，被越箍越緊，久而久之又能心安理得。雖然他也有超脫和瀟灑的時候，然而他的頭腦終究受著過多的理性束縛，茫茫宦海之中的寂寞無聊和空虛失落感使他備受折磨而又無可奈何。（洪金橋）

◎3.寶玉詩詞、聯對、燈謎俱已作過，惟八股未曾講究，若不一試，將來中舉便無根腳，故於再入家塾後專寫制藝一層。（王希廉）

兒麼？」寶玉道：「都是作了抄出來師父又改的。」賈政道：「你帶了家來了還是在學房裏呢？」寶玉道：「在學房裏呢。」賈政道：「叫人取了來我瞧。」寶玉連忙叫人傳話與茗煙：「叫他往學房中去，我書桌子抽屜裏有一本薄薄兒竹紙本子，上面寫著『窗課』兩字的就是，快拿來。」一回兒茗煙拿了來遞給寶玉。寶玉呈與賈政。賈政翻開看時，見頭一篇寫著題目是《吾十有五而志於學》。他原本破※5的是「聖人有志於學，幼而已然矣。」代儒卻將幼字抹去，明用「十五」。賈政道：「你原本『幼』字便扣不清題目了。『幼』字是從小起至十六以前都是『幼』。這章書是聖人自言學問工夫與年俱進的話，所以十五、三十、四十、五十、六十、七十俱要明點出來，才見得到了幾時有這麼個光景，到了幾時又有那麼個光景。師父把你『幼』字改了『十五』，便明白了好些。」看到承題※6，那抹去的原本云：「夫不志於學，人之常也。」賈政搖頭道：「不但是孩子氣，可見你本性不是個學者的志氣。」又看後句「聖人十五而志之，不亦難乎」，說道：「這更不成話了。」然後看代儒的改本云：「夫人孰不學，而志於學者卒鮮。此聖人所爲自信於十五時歟。」便問：「改的懂得麼？」寶玉答應道：「懂得。」又看第二藝※7，題目是《人不知而不慍》，便先看代儒的改本云：「不以不知而慍者，終無改其說樂矣。」方覷著眼看那抹去的底本，說道：「你是什麼？——『能無慍人之心，純乎學者也。』上一句似單作了『而不慍』三個字的題目，下一句又犯了下文君子的分界。必如改筆才合題位呢。且下句找清上文，方是書理※8。須要細心領略。」寶玉答應著。賈政又往下看，「夫不知，未有不慍者也；而竟不然。是非由說而樂者，曷克臻此。」原本末句「非純學者乎」。賈政道：「這也與破題同病的。這改的也罷了，不過清楚，還說得去。」第三藝是《則歸墨》，◎4賈政看了題目，自己揚著頭想了一想，因問寶玉道：「你的書講到這裏了麼？」寶玉道：「師父說，《孟子》好懂些，所以倒先講《孟子》，大前日才講完了。如今講『上論語』呢。」賈政因看這個破承倒沒大改。破題云：「言於舍楊之外，若別無所歸者焉。」賈政道：「第二句倒難爲你。」「夫墨，非欲歸者也；而墨之言已半天下矣，則舍楊之外，欲不歸於墨，得乎？」賈政道：「這是你作的麼？」寶玉答應道：「是。」賈政點點頭兒，因說道：「這也並沒有什麼出色處，但初試筆能如此，還算不離。前年我在任上時，還出過《惟士爲能》※9這個題目。◎5那些童生都讀過前人這篇，不能自出心裁，每多抄襲。你念過沒有？」寶玉道：「也念過。」賈政道：「我要你另換個主意，不許雷同了前人，只作個破題也使得。」◎6寶玉只得答應著，低頭搜索枯腸。賈政背著手，也在門口站著作想。只見一個小小廝往外飛走，看見賈政，連忙側身垂手站住。賈政便問道：「作什麼？」小廝回道：「老太太

註

※5：八股文起首兩句須說破題目要義。
※6：緊承破題申述題義
※7：第二篇文章。
※8：文章之義理。
※9：語出《孟子．梁惠王上》：「無恆產而有恆心者，惟士爲能。」意謂無固定收入而有一定道德觀念的，只有士人才能作到。

評點

◎4.墨子兼愛，亦切寶玉，非泛寫作文。（黃小田）
◎5.讀此書而知其義者，惟外釋道而志儒學之士爲能也。（張新之）
◎6.全書有起無結，是但有破題，而木石姻緣破矣。（張新之）

那邊姨太太來了，二奶奶傳出話來，叫預備飯呢。」賈政聽了，也沒言語。那小廝自去了。

誰知寶玉自從寶釵搬回家去，十分想念，聽見薛姨媽來了，只當寶釵同來，心中早已忙了，◎[7]便乍著膽子回道：「破題倒作了一個，但不知是不是。」賈政道：「你念來我聽。」寶玉念道：「天下不皆士也，能無產者亦僅矣。」賈政聽了，點著頭道：「也還使得。以後作文，總要把界限分清，把神理想明白了再去動筆。你來的時候老太太知道不知道？」寶玉道：「知道的。」賈政道：「既如此，你還到老太太處去罷。」寶玉答應了個「是」，只得拿捏著慢慢的退出，剛過穿廊月洞門的影屏，便一溜煙跑到老太太院門口。急的茗煙在後頭趕著叫：「看跌倒了！老爺來了。」寶玉那裏聽得見。剛進得門來，便聽見王夫人、鳳姐、探春等笑語之聲。

丫鬟們見寶玉來了，連忙打起簾子，悄悄告訴道：「姨太太在這裏呢。」寶玉趕忙進來給薛姨媽請安，過來才給賈母請了晚安。賈母便問：「你今兒怎麼這早晚才散學？」寶玉悉把賈政看文章並命作破題的話述了一遍。賈母笑容滿面。寶玉因問眾人道：「寶姐姐在那裏坐著呢？」薛姨媽笑道：「你寶姐姐沒過來，家裏和香菱作活呢。」寶玉聽了，心中索然，又不好就走。只見說著話兒已擺上飯來，自然是賈母、薛姨媽上坐，探春等陪坐。薛姨媽道：「寶哥兒呢？」賈母忙笑說道：「寶玉跟著我這邊坐罷。」寶玉連忙回道：「頭裏散學時李貴傳老爺的話，叫吃了飯過去。我趕著

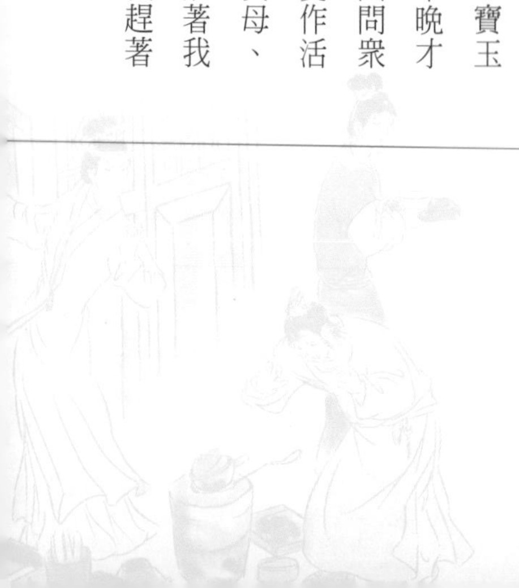

要了一碟菜，泡茶吃了一碗飯，就過去了。老太太和姨媽、姐姐們用罷。」賈母道：「既這麼著，鳳丫頭就過來跟著我。你太太才說他今兒吃齋，叫他們自己吃去罷。」王夫人也道：「你跟著老太太、姨太太吃罷，不用等我，我吃齋呢。」於是鳳姐告了坐，丫頭安了杯箸，鳳姐執壺斟了一巡，才歸坐。

大家吃著酒。賈母便問道：「可是才姨太太提香菱，我聽見前兒丫頭們說『秋菱』，不知是誰，問起來才知道是他。怎麼那孩子好好的又改了名字呢？」薛姨媽滿臉飛紅，嘆了口氣道：「老太太再別提起。自從蟠兒娶了這個不知好歹的媳婦，成日家咕咕唧唧，如今鬧的也不成個人家了。我也說過他幾次，他牛心不聽說，我也沒那麼大精神和他們盡著吵去，只好由他們去。可不是他嫌這丫頭的名兒不好改的。」賈母道：「名兒什麼要緊的事呢？」薛姨媽道：「說起來我也怪臊的，其實老太太這邊有什麼不知道的。他那裏是爲這名兒不好，聽見說他因爲是寶丫頭起的，他才有心要改。」賈母道：「這又是什麼原故呢？」薛姨媽把手絹子不住的擦眼淚，未從說，又嘆了一口氣，道：「老太太還不知道呢，這如今媳婦子專和寶丫頭慪氣。前日老太太打發人看我去，我們家裏正鬧呢。」賈母連忙接著問道：「可是前兒聽見姨太太肝氣疼，要打發人看去，後來聽見說好了，所以沒著人去。依我，勸姨太太竟把他們別放在心上。再者，他們也是新過門的小夫妻，過些時自然就好了。我看寶丫頭性格兒溫厚和平，雖然年輕，比大人還強幾倍。前日那小丫頭子回來說，我們這邊還都贊嘆了

評點

◎7.此時寶哥之心已外馳矣。（姚燮）

他一會子。都像寶丫頭那樣心胸兒脾氣兒，眞是百裏挑一的。不是我說句冒失話，那給人家作了媳婦兒，怎麼叫公婆不疼，家裏上上下下的不賓服※10呢。」寶玉頭裏已經聽煩了，推故要走，及聽見這話，又坐了呆呆的往下聽。薛姨媽道：「不中用。他雖好，到底是女孩兒家。養了蟠兒這個糊塗孩子，眞眞叫我不放心，只怕在外頭喝點子酒，鬧出事來。幸虧老太太這裏的大爺、二爺常和他在一塊兒，我還放點兒心。」寶玉聽到這裏，便接口道：「姨媽更不用懸心。薛大哥相好的都是些正經買賣大客人，都是有體面的，那裏就鬧出事來。」薛姨媽笑道：「依你這樣說，我敢只不用操心了。」說話間，飯已吃完。寶玉先告辭了，晚間還要看書，便各自去了。

這裏丫頭們剛捧上茶來，只見琥珀走過來向賈母耳朵旁邊說了幾句，賈母便向鳳姐兒道：「你快去罷，瞧瞧巧姐兒去罷。」鳳姐聽了，還不知何故，大家也怔了。琥珀遂過來向鳳姐道：「剛才平兒打發小丫頭子來回二奶奶，說巧姐兒身上不大好，請二奶奶忙著些過來才好呢。」賈母因說道：「你快去罷，姨太太也不是外人。」鳳姐連忙答應，在薛姨媽跟前告了辭。又見王夫人說道：「你先過去，我就去。小孩子家魂兒還不全呢，別叫丫頭們大驚小怪的，屋裏的貓兒狗兒，也叫他們留點神兒。盡著

✣ 巧姐。續書寫她回到榮國府，與曹雪芹原意不符。（《紅樓夢煙標精華》杜春耕編著，北京圖書館出版社提供）

孩子貴氣，偏有這些瑣碎。」鳳姐答應了，然後帶了小丫頭回房去了。

這裏薛姨媽又問了一回黛玉的病。賈母道：「林丫頭那孩子倒罷了，只是心重些，所以身子就不大很結實了。要賭靈性兒，也和寶丫頭不差什麼；要賭寬厚待人裏頭，卻不濟他寶姐姐有耽待、有盡讓了。」薛姨媽又說了兩句閑話兒，便道：「老太太歇著罷。我也要到家裏去看看，只剩下寶丫頭和香菱了。打那麼同著姨太太看看巧姐兒。」賈母道：「正是。姨太太上年紀的人看看是怎麼不好，說給他們，也得點主意兒。」薛姨媽便告辭，同著王夫人出來，往鳳姐院裏去了。

* * *

卻說賈政試了寶玉一番，心裏卻也喜歡，走向外面和那些門客閑談。說起方才的話來，便有新進到來、最善大棋※11的一個王爾調名作梅的說道：「據我們看來，寶二爺的學問已是大進了。」賈政道：「那有進益，不過略懂得些罷咧，『學問』兩個字早得很呢。」詹光道：「這是老世翁過謙的話。不但王大兄這般說，就是我們看，寶二爺必定要高發的。」賈政笑道：「這也是諸位過愛的意思。」那王爾調又道：「晚生還有一句話，不揣冒昧，和老世翁商議。」賈政道：「什麼事？」王爾調陪笑道：「也是晚生的相與，作過南韶道的張大老爺家有一位小姐，說是生得德容功貌俱全，此時尚未受聘。他又沒有兒子，家資巨萬。但是要富貴雙全的人家，女婿又要出衆，

註

※10：佩服。
※11：圍棋。

才肯作親。晚生來了兩個月，瞧著寶二爺的人品學業，都是必要大成的。老世翁這樣門楣，還有何說。若晚生過去，包管一說就成。」賈政道：「寶玉說親卻也是年紀了，並且老太太常說起。◎8但只張大老爺素來尚未深悉。」詹光道：「王兄所提張家，晚生卻也知道。況和大老爺那邊是舊親，老世翁一問便知。」賈政想了一回，道：「大老爺那邊不曾聽得這門親戚。」詹光道：「老世翁原來不知，這張府上原和邢舅太爺那邊有親的。」賈政聽了，方知是邢夫人的親戚。坐了一回，進來了，便要同王夫人說知，轉問邢夫人去。誰知王夫人陪了薛姨媽到鳳姐那邊看巧姐兒去了。那天已經掌燈時候，薛姨媽去了，王夫人才過來了。賈政告訴了王爾調和詹光的話，又問巧姐兒怎麼了。王夫人道：「怕是驚風的光景。」賈政道：「不甚利害呀？」王夫人道：「看著是搐

✣「試文字寶玉始提親」，描繪《紅樓夢》第八十四回中的場景。當寶玉不得不面對提親的事實，也就意味著矛盾的爆發已經不遠了。清代孫溫繪《全本紅樓夢》圖冊第十七冊之三。（清．孫溫繪）

風的來頭，只還沒搐出來呢。」賈政聽了便不言語，各自安歇，一宿晚景不提。

卻說次日邢夫人過賈母這邊來請安，王夫人便提起張家的事，一面回賈母，一面問邢夫人。邢夫人道：「張家雖係老親，但近年來久已不通音信，不知他家的姑娘是怎麼樣的。倒是前日孫親家太太打發老婆子來問安，卻說起張家的事，說他家有個姑娘，托孫親家那邊有對勁的提一提。聽見說只這一個女孩兒，十分嬌養，也識得幾個字，見不得大陣仗兒，常在房中不出來的。張大老爺又說，只有這一個女孩兒，不肯嫁出去，怕人家公婆嚴，姑娘受不得委曲，必要女婿過門贅在他家，給他料理些家事。」賈母聽到這裏，不等說完便道：「這斷使不得。我們寶玉別人伏侍他還不夠呢，倒給人家當家去！」◎9邢夫人道：「正是老太太這個話。」賈母因向王夫人道：「你回來告訴你老爺，就說我的話，這張家的親事是作不得的。」王夫人答應了。賈母便問：「你們昨日看巧姐兒怎麼樣？頭裏平兒來回我說很不大好，我也要過去看看呢。」邢、王二夫人道：「老太太雖疼他，他那裏耽的住。」賈母道：「卻也不止為他，我也要走動走動，活活筋骨兒。」說著，便吩咐：「你們吃飯去罷，回來同我過去。」邢、王二夫人答應著出來，各自去了。

一時吃了飯，都來陪賈母到鳳姐房中。鳳姐連忙出來接了進去。賈母便問巧姐兒到底怎麼樣。鳳姐兒道：「只怕是搐風的來頭。」◎10賈母道：「這麼著還不請人趕著瞧！」鳳姐道：「已經請去了。」賈母因同邢、王二夫人進房來看，只見奶子抱著，

評點

◎8.試過文藝後即接說親一事，引起寶釵金鎖。賈母求親是寶玉、釵、黛三人結果之因。（王希廉）
◎9.以張家親事襯出寶釵，文情曲折紆徐。（王希廉）
◎10.巧姐此時，當已在十歲之外，不應尚有嬰兒之病。（陳其泰）

用桃紅綾子小綿被兒裹著，臉皮趣※12青，眉梢鼻翅微有動意。賈母同邢、王二夫人看了看，便出外間坐下。正說間，只見一個小丫頭回鳳姐道：「老爺打發人問姐兒怎麼樣。」鳳姐道：「替我回老爺，就說請大夫去了。一會兒開了方子，就過去回老爺。」

賈母忽然想起張家的事來，向王夫人道：「你該就去告訴你老爺，省得人家去說了回來又駁回。」又問邢夫人道：「你們和張家如今爲什麼不走了？」邢夫人因又說：「論起那張家行事，也難和咱們作親，太嗇克，沒的玷辱了寶玉。」鳳姐聽了這話，已知八九，便問道：「太太不是說寶兄弟的親事？」邢夫人道：「可不是麼。」賈母接著因把剛才的話告訴鳳姐。鳳姐笑道：「不是我當著老祖宗太太們跟前說句大膽的話，現放著天配的姻緣，何用別處去找。」賈母笑問道：「在那裏？」鳳姐道：「一個『寶玉』，一個『金鎖』，◎11老太太怎麼忘了？」賈母笑了一笑，因說：「昨日你姑媽在這裏，你爲什麼不提？」鳳姐道：「老祖宗和太太們在前頭，那裏有我們小孩子家說話的地方兒。況且姨媽過來瞧老祖宗，怎麼提這些個，這也得太太們過去求親才是。」賈母笑了，邢、王二夫人也都笑了。賈母因道：「可是我背晦了。」

✣ 鳳姐在賈母面前明確提出「寶玉」和「金鎖」之配。（朱寶榮繪）

✣ 銀鎖，清代。寶釵所戴，則以金子為材質。（集成提供）

說著人回：「大夫來了。」◎12賈母便坐在外間，邢、王二夫人略避。那大夫同賈璉進來，給賈母請了安，方進房中。看了出來，站在地下躬身回賈母道：「妞兒一半是內熱，一半是驚風。◎13須先用一劑發散風痰藥，還要用四神散才好，因病勢來的不輕。如今的牛黃都是假的，要找眞牛黃方用得。」賈母道了乏，那大夫同賈璉出去開了方子，去了。鳳姐道：「人參家裏常有，這牛黃倒怕未必有，外頭買去，只是要眞的才好。」王夫人道：「等我打發人到姨太太那邊去找找。他家蟠兒是向與那些西客※13們作買賣，或者有眞的也未可知。我叫人去問問。」正說話間，衆姐妹都來瞧來了，坐了一回，也都跟著賈母等去了。

這裏煎了藥給巧姐兒灌了下去，只聽喀的一聲，連藥帶痰都吐出來，鳳姐才略放了一點兒心。只見王夫人那邊的小丫頭拿著一點兒的小紅紙包兒說道：「二奶奶，牛黃有了。太太說了，叫二奶奶親自把分兩對準了呢。」鳳姐答應著接過來，便叫平兒配齊了眞珠、冰片、朱砂，快熬起來。自

註

※12：很。

※13：向西域一帶作生意的商人。

✣ 牛黃，即黃牛的膽結石，又名犀黃。苦甘、涼，可清心、化痰、利膽、鎮驚。（fotoe提供）

評點

◎11.金玉姻緣，此回作合，一書之大結。（東觀閣主人）

◎12.寶釵親事於巧姐病中說起，是以成親亦在寶玉病中。作者暗以伏筆作讖兆。（王希廉）

◎13.「內熱」是釵，「驚風」是黛，同分一「巧」。（張新之）

已用戥子按方秤了，攙在裏面，等巧姐兒醒了好給他吃。只見賈環掀簾進來說：「二姐姐，你們巧姐兒怎麼了？媽叫我來瞧瞧他。」鳳姐見了他母子便嫌，說：「好些了。你回去說，叫你們姨娘想著。」那賈環口裏答應，只管各處瞧看。看了一回，便問鳳姐兒道：「你這裏聽的說有牛黃，不知牛黃是怎麼個樣兒，給我瞧瞧呢。」鳳姐道：「你別在這裏鬧了，妞兒才好些。那牛黃都煎上了。」賈環聽了，便去伸手拿那銱子瞧時，豈知措手不及，沸的一聲，銱子倒了，火已潑滅了一半。賈環見不是事，自覺沒趣，連忙跑了。鳳姐急的火星直爆，罵道：「眞眞那一世的對頭冤家！你何苦來還來使促狹！從前你媽要想害我，如今又來害妞兒。我和你幾輩子的仇呢！」一面罵平兒不照應。正罵著，只見丫頭來找賈環。鳳姐道：「你去告訴趙姨娘，說他操心也太苦了。巧姐兒死定了，不用他惦著了！」◎14平兒急忙在那裏配藥再熬，那丫頭摸不著

✣ 鳳姐提親。其實鳳姐並非造成黛玉之死的罪魁禍首，她只不過是捅破這層窗戶紙的最佳人選而已。（朱士芳繪）

頭腦，便悄悄問平兒道：「二奶奶爲什麼生氣？」平兒將環哥弄倒藥銱子說了一遍。丫頭道：「怪不得他不敢回來，躲了別處去了。這環哥兒明日還不知怎麼樣呢。平姐姐，我替你收拾罷。」平兒說：「這倒不消。幸虧牛黃還有一點，如今配好了，你去罷。」丫頭道：「我一准回去告訴趙姨奶奶，也省得他天天說嘴。」

丫頭回去果然告訴了趙姨娘。趙姨娘氣的叫：「快找環兒！」環兒在外間屋子裏躲著，被丫頭找了來。趙姨娘便罵道：「你這個下作種子！你爲什麼弄洒了人家的藥，招的人家咒罵。我原叫你去問一聲，不用進去。你偏進去，又不就走，還要虎頭上捉虱子。你看我回了老爺，打你不打！」這裏趙姨娘正說著，只聽賈環在外間屋子裏更說出些驚心動魄的話來。未知何言，下回分解。

✣ 賈環弄倒了為巧姐熬藥的藥銱子，鳳姐火冒三丈。（朱寶榮繪）

評點

◎14. 賈環因巧姐而結怨，爲將來串賣之根由。（王希廉）

第八十五回

賈存周報升郎中任　薛文起復惹放流刑

話說趙姨娘正在屋裏抱怨賈環，只聽賈環在外間屋裏發話道：「我不過弄倒了藥銱子，洒了一點子藥，那丫頭子又沒就死了，值得他也罵我，你也罵我，賴我心壞，把我往死裏糟蹋。等著我明兒還要那小丫頭子的命呢，看你們怎麼著！只叫他們隄防著就是了。」◎1那趙姨娘趕忙從裏間出來，握住他的嘴說道：「你還只管信口胡唚※1，還叫人家先要了我的命呢！」娘兒兩個吵了一回。趙姨娘聽見鳳姐的話越想越氣，也不著人來安慰鳳姐一聲兒。過了幾天巧姐兒也好了。因此兩邊結怨比從前更加一層了。

* * *

一日林之孝進來回道：◎2「今日是北靜郡王生日，請老爺的示下。」賈政吩咐道：「只按向年舊例辦了，回大老爺知道，送去就是了。」林之孝答

✣《增評補圖石頭記》第八十五回繪畫。（fotoe提供）

應了，自去辦理。不一時，賈赦過來同賈政商議，帶了賈珍、賈璉、寶玉去與北靜王拜壽。別人還不理論，惟有寶玉素日仰慕北靜王的容貌威儀，巴不得常見才好，遂連忙換了衣服，跟著來到北府。賈赦、賈政遞了職名候諭。不多時，裏面出來了一個太監，手裏掐著數珠兒，見了賈赦、賈政，笑嘻嘻的說道：「二位老爺好？」賈赦、賈政也都趕忙問好。他兄弟三人也過來問了好。那太監道：「王爺叫請進去呢。」於是爺兒五個跟著那太監進入府中，過了兩層門，轉過一層殿去，裏面方是內宮門。剛到門前，大家站住，那太監先進去回王爺去了。這裏門上小太監都迎著問了好。一時那太監出來，說了個「請」字，爺兒五個肅敬跟入。

只見北靜郡王穿著禮服，已迎到殿門廊下。賈赦、賈政先上來請安，捱次便是珍、璉、寶玉請安。那北靜郡王單拉著寶玉道：「我久不見你，很惦記你。」因又笑問道：「你那塊玉兒好？」◎3寶玉躬著身打著一半千兒回道：「蒙王爺福庇，都好。」北靜王道：「今日你來，沒有什麼好東西給你吃的，倒是大家說說話兒罷。」說著，幾個老公打起簾子，北靜王說「請」，自己卻先進去，然後賈赦等都躬著身跟進去。先是賈赦請北靜王受禮，北靜王也說了兩句謙辭，那賈赦早已跪下，次及賈政等捱次行禮，自不必說。

那賈赦等復肅敬退出。北靜王吩咐太監等讓在衆戚舊一處好生款待，卻單留寶玉

註

※1：北方人稱牲畜嘔吐爲「㖮」。借指爲用髒話罵人。

評點

◎1.寫此一段，爲後文環兒串賣巧姐伏線。（姚燮）
◎2.續書者總未向前八十回中細尋針線也。（陳其泰）
◎3.以心印心，是一是二。（張新之）

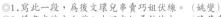

在這裏說話兒，又賞了坐。寶玉又磕頭謝了恩，在挨門邊繡墩上側坐，說了一回讀書作文諸事。北靜王甚加愛惜，又賞了茶，因說道：「昨兒巡撫吳大人來陛見，說起令尊翁前任學政※2時，秉公辦事，凡屬生童，俱心服之至。他陛見時，萬歲爺也曾問過，他也十分保舉，可知是令尊翁的喜兆。」寶玉連忙站起，聽畢這一段話，才回啓道：「此是王爺的恩典，吳大人的盛情。」正說著，小太監進來回道：「外面諸位大人老爺都在前殿謝王爺賞宴。」說著，呈上謝宴並請午安的帖子來。北靜王略看了一看，仍遞給小太監，笑了一笑說道：「知道了，勞動他們。」那小太監又回道：「這賈寶玉王爺單賞的飯預備了。」北靜王便命那太監帶了寶玉到一所極小巧精緻的院裏，派人陪著吃了飯，又過來謝了恩。北靜王又說了些好話兒，忽然笑說道：「我前次見你那塊玉倒有趣兒，回來說了個式樣，叫他們也作了一

「賈寶玉至王府賀壽」，描繪《紅樓夢》第八十五回中的場景，北靜王和寶玉原是一見如故。清代孫溫繪《全本紅樓夢》圖冊第十七冊之六。（清．孫溫繪）

塊來。今日你來的正好，就給你帶回去頑罷。」因命小太監取來，親手遞給寶玉。◎4寶玉接過來捧著，又謝了，然後退出。北靜王又命兩個小太監跟出來，才同著賈赦等回來了。賈赦便各自回院裏去。

這裏賈政帶著他三人回來見過賈母，請過了安，說了一回府裏遇見的人。寶玉又回了賈政吳大人陞見保舉的話。賈政道：「這吳大人本來咱們相好，也是我輩中人，還倒是有骨氣的。」又說了幾句閑話兒，賈母便叫：「歇著去罷。」賈政退出，珍、璉、寶玉都跟到門口。賈政道：「你們都回去陪老太太坐著去罷。」說著，便回房去。剛坐了一坐，只見一個小丫頭回道：「外面林之孝請老爺回話。」說著，遞上個紅單帖來，寫著吳巡撫的名字。賈政知是來拜，便叫小丫頭叫林之孝進來。賈政出至廊檐下。林之孝進來回道：「今日巡撫吳大人來拜，奴才回了去了。再奴才還聽見說，現今工部出了一個郎中缺，外頭人和部裏都吵嚷是老爺擬正※3呢。」賈政道：「瞧罷咧。」林之孝又回了幾句話，才出去了。

且說珍、璉、寶玉三人回去，獨有寶玉到賈母那邊，一面述說北靜王待他的光景，並拿出那塊玉來。大家看著笑了一回。賈母因命人：「給他收起去罷，別丟了。」因問：「你那塊玉好生帶著罷？別鬧混了。」寶玉在項上摘了下來，說：「這

註

※2：清代「提督學政」的簡稱，掌管教育行政，生員考課升降事務。
※3：任官職被正式任命。

評點

◎4.爲後文假假眞眞伏根。（姚燮）

不是我那一塊玉，那裏就掉了呢。比起來，兩塊玉差遠著呢，那裏混得過。我正要告訴老太太，前兒晚上我睡的時候把玉摘下來掛在帳子裏，他竟放起光來了，滿帳子都是紅的。」賈母說道：「又胡說了，帳子的檐子是紅的，火光照著，自然紅是有的。」寶玉道：「不是。那時候燈已滅了，屋裏都漆黑的了，還看得見他呢。」邢、王二夫人抿著嘴笑。鳳姐道：「這是喜信發動了。」◎5寶玉道：「什麼喜信？」賈母道：「你不懂得。今兒個鬧了一天，你去歇歇兒去罷，別在這裏說呆話了。」寶玉又站了一回兒，才回園中去了。

這裏賈母問道：「正是。你們去看薛姨媽說起這事沒有？」王夫人道：「本來就要去看的，因鳳丫頭爲巧姐兒病著，耽擱了兩天，今日才去的。這事我們都告訴了，姨媽倒也十分願意，只說蟠兒這時侯不在家，目今他父親沒了，只得和他商量商量再辦。」賈母道：「這也是情理的話。既這麼樣，大家先別提起，等姨太太那邊商量定了再說。」◎6

*　　*　　*

不說賈母處談論親事，且說寶玉回到自己房中，告訴襲人道：「老太太與鳳姐姐方才說話含含糊糊，不知是什麼意思。」襲人想了想，笑了一笑道：「這個我也猜不著。但只剛才說這些話時，林姑娘在跟前沒有？」寶玉道：「林姑娘才病起來，這些

時何曾到老太太那邊去呢。」正說著，只聽外間屋裏麝月與秋紋拌嘴。襲人道：「你兩個又鬧什麼？」麝月道：「我們兩個鬥牌，他贏了我的錢他拿了去，他輸了錢就不肯拿出來。這也罷了，他倒把我的錢都搶了去了。」寶玉笑道：「幾個錢什麼要緊，傻丫頭不許鬧了。」說的兩個人都咕嘟著嘴坐著去了。這裏襲人打發寶玉睡下。不提。

卻說襲人聽了寶玉方才的話，也明知是給寶玉提親的事。因恐寶玉每有痴想，這一提起不知又招出他多少呆話來，所以故作不知，自己心上卻也是頭一件關切的事。夜間躺著想了個主意，不如去見見紫鵑，看他有什麼動靜，自然就知道了。次日一早起來，打發寶玉上了學，自己梳洗了，便慢慢的去到瀟湘館來。只見紫鵑正在那裏掐花兒呢，見襲人進來，便笑嘻嘻的道：「姐姐屋裏坐著。」襲人道：「坐著，妹妹掐花兒呢嗎？姑娘呢？」紫鵑道：「姑娘才梳洗完了，等著溫藥呢。」紫鵑一面說著，一面同襲人進來。見了黛玉正在那裏拿著一本書看。襲人陪著笑道：「姑娘怨不得勞神，起來就看書。我們寶二爺念書若能像姑娘這樣，豈不好了呢！」黛玉笑著把書放下。雪雁已拿著個小茶盤裏托著一鍾藥，一鍾水，小丫頭在後面捧著痰盒、漱盂進來。原來襲人來時要探探口氣，坐了一回，無處入話，又想著黛玉最是心多，探不成消息再惹著了他倒是不好，又坐了坐，搭訕著辭了出來了。

評點

◎5.玉放紅光是精華外露，為走失之象，不是喜兆。（王希廉）
◎6.故暫時擱起作一離筆。（姚燮）

將到怡紅院門口，只見兩個人在那裏站著呢。襲人不便往前走，那一個早看見了，連忙跑過來。襲人一看，卻是鋤藥，因問：「你作什麼？」鋤藥道：「剛才芸二爺來了，◎7拿了個帖兒，說給咱們寶二爺瞧的，在這裏候信。」襲人道：「寶二爺天天上學，你難道不知道，還候什麼信呢。」鋤藥笑道：「我告訴他了。他叫告訴姑娘，聽姑娘的信呢。」襲人正要說話，只見那一個也慢慢的蹭了過來，細看時，就是賈芸，溜溜湫湫往這邊來了。襲人見是賈芸，連忙向鋤藥道：「你告訴說知道了，回來給寶二爺瞧罷。」那賈芸原要過來和襲人說話，無非親近之意，又不敢造次，只得慢慢踱來。相離不遠，不想襲人說出這話，自己也不好再往前走，只好站住。這裏襲人已掉背臉往回裏去了。賈芸只得怏怏而回，同鋤藥出去了。

晚間寶玉回房，襲人便回道：「今日廊下小芸二爺來了。」寶玉道：「作什麼？」襲人道：「他還有個帖兒呢。」寶玉道：「在那裏？拿來我看看。」麝月便走去在裏間屋裏書槅子上頭拿了來。寶玉接過看時，上面皮兒上寫著「叔父大人安稟」。寶玉道：「這孩子怎麼又不認我作父親了？」襲人道：「怎麼？」寶玉道：「前年他送我白海棠時稱我作『父親大人』，今日這帖子封皮上寫著『叔父』，可不是又不認了麼？」襲人道：「他也不害臊，你也不害臊！他那麼大了，倒認你這麼大兒的作父親，可不是他不害臊？你正經連個——」剛說到這裏，臉一紅，微微的一笑。寶玉也覺得了，便道：「這倒難講。俗語說：『和尚無兒，孝子多著呢。』只是我看著他還伶俐得人心兒，才這麼著；他不願意，我還不希罕呢！」說著，一面拆那帖兒。襲人也笑道：「那小芸二爺也有些鬼鬼頭頭的。什麼時候又要看人，什麼時候又躲躲藏藏的，可知也是個心術不正的貨。」寶玉只顧拆開看那字兒，也不理會襲人這些話。襲人見他看那帖兒，皺一回眉，又笑一笑兒，又搖搖頭兒，後來光景竟大不耐煩起來。襲人等他看完了，問道：「是什麼事情？」寶玉也不答言，把那帖子已經撕作幾段。襲人見這般光景，也不便再問，便問寶玉吃了飯還看書不看。寶玉道：「可笑芸兒這孩子竟這樣的混賬。」襲人見他所答非所問，便微微的笑著問道：「到底是什麼事？」寶玉道：「問他作什麼，咱們吃飯罷。吃了飯歇著罷，心裏鬧的怪煩的。」說著叫小丫頭子點了一個火兒來，把那撕的帖兒燒了。

一時小丫頭們擺上飯來。寶玉只是怔怔的坐著，襲人連哄帶慪催著吃了一口兒飯，便擱下了，仍是悶悶的歪在床上。一時間，忽然掉下淚來。◎8此時襲人、麝月都摸不著頭腦。麝月道：「好好兒的，這又是爲什麼？都是什麼芸兒雨兒的，不知什麼事弄了這麼個浪帖子來，惹的這麼傻了的似的，哭一會子，笑一會子。要天長日久鬧起這悶葫蘆來，可叫人怎麼受呢！」說著，竟傷起心來。襲人旁邊由不得要笑，便勸道：「好妹妹，你也別慪人了。他一個人就夠受了，你又這麼著。他那帖子上的事難道與你相干？」麝月道：「你混說起來了。知道他帖兒上寫的是什麼混賬話，你混往人身上扯。要那麼說，他帖兒上只怕倒與你相干呢。」襲人還未答言，只聽寶玉在床

評點

◎7.芸亦寶玉一影。（張新之）
◎8.此段深文，皆責寶玉一心無主也。（張新之）

上噗哧的一聲笑了，爬起來抖了抖衣裳，說：「咱們睡覺罷，別鬧了。明日我還起早念書呢。」說著便躺下睡了。一宿無話。

次日寶玉起來梳洗了，便往家塾裏去。走出院門，忽然想起，叫茗煙略等，急忙轉身回來叫：「麝月姐姐呢？」麝月答應著出來問道：「怎麼又回來了？」寶玉道：「今日芸兒要來了，告訴他別在這裏鬧，再鬧我就回老太太和老爺去了。」麝月答應了，寶玉才轉身去了。剛往外走著，只見賈芸慌慌張張往裏來，看見寶玉連忙請安，說：「叔叔大喜了。」那寶玉估量著是昨日那件事，便說道：「你也太冒失了，不管人心裏有事沒事，只管來攪！」賈芸陪笑道：「叔叔不信只管瞧去，人都來了，在咱們大門口呢。」寶玉越發急了，說：「這是那裏的話！」正說著，只聽外邊一片聲嚷起來。賈芸道：「叔叔聽這不是？」寶玉越發心裏狐疑起來，只聽一個人嚷道：「你們這些人好沒規矩，這是什麼地方，你們在這裏混嚷。」那人答道：「誰叫老爺升了官呢，怎麼不叫我們來吵喜※4呢？別人家盼著吵還不能呢。」寶玉聽了，才知道是賈政升了郎中了，人來報喜的。心中自是甚喜。連忙要走時，賈芸趕著說道：「叔叔樂不樂？叔叔的親事要再成了，不用說是兩層喜了。」寶玉紅了臉，啐了一口道：「呸！沒趣兒的東西！還不快走呢。」賈芸把臉紅了道：「這有什麼的，我看你老人家就不──」寶玉沉著臉道：「就不什麼？」賈芸未及說完，◎9也不敢言語了。

寶玉連忙來到家塾中，只見代儒笑著說道：「我才剛聽見你老爺升了。你今日還來了麼？」寶玉陪笑道：「過來見了太爺，好到老爺那邊去。」代儒道：「今日不必來了，放你一天假罷。可不許回園子裏頑去。你年紀不小了，雖不能辦事，也當跟著你大哥他們學學才是。」寶玉答應著回來。剛走到二門口，只見李貴走來迎著，旁邊站住笑道：「二爺來了麼，奴才才要到學裏請去。」寶玉笑道：「誰說的？」李貴道：「老太太才打發人到院裏去找二爺，那邊的姑娘們說二爺學裏去了。剛才老太太打發人出來叫奴才去給二爺告幾天假，聽說還要唱戲賀喜呢，二爺就來了。」說著，寶玉自己進去。進了二門，只見滿院裏丫頭老婆都是笑容滿面，見他來了，笑道：「二爺這早晚才來，還不快進去給老太太道喜去呢。」

寶玉笑著進了房門，只見黛玉挨著賈母左邊坐著呢，右邊是湘雲。地下邢、王二夫人。探春、惜春、李紈、鳳姐、李紋、李綺，邢岫煙一干姐妹，都在屋裏，只不見寶釵、寶琴、迎春三人。◎10寶玉此時喜的無話可說，忙給賈母道了喜，又給邢、王二夫人道喜，一一見了眾姐妹，便向黛玉笑道：「妹妹身體可大好了？」黛玉也微笑道：「大好了。聽見說二哥哥身上也欠安，好了麼？」寶玉道：「可不是，我那日夜裏忽然心裏疼起來，這幾天剛好些就上學去了，也沒能過去看妹妹。」黛玉不等他說完，早扭過頭和探春說話去了。鳳姐在地下站著笑道：「你兩個那裏像天天在一處的，倒像是客一般，有這些套話，可是人說的『相敬如賓』了。」說的大家一笑。林

註

※4：到喜慶之家故意吵鬧討彩以示祝賀。

評點

◎9.一部「紅樓」到底未完。（張新之）
◎10.不見此三人，有深意存。（張新之）

黛玉滿臉飛紅，又不好說，又不好不說，遲了一回兒，才說道：「你懂得什麼？」眾人越發笑了。鳳姐一時回過味來，才知道自己出言冒失，正要拿話岔時，只見寶玉忽然向黛玉道：「林妹妹，你瞧芸兒這種冒失鬼。」說了這一句，方想起來，便不言語了。招的大家又都笑起來，說：「這從那裏說起。」黛玉也摸不著頭腦，也跟著訕訕的笑。寶玉無可搭訕，因又說道：「可是剛才我聽見有人要送戲，說是幾兒？」大家都瞅著他笑。鳳姐兒道：「你在外頭聽見，你來告訴我們。你這會子問誰呢？」寶玉得便說道：「我外頭再去問問去。」賈母道：「別跑到外頭去，頭一件看報喜的笑話，第二件你老子今日大喜，回來碰見你，又該生氣了。」寶玉答應了個「是」，才出來了。

這裏賈母因問鳳姐誰說送戲的話，鳳姐道：「說是舅太爺那邊說，後兒日子好，送一班新出的小戲兒給老太太、老爺、太太賀喜。」因又笑著說道：「不但日子好，還是好日子呢。」說著這話，卻瞅著黛玉笑。黛玉也微笑。王夫人因道：「可是呢，後日還是外甥女兒的好日子呢。」賈母想了一想，也笑道：「可見我如今老了，什麼事都糊塗了。虧了有我這鳳丫頭是我個『給事中※5』。既這麼著，很好，他舅舅家給

✣賈政升任郎中，闔家歡慶。（朱寶榮繪）

他們賀喜，你舅舅家就給你作生日，豈不好呢。」說的大家都笑起來，說道：「老祖宗說句話兒都是上篇上論的，怎麼怨得有這麼大福氣呢。」說著，寶玉進來，聽見這些話，越發樂的手舞足蹈了。一時，大家都在賈母這邊吃飯，甚熱鬧，自不必說。飯後，那賈政謝恩回來，給宗祠裏磕了頭，便來給賈母磕頭，站著說了幾句話，便出去拜客去了。這裏接連著親戚族中的人來來去去，鬧鬧穰穰，車馬填門，貂蟬※6滿座，眞是：

花到正開蜂蝶鬧，月逢十足海天寬。

如此兩日，已是慶賀之期。這日一早，王子騰和親戚家已送過一班戲來，就在賈母正廳前搭起行臺。外頭爺們都穿著公服陪侍，親戚來賀的約有十餘桌酒。裏面爲著是新戲，又見賈母高興，便將琉璃戲屛隔在後廈，裏面也擺下酒席。上首薛姨媽一桌，是王夫人、寶琴陪著；對面老太太一桌，是邢夫人、岫煙陪著；下面尙空兩桌，賈母叫他們快來。一回兒，只見鳳姐領著衆丫頭，都簇擁著林黛玉來了。黛玉略換了幾件新鮮衣服，打扮得宛如嫦娥下界，含羞帶笑的出來見了衆人。湘雲、李紋、李紈都讓他上首座，黛玉只是不肯。賈母笑道：「今日你坐了罷。」薛姨媽站起來問道：「今日林姑娘也有喜事麼？」賈母笑道：「是他的生日。」◎11薛姨媽道：「咳，我倒忘了。」走過來說道：「恕我健忘，回來叫寶琴過來拜姐姐的壽。」黛玉笑說「不

註

※5：官名，唐宋以來居門下省之職，掌侍從規諫。

※6：原指古代武帽上的飾物，後稱作達官貴人。

評點

◎11.前書言黛玉與襲人同是二月十二生日，此處生日卻在秋間，未知何處之誤。（姚燮）

敢」。大家坐了。那黛玉留神一看，獨不見寶釵，便問道：「寶姐姐可好麼？為什麼不過來？」薛姨媽道：「他原該來的，只因無人看家，所以不來。」黛玉紅著臉微笑道：「姨媽那裏又添了大嫂子，怎麼倒用寶姐姐看起家來？大約是他怕人多熱鬧，懶待來罷。我倒怪想他的。」薛姨媽笑道：「難得你惦記他。他也常想你們姐妹們，過一天我叫他來，大家敘敘。」

說著，丫頭們下來斟酒上菜，外面已開戲了。出場自然是一兩齣吉慶戲文，乃至第三齣，只見金童玉女，旗幡寶幢，引著一個霓裳羽衣的小旦，頭上披著一條黑帕，唱了一回兒進去了。眾皆不識，聽見外面人說：「這是新打的《蕊珠記》裏的《冥升》。小旦扮的是嫦娥，前因墮落人寰，幾乎給人為配，幸虧觀音點化，他就未嫁而逝，◎[12]此時升引月宮。不聽見曲裏頭唱的『人間只道風情好，那知道秋月春花容易拋，幾乎不把廣寒宮忘卻了！』」第四齣是《吃糠》※[7]，第五齣是達摩帶著徒弟過江回去※[8]，◎[13]正扮出些海市蜃樓，好不熱鬧。◎[14]

眾人正在高興時，忽見薛家的人滿頭汗闖進來，向薛蝌說道：「二爺快回去，並裏頭回明太太也請速回去，家中有要事。」薛蝌道：「什麼事？」家人道：「家去說罷。」薛蝌也不及告辭就走了。薛姨媽見裏頭丫頭傳進話去，更駭得面如土色，即忙起身，帶著寶琴，別了一聲，即刻上車回去了。◎[15]弄得內外愕然。賈母道：「咱們這裏打發人跟過去聽聽，到底是什麼事，大家都關切的。」眾人答應了個「是」。

✣寶琴。（《紅樓夢煙標精華》杜春耕編著，北京圖書館出版社提供）

薛蟠又在外惹事吃官司，薛姨媽等十分焦慮，官場打點的事都交給薛蝌去辦。（朱寶榮繪）

不說賈府依舊唱戲，單說薛姨媽回去，只見有兩個衙役站在二門口，幾個當舖裏伙計陪著，說：「太太回來自有道理。」正說著，薛姨媽已進來了。那衙役們見跟從著許多男婦簇擁著一位老太太，便知是薛蟠之母。看見這個勢派，也不敢怎麼，只得垂手侍立，讓薛姨媽進去了。

那薛姨媽走到廳房後面，早聽見有人大哭，卻是金桂。薛姨媽趕忙走來，只見寶釵迎出來，滿面淚痕，見了薛姨媽，便道：「媽媽聽了先別著急，辦事要緊。」薛姨媽同著寶釵進了屋子，因爲頭裏進門時已經走著聽見家人說了，嚇的戰戰兢兢的了，一面哭著，因問：「到底是和誰？」只見家人回道：「太太此時且不必問那些底細。憑他是誰，打死了總是要償命的，且商量怎麼辦才好。」薛姨媽哭著出來道：「還有什麼商議？」家人道：「依小的們的主見，今夜打點銀兩同著二爺趕去和大爺見了面，就在那裏訪一個有斟酌的刀筆先生※9，許他些銀子，先把死罪撕擄開，回來

註

※7：指元代高明所作南戲《琵琶記》第二十一齣《糟糠自厭》。
※8：明代張鳳翼《祝髮記》第二十四齣《達摩渡江》。
※9：稱代寫訴訟狀文爲業的人叫刀筆先生。

評點

◎12.此演黛玉歸離恨，以結全書。（張新之）
◎13.《蕊珠記·冥升》一齣，是黛玉夭亡影子。《吃糠》是寶釵暗苦影子。「達摩帶著徒弟過江」是寶玉出家影子。（王希廉）
◎14.一部書之熱鬧，皆海市蜃樓也。（黃小田）
◎15.於極熱鬧時忽接薛蟠打死人命，有風雲不測之象。（王希廉）

再求賈府去上司衙門說情。還有外面的衙役，太太先拿出幾兩銀子來打發了他們。我們好趕著辦事。」薛姨媽道：「你們找著那家子，許他發送銀子，再給他些養濟銀子，原告不追，事情就緩了。」寶釵在簾內說道：「媽媽，使不得！這些事越給錢越鬧的凶，倒是剛才小廝說的話是。」薛姨媽又哭道：「我也不要命了，趕到那裏見他一面，同他死在一處就完了。」寶釵急的一面勸，一面在簾子裏叫人：「快同二爺辦去罷。」丫頭們攙進薛姨媽來。薛蝌才往外走，寶釵道：「有什麼信打發人即刻寄了來，你們只管在外頭照料。」薛蝌答應著去了。

這寶釵方勸薛姨媽，那裏金桂趁空兒抓住香菱，又和他嚷道：「平常你們只管誇，他們家裏打死了人一點事也沒有，就進京來了的，如今攛掇的眞打死人了。平日裏只講有錢有勢有好親戚，這時侯我看著也是唬的慌手慌腳的了。大爺

✣「薛文起復惹放流刑」，描繪《紅樓夢》第八十五回中的場景。這次沒有賈雨村斷案，薛蟠也不能輕易逍遙法外了。清代孫溫繪《全本紅樓夢》圖冊第十七冊之九。（清・孫溫繪）

明兒有個好歹兒不能回來時，你們各自幹你們的去了，撂下我一個人受罪！」說著，又大哭起來。這裏薛姨媽聽見，越發氣的發昏。寶釵急的沒法。正鬧著，只見賈府中王夫人早打發大丫頭過來打聽來了。寶釵雖心知自己是賈府的人了，一則尚未提明，二則事急之時，只得向那大丫頭道：「此時事情頭尾尚未明白，就只聽見說我哥哥在外頭打死了人被縣裏拿了去了，也不知怎麼定罪呢。剛才二爺才去打聽去了，一半日得了準信，趕著就給那邊太太送信去。你先回去道謝太太惦記著，底下我們還有多少仰仗那邊爺們的地方呢。」那丫頭答應著去了。薛姨媽和寶釵在家抓摸不著。

過了兩日，只見小廝回來，拿了一封書交給小丫頭拿進來。寶釵拆開看時，書內寫著：「大哥人命是誤傷，不是故殺。今早用蝌出名補了一張呈紙進去，尚未批出。大哥前頭口供甚是不好，待此紙批准後再錄一堂※10，能夠翻供得好，便可得生了。快向當鋪內再取銀五百兩來使用。千萬莫遲！並請太太放心。餘事問小廝。」

寶釵看了，一一念給薛姨媽聽了。薛姨媽拭著眼淚說道：「這麼看起來，竟是死活不定了。」寶釵道：「媽媽先別傷心，等著叫進小廝來問明了再說。」一面打發小丫頭把小廝叫進來。薛姨媽便問小廝道：「你把大爺的事細說與我聽聽。」小廝道：「我那一天晚上聽見大爺和二爺說的，把我唬糊塗了。」未知小廝說出什麼話來，下回分解。

註

※10：即對案件重審一次。

第八十六回

受私賄老官翻案牘　寄閑情淑女解琴書

話說薛姨媽聽了薛蝌的來書，因叫進小廝問道：「你聽見你大爺說，到底是怎麼就把人打死了呢？」小廝道：「小的也沒聽眞切。那一日大爺告訴二爺說。」說著，回頭看了一看，見無人，才說道：「大爺說自從家裏鬧的特利害，大爺也沒心腸了，所以要到南邊置貨去。這日想著約一個人同行，這人在咱們這城南二百多地住。大爺找他去了，遇見在先和大爺好的那個蔣玉菡◎1帶著些小戲子進城。大爺同他在個舖子裏吃飯喝酒，因爲這當槽兒的※1盡著拿眼瞟蔣玉菡，大爺就有了氣了。後來蔣玉菡走了。第二天，大爺就請找的那個人喝酒，酒後想起頭一天的事來，叫那當槽兒的換酒，那當槽兒的來遲了，大爺就罵起來了。那個人不依，大爺就拿起酒碗照他打去。誰知那個人也是個潑皮，便把頭伸過來叫大

✣《增評補圖石頭記》第八十六回繪畫。（fotoe提供）

爺打。大爺拿碗就砸他的腦袋一下，他就冒了血了，躺在地下，頭裏還罵，後頭就不言語了。」薛姨媽道：「怎麼也沒人勸勸嗎？」那小廝道：「這個沒聽見大爺說，小的不敢妄言。」薛姨媽道：「你先去歇歇罷。」小廝答應出來。這裏薛姨媽自來見王夫人，托王夫人轉求賈政。賈政問了前後，也只好含糊應了，只說等薛蝌遞了呈子，看他本縣怎麼批了再作道理。

這裏薛姨媽又在當舖裏兌了銀子，叫小廝趕著去了。三日後果有回信。薛姨媽接著了，即叫小丫頭告訴寶釵，連忙過來看了。只見書上寫道：

帶去銀兩作了衙門上下使費。哥哥在監也不大吃苦，請太太放心。獨是這裏的人很刁，屍親見證都不依，連哥哥請的那個朋友也幫著他們。我與李祥兩個俱係生地生人，幸找著一個好先生，許他銀子，才討個主意，說是須得拉扯著同哥哥喝酒的吳良，弄人保出他來，許他銀兩，叫他撕擄。他若不依，便說張三是他打死，明推在異鄉人身上，他吃不住，就好辦了。我依著他，果然吳良出來。現在買囑屍親見證，又作了一張呈子。前日遞的，今日批來，請看呈底便知。

✣ 蔣玉菡，賈寶玉的同性朋友之一。（《紅樓夢煙標精華》杜春耕編著，北京圖書館出版社提供）

註

※1：古代酒店中的服務生。

評點

◎1.蔣玉菡如何肯與薛蟠相好，說來都與前文不合。（陳其泰）

因又念呈底道：

　　具呈人某，呈爲兄遭飛禍代伸冤抑事。竊生胞兄薛蟠，本籍南京，寄寓西京。於某年月日備本往南貿易。去未數日，家奴送信回家，說遭人命。生即奔憲治※2，知兄誤傷張姓，及至囹圄。據兄泣告，實與張姓素不相認，並無仇隙。偶因換酒角口，生兄將酒潑地，恰值張三低頭拾物，一時失手，酒碗誤碰囟門身死。蒙恩拘訊，兄懼受刑，承認鬥毆致死。仰蒙憲天仁慈，知有冤抑，尚未定案。生兄在禁，具呈訴辯，有干例禁。生念手足，冒死代呈，伏乞憲慈恩准，提證質訊，開恩莫大。生等舉家仰戴鴻仁，永永無既※3矣。激切上呈。

批的是：

　　屍場檢驗，証據確鑿。且並未用刑，爾兄自認鬥殺，招供在案。今爾遠來，並非目睹，何得揑詞妄控。理應治罪，思念爲兄情切，且恕。不准。

薛姨媽聽到那裏，說道：「這不是救不過來了麼。這怎麼好呢！」寶釵道：「二哥

✣ 薛蟠不喜酒店跑堂的多看了蔣玉菡幾眼，拿酒碗將他打死。（朱寶榮繪）

的書還沒看完，後面還有呢。」因又念道：「有要緊的問來使便知。」薛姨媽便問來人，因說道：「縣裏早知我們的家當充足，須得在京裏謀幹得大情，再送一分大禮，還可以復審，從輕定案。太太此時必得快辦，再遲了就怕大爺要受苦了。」

　　薛姨媽聽了，叫小廝自去，即刻又到賈府與王夫人說明原故，懇求賈政。賈政只肯托人與知縣說情，不肯提及銀物。◎2薛姨媽恐不中用，求鳳姐與賈璉說了，花上幾千銀子，才把知縣買通。薛蝌那裏也便弄通了。◎3然後知縣掛牌坐堂，傳齊了一干鄰保證見屍親人等，監裏提出薛蟠。刑房書吏俱一一點名。知縣便叫地保對明初供，又叫屍親張王氏並屍叔張二問話。張王氏哭稟道：「小的的男人是張大，南鄉裏住，十八年前死了。大兒子、二兒子也都死了，光留下這個死的兒子叫張三，今年二十三歲，還沒有娶女人呢。爲小人家裏窮，沒得養活，在李家店裏作當槽兒的。那一天晌午，李家店裏打發人來叫俺，說：『你兒子叫人打死了。』我的青天老爺，小的就唬死了。跑到那裏，看見我兒子頭破血出的躺在地下喘氣兒，問他話也說不出來，不多一會兒就死了。小人就要揪住這個小雜種拚命。」衆衙役吆喝一聲。張王氏便磕頭道：「求青天老爺伸冤，小人就只這一個兒子了。」

　　知縣便叫下去，又叫李家店的人問道：「那張三是你店內傭工的麼？」那李二回道：「不是傭工，是作當槽兒的。」知縣道：「那日屍場上你說張三是薛蟠將碗砸死

註

※2：古代對上官的尊稱。下文「憲天」、「憲慈」也都是對縣官的尊稱。

※3：永生感戴大恩大德。

評點

◎2.政老略知自愛。（王伯沆）

◎3.先敘批駁初呈，後敘復審翻案。財可通神，寫盡貪官情狀。（王希廉）

的，你親眼見的麼？」李二說道：「小的在櫃上，聽見說客房裏要酒。不多一回，便聽見說『不好了，打傷了。』小的跑進去，只見張三躺在地下，也不能言語。小的便喊稟地保，一面報他母親去了。他們到底怎樣打的，實在不知道，求太爺問那喝酒的便知道了。」知縣喝道：「初審口供，你是親見的，怎麼如今說沒有見？」李二道：「小的前日唬昏了亂說。」衙役又吆喝了一聲。知縣便叫吳良問道：「你是同在一處喝酒的麼？薛蟠怎麼打的，據實供來。」吳良說：「小的那日在家，這個薛大爺叫我喝酒。他嫌酒不好要換，張三不肯。薛大爺生氣把酒向他臉上潑去，不曉得怎麼樣就碰在那腦袋上了。這是親眼見的。」知縣道：「胡說！前日屍場上薛蟠自己認拿碗砸死的，你說你親眼見的，怎麼今日的供不對？掌嘴！」衙

✣「受私賄老官翻案牘」，描繪《紅樓夢》第八十六回中的場景。官場腐敗，有了銀錢，便可顛倒黑白，混淆是非。清代孫溫繪《全本紅樓夢》圖冊第十七冊之十。（清．孫溫繪）

役答應著要打，吳良求著說：「薛蟠實沒有與張三打架，酒碗失手碰在腦袋上的。求老爺問薛蟠便是恩典了。」

知縣叫提薛蟠，問道：「你與張三到底有什麼仇隙？畢竟是如何死的，實供上來。」薛蟠道：「求太老爺開恩，小的實沒有打他。爲他不肯換酒，故拿酒潑他，不想一時失手，酒碗誤碰在他的腦袋上。小的即忙掩他的血，那裏知道再掩不住，血淌多了，過一回就死了。前日屍場上怕太老爺要打，所以說是拿碗砸他的。只求太爺開恩！」知縣便喝道：「好個糊塗東西！本縣問你怎麼砸他的，你便供說惱他不換酒才砸的，今日又供是失手碰的。」知縣假作聲勢，要打要夾，薛蟠一口咬定。知縣叫仵作將前日屍場填寫傷痕據實報來。仵作稟報說：「前日驗得張三屍身無傷，惟囟門有磁器傷長一寸七分，深五分，皮開，囟門骨脆裂破三分。實係磕碰傷。」知縣查對屍格※4相符，早知書吏改輕，也不駁詰，胡亂便叫畫供。張王氏哭喊道：「青天老爺！前日聽見還有多少傷，怎麼今日都沒有了？」知縣道：「這婦人胡說！現有屍格，你不知道麼。」叫屍叔張二便問道：「你侄兒身死，你知道有幾處傷？」張二忙供道：「腦袋上一傷。」知縣道：「可又來。」叫書吏將屍格給張王氏瞧去，並叫地保、屍叔指明與他瞧。「現有屍場親押證見俱供並未打架，不爲鬥毆。只依誤傷吩咐畫供。將薛蟠監禁候詳※5，餘令原保領出，退堂。」

註

※4：驗屍單。
※5：等候寫公文上報。

張王氏哭著亂嚷，知縣叫衆衙役攆他出去。張二也勸張王氏道：「實在誤傷，怎麼賴人！現在太老爺斷明，不要胡鬧了。」薛蝌在外打聽明白，心內喜歡，便差人回家送信。等批詳※6回來，便好打點贖罪，且住著等信。只聽路上三三兩兩傳說，有個貴妃薨了，皇上輟朝三日。這裏離陵寢※7不遠，知縣辦差墊道，一時料著不得閑，住在這裏無益，不如到監告訴哥哥安心等著，「我回家去，過幾日再來。」薛蟠也怕母親痛苦，帶信說：「我無事，必須衙門再使費幾次，便可回家了。只是不要可惜銀錢。」

薛蝌留下李祥在此照料，一逕回家，見了薛姨媽，陳說知縣怎樣徇情，怎樣審斷，終定了誤傷，將來屍親那裏再花些銀子，一准贖罪，便沒事了。薛姨媽聽說，暫且放心，說：「正盼你來家中照照應應。賈府裏本該謝去，況且周貴妃薨了，◎4他們天天進去，家裏空落落的。我想著要去替姨太太那邊照應照應作伴兒，只是咱們家又沒人。你這來的正好。」薛蝌道：「我在外頭原聽見說是賈妃薨了，這麼才趕回來的。我們元妃好好兒的，怎麼說死了？」薛姨媽道：「上年原病過一次，也就好了。這回又沒聽見元妃有什麼病。只聞那府裏頭幾天老太太不大受用，合上眼便看見元妃娘娘。衆人都不放心，直至打聽起來，又沒有什麼事。到了大前兒晚上，老太太親口說是：『怎麼元妃獨自一個人到我這裏？』衆人只道是病中想的話，總不信。老太太又說：『你們不信，元妃還與我說是榮華易盡，須要退步抽身。』◎5衆人都說：『誰不想到？這是有年紀的人思前想後的心事。』所以也不當件事。恰好第二天早起，裏頭吵嚷出來說娘娘病重，宣各誥命進去請安。他們就驚疑的了不得，趕著進去。他們還沒有出來，我們家裏已聽見周貴妃薨逝了。你想外頭的訛言，家裏的疑心，恰碰在一處，可奇不奇！」

寶釵道：「不但是外頭的訛言舛錯，便在家裏的，一聽見『娘娘』兩個字，也就都忙了，過後才明白。這兩天那府裏這些丫頭婆子來說，他們早知道不是咱們家的娘娘。我說：『你們那裏拿得定呢？』他說道：『前幾年正月，外省薦了一個算命的，說是很準。那老太太叫人將元妃八字夾在丫頭們八字裏，送出去叫他推算。他獨說這正月初一日生日的那位姑娘只怕時辰錯了，不然眞是個貴人，也不能在這府中。老爺和衆人說，不管他錯不錯，照八字算去。那先生便說，甲申年正月丙寅這四個字內有傷官敗財，惟申字內有正官祿馬，這就是家裏養不住的，也不見什麼好。這日子是乙卯，初春木旺，雖是比肩，那裏知道愈比愈好，就像那個好木料，愈經斲削，才成大器。獨喜的時上什麼辛金爲貴，什麼巳中正官祿馬獨旺，這叫作飛天祿馬格。又說什麼日祿歸時，貴重的很，天月二德坐本命，貴受椒房之寵。這位姑娘若是時辰準了，定是一位主子娘娘。這不是算準了麼？我們還記得說，可惜榮華不久，只怕遇著寅年卯月，這就是比而又比，劫而又劫，譬如好木，太要作玲瓏剔透，本質就不堅了。他

註

※6：經上級批示的公文。
※7：皇室的陵墓。

評點

◎4.已爲元妃死一影。（姚燮）
◎5.賈母夢見元妃說榮華易盡，不是夢境，是預兆。（王希廉）

們把這些話都忘記了，只管瞎忙。我才想起來告訴我們大奶奶，今年那裏是寅年卯月呢。」寶釵尚未說完，◎6薛蝌急道：「且不要管人家的事，既有這樣個神仙算命的，我想哥哥今年什麼惡星照命，遭這麼橫禍，快開八字與我給他算去，看有妨礙麼。」寶釵道：「他是外省來的，不知如今在京不在了。」

說著，便打點薛姨媽往賈府去。到了那裏，只有李紈探春等在家接著，便問道：「大爺的事怎麼樣了？」薛姨媽道：「等詳上司才定，看來也到不了死罪了。」這才大家放心。探春便道：「昨晚太太想著說，上回家裏有事，全仗姨太太照應，如今自己有事，也難提了。心裏只是不放心。」薛姨媽道：「我在家裏也是難過。只是你大哥遭了事，你二兄弟又辦事去了，家裏你姐姐一個人，中什麼用？況且我們媳婦兒又是個不大曉事的，所以不能脫身過來。目今那裏知縣也正爲預備周貴妃的差事，不得了結案件，所以你二兄弟回來了，我才得過來看看。」李紈便道：「請姨太太這裏住幾天更好。」薛姨媽點頭道：「我也要在這邊給你們姐妹們作作伴兒，就只你寶妹妹冷靜些。」惜春道：「姨媽要惦著，爲什麼不把寶姐姐也請過來？」薛姨媽笑著說道：「使不得。」惜春道：「怎麼使不得？他先怎麼住著來呢？」李紈道：「你不懂的，人家家裏如今有事，怎麼來呢。」惜春也信以爲實，不便再問。

正說著，賈母等回來。見了薛姨媽，也顧不得問好，便問薛蟠的事。薛姨媽細述了一遍。寶玉在旁聽見什麼蔣玉菡一段，當著人不問，

心裏打諒是「他既回了京，怎麼不來瞧我？」又見寶釵也不過來，不知是怎麼個原故。心內正自呆呆的想呢，恰好黛玉也來請安，寶玉稍覺心裏喜歡，便把想寶釵來的念頭打斷，同著姐妹們在老太太那裏吃了晚飯。大家散了，薛姨媽將就住在老太太的套間屋裏。

* * *

寶玉回到自己房中，換了衣服，忽然想起蔣玉菡給的汗巾，◎7便向襲人道：「你那一年沒有繫的那條紅汗巾子還有沒有？」襲人道：「我擱著呢。問他作什麼？」寶玉道：「我白問問。」襲人道：「你沒有聽見，薛大爺相與這些混賬人，所以鬧到人命關天。你還提那些作什麼？有這樣白操心，倒不如靜靜兒的念念書，把這些個沒要緊的事撂開了也好。」寶玉道：「我並不鬧什麼，偶然想起，有也罷，沒也罷，我白問一聲，你們就有這些話。」襲人笑道：「並不是我多話。一個人知書達理，就該往上巴結才是。就是心愛的人來了，也叫他瞧著喜歡尊敬啊。」寶玉被襲人一提，便說：「了不得！方才我在老太太那邊，看見人多，沒有與林妹妹說話。他也不曾理我，散的時候他先走了，此時必在屋裏。我去就來。」說著就走。◎8襲人道：「快些回來罷，這都是我提頭兒，倒招起你的高興來了。」◎9

寶玉也不答言，低著頭，一逕走到瀟湘館來。只見黛玉靠在桌上看書。寶玉走到跟前，笑說道：「妹妹早回來了。」黛玉也笑道：「你不理我，我還在那裏作什

評點

◎6.書中黛玉完，元春先之而完，釵則到底未完，故「尚未説完」，其實無待續部。（張新之）
◎7.特提蔣玉菡汗巾，爲下文襲人再嫁張本。（東觀閣主人）
◎8.因「心愛」二字直認黛玉，是情有獨鍾。（張新之）
◎9.眞是歡喜冤家。（姚燮）

麼！」寶玉一面笑說：「他們人多說話，我插不下嘴去，所以沒有和你說話。」一面瞧著黛玉看的那本書。◎10書上的字一個也不認得，有的像「芍」字，有的像「茫」字，也有一個「大」字旁邊「九」字加上一勾，中間又添個「五」字，也有上頭「五」字「六」字又添一個「木」字，底下又是一個「五」字，看著又奇怪，又納悶，便說：「妹妹近日愈發進了，看起天書來了。」黛玉嗤的一聲笑道：「好個念書的人，連個琴譜※8都沒有見過。」寶玉道：「琴譜怎麼不知道，爲什麼上頭的字一個也不認得。妹妹你認得麼？」黛玉道：「不認得瞧他作什麼？」寶玉道：「我不信，從沒有聽

✣ 林黛玉撫琴，本為排遣，卻更添悲傷。（崔君沛繪）

✣《伯牙鼓琴圖》，王振鵬繪。此圖以春秋時期俞伯牙、鍾子期因一曲《高山流水》而引為知音的故事為題。伯牙面目清秀，蓄長鬚，披衣敞懷，端坐石上，雙手撫琴，神情專注。王振鵬，生卒年不詳，元代畫家，字朋梅，永嘉（今浙江溫州）人。（fotoe提供）

見你會撫琴。我們書房裏掛著好幾張，前年來了一個清客先生叫作什麼嵇好古，老爺煩他撫了一曲。他取下琴來說，都使不得，還說：『老先生若高興，改日攜琴來請教。』想是我們老爺也不懂，他便不來了。◎11怎麼你有本事藏著？」黛玉道：「我何嘗眞會呢。前日身上略覺舒服，在大書架上翻書，看有一套琴譜，甚有雅趣，上頭講的琴理甚通，手法說的也明白，眞是古人靜心養性的工夫。我在揚州也聽得講究過，也曾學過，只是不弄了，就沒有了。這果眞是『三日不彈，手生荊棘。』前日看這幾篇沒有曲文，只有操名※9。我又到別處找了一本有曲文的來看著，才有意思。究竟怎麼彈得好，實在也難。書上

註

※8：彈古琴用的曲譜。

※9：古琴曲叫操，共有十二操。

評點

◎10.寫得好趣的是寶玉眼中看出。（姚燮）

◎11.以調侃語爲譏失教。（張新之）

✣ 黛玉為寶玉講解琴譜。（朱寶榮繪）

說的師曠※10鼓琴能來風雷龍鳳；孔聖人尚學琴於師襄※11，一操便知其為文王；高山流水，得遇知音※12。」說到這裏，眼皮兒微微一動，慢慢的低下頭去。◎12

寶玉正聽得高興，便道：「好妹妹，你才說的實在有趣，只是我才見上頭的字都不認得，你教我幾個呢。」黛玉道：「不用教的，一說便可以知道的。」寶玉道：「我是個糊塗人，得教我那個『大』字加一勾，中間一個『五』字的。」黛玉笑道：「這『大』字『九』字是用左手大拇指按琴上的九徽※13，這一勾加『五』字是右手鉤五弦。並不是一個字，乃是一聲，是極容易的。還有吟、揉、綽、注、撞、走、飛、推等法，是講究手法的。」寶玉樂得手舞足蹈的說：「好妹妹，你既明琴理，我們何不學起來？」黛玉道：「琴

註

※10：春秋時代晉國盲樂師，以善辨音著稱。

※11：春秋時代魯國樂官，善彈琴。

※12：語本《列子．湯問》：「伯牙鼓琴，志在高山，鍾子期曰：『善哉，峨峨兮若泰山。』志在流水。鍾子期曰：『善哉，洋洋乎若江河。』」後比喻知音難遇，亦形容樂曲高妙。

※13：即第九音。

✣清代紅木琴桌。（杜宗軍提供）

評點

◎12.說到「知音」二字便低下頭去，是有所感於目中人矣。（姚燮）

者，禁也※14。古人制下，原以治身，涵養性情，抑其淫蕩，去其奢侈。◎13若要撫琴，必擇靜室高齋，或在層樓的上頭，在林石的裏面，或是山巔上，或是水涯上。再遇著那天地清和的時候，風清月朗，焚香靜坐，心不外想，氣血和平，才能與神合靈，與道合妙。所以古人說『知音難遇』。若無知音，寧可獨對著那清風明月，蒼松怪石，野猿老鶴，撫弄一番，以寄興趣，方爲不負了這琴。還有一層，又要指法好，取音好。若必要撫琴，先須衣冠整齊，或鶴氅，或深衣，要如古人的像表，那才能稱聖人之器，◎14然後盥了手，焚上香，方才將身就在榻邊，把琴放在案上，坐在第五徽的地方兒，對著自己的當心，兩手方從容抬起，這才心身俱正。還要知道輕重疾徐，卷舒自若，體態尊重方好。」寶玉道：「我們學著頑，若這麼講究起來，那就難了。」◎15

兩個人正說著，只見紫鵑進來，看見寶玉笑說道：「寶二爺，今日這樣高興。」寶玉笑道：「聽見妹妹講究的叫人頓開茅塞，所以越聽越愛聽。」紫鵑道：「不是這個高興，說的是二爺到我們這邊來的話。」寶玉道：「先時妹妹身上不舒服，我怕鬧的他煩。再者我又上學，因此顯著就疏遠了似的。」紫鵑不等說完，便道：「姑娘也是才好，二爺既這麼說，坐坐也該讓姑娘歇歇兒了，別叫姑娘只是講究勞神了。」寶玉笑道：「可是我只顧愛聽，也就忘了妹妹勞神了。」黛玉笑道：「說這些倒也開心，也沒有什麼勞神的。只是怕我只管說，你只管不懂呢。」◎16寶玉道：「橫豎慢慢的自然明白了。」說著，便站起來道：「當眞的妹妹歇歇兒罷。明兒我告訴三妹妹和四妹妹去，叫他們都學起來，讓我聽。」黛玉笑道：「你也太受用了。即如大家學會了撫起來，你不懂，可不是對——」黛玉說到那裏，想起心上的事，便縮住口，不肯往下說了。寶玉便笑道：「只要你們能彈，我便愛聽，也不管牛不牛的了。」黛玉紅了臉一笑，紫鵑雪雁也都笑了。

於是走出門來，只見秋紋帶著小丫頭捧著一小盆蘭花來說：「太太那邊有人送了四盆蘭花來，因裏頭有事沒有空兒頑他，叫給二爺一盆，林姑娘一盆。」黛玉看時，卻有幾枝雙朵兒的，心中忽然一動，也不知是喜是悲，便呆呆的呆看。那寶玉此時卻一心只在琴上，便說：「妹妹有了蘭花，就可以作《猗蘭操》※15了。」黛玉聽了，心裏反不舒服。回到房中，看著花，想到「草木當春，花鮮葉茂，想我年紀尚小，便像三秋蒲柳。若是果能隨願，或者漸漸的好來，不然，只恐似那花柳殘春，怎禁得風催雨送。」想到那裏，不禁又滴下淚來。紫鵑在旁看見這般光景，卻想不出原故來。方才寶玉在這裏那麼高興，如今好好的看花，怎麼又傷起心來。正愁著沒法兒勸解，只見寶釵那邊打發人來。未知何事，下回分解。

註

※14：琴爲象徵道德的樂器，不可輕動。

※15：又名《幽蘭操》，相傳爲孔子所作。

評點

◎13.全書大旨，到此方才說出。（張新之）

◎14.自含妙義，乃作者自負。（張新之）

◎15.在前八十回內，很會說話的人，在後四十回內，都變得非常澀訥；很多在前八十回內談吐風雅，極會說話的人，在後四十回內，都性格大變，語多渾厚。……寶玉和黛玉在前八十回裏，本是口齒伶俐，極爲穎慧的人；可是在八十六回，黛玉和寶玉論琴時，之乎者也酸溜溜的說了一大套，哪裏像多情的小姐，在和她的愛人喁喁情話？（王璜）

◎16.口裏說琴，心中不是說琴。（姚燮）

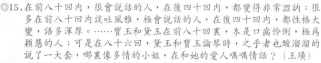

第八十七回

感深秋撫琴悲往事　坐禪寂走火入邪魔

卻說黛玉叫進寶釵家的女人來，問了好，呈上書子。黛玉叫他去喝茶，便將寶釵來書打開看時，只見上面寫著：

妹生辰不偶，家運多艱，姐妹伶仃，萱親衰邁。兼之猇聲狺語，旦暮無休。更遭慘禍飛災，不啻驚風密雨。夜深輾側，愁緒何堪。屬在同心，能不爲之愍惻乎？回憶海棠結社，序屬清秋，對菊持螯，同盟歡洽。猶記「孤標傲世偕誰隱，一樣花開爲底遲」之句，未嘗不嘆冷節遺芳，如吾兩人也。感懷觸緒，聊賦四章。匪曰無故呻吟，亦長歌當哭之意耳。※1

悲時序之遞嬗兮，又屬清秋。感遭家之不造兮，獨處離愁。北堂有萱兮，何以忘憂？無以解憂兮，我心咻咻。一解。※2

✣《增評補圖石頭記》第八十七回繪畫。（fotoe提供）

雲憑憑兮秋風酸※3，步中庭兮霜葉乾。何去何從兮，失我故歡。靜言思之兮惻肺肝！二解。

惟鮪有潭兮，惟鶴有梁。鱗甲潛伏兮，羽毛何長！※4搔首問兮茫茫，高天厚地兮，誰知余之永傷。三解。

銀河耿耿兮寒氣侵，月色橫斜兮玉漏沉※5。憂心炳炳兮發我哀吟，吟復吟兮寄我知音。四解。

黛玉看了，不勝傷感。又想：「寶姐姐不寄與別人，單寄與我，也是惺惺惜惺惺※6的意思。」◎1正在沉吟，只聽見外面有人說道：「林姐姐在家裏呢麼？」黛玉一面把寶釵的書疊起，口內便答應道：「是誰？」正問著，早見幾個人進來，卻是探春、湘雲、李紋、李綺。彼此問了好，雪雁倒上茶來，大家喝了，說些閑話。因想起前年的菊花詩來，黛玉便道：「寶姐姐自從挪出去，來了兩遭，如今索性有事也不來了，眞眞奇怪。我看他終究還來我們這裏不來。」◎2探春微笑道：「怎麼不來，橫豎要來的。如今是他們尊嫂有些脾氣，姨媽上了年紀的人，又兼有薛大哥的事，自然得寶姐

註

※1：生辰不偶：降生的時辰不吉利。虓聲狺語：虎吼與狗鳴，惡言叫罵。湣：哀憐、傷痛。冷節：清冷的季節。遺芳：百花凋謝後菊花才開，故稱遺芳。
※2：遞嬗：不斷的更迭。不造：不幸。咻咻：本爲噓氣聲，引申爲煩擾不安。
※3：憑憑：雲層厚積的樣子。秋風酸：令人辛酸悽楚的秋風。
※4：潛伏：隱而不現。羽毛何長：鳥雀在高飛。
※5：玉漏沉：夜深了。漏：古代的一種計時器。
※6：聰明的人彼此愛憐。

評點

◎1.寶釵與黛玉原是寶玉境中意中人，且寶釵亦獨與黛玉最爲親厚，實是閨閣知音。久不相見，若無詩箚往來，殊不近情。（王希廉）
◎2.終久來時，林妹妹已化爲黃土矣。（東觀閣主人）

姐照料一切，那裏還比得先前有工夫呢。」

正說著，忽聽得唿喇喇一片風聲，吹了好些落葉，打在窗紙上。停了一回兒，又透過一陣清香來。眾人聞著，都說道：「這是何處來的香風？這像什麼香？」黛玉道：「好像木樨香。」探春笑道：「林姐姐終不脫南邊人的話，◎3這大九月裏的，那裏還有桂花呢。」黛玉笑道：「原是啊，不然怎麼不竟說是桂花香只說似乎像呢。」湘雲道：「三姐姐，你也別說。你可記得『十里荷花，三秋桂子』？在南邊，正是晚桂開的時候了。你只沒有見過罷了，等你明日到南邊去的時候，你自然也就知道了。」探春笑道：「我有什麼事到南邊去？況且這個也是我早知道的，不用你們說嘴。」李紋、李綺只抿著嘴兒笑。黛玉道：「妹妹，這可說不齊。俗語說『人是地行仙※7』，今日在這裏，明日就不知在那裏。譬如我，原是南邊人，怎麼到了這裏呢？」湘雲拍著手笑道：「今兒三姐姐可叫林姐姐問住了。不但林姐姐是南邊人到這裏，就是我們這幾個人就不同。也有本來是北邊的；也有根子是南邊，生長在北邊的；也有生長在南邊，到這北邊的，今兒大家都湊在一處。可見人總有一個定數，大凡地和人總是各自有緣分的。」眾人聽了都點頭，探春也只是笑。又說了一會子閑話兒，大家散出。黛玉送到門口，大家都說：「你身上才好些，別出來了，看著了風。」

於是黛玉一面說著話兒，一面站在門口又與四人殷勤了幾句，便看著他們出院去

✣ 二十四橋景區，杜牧的千古絕句「二十四橋明月夜，玉人何處教吹簫」將此景觀披上了一層神祕浪漫的面紗，引得多少人魂牽夢繞。（蔣一民提供）

了。進來坐著，看看已是林鳥歸山，夕陽西墜。因史湘雲說起南邊的話，便想著「父母若在，南邊的景致，春花秋月，水秀山明，二十四橋※8，六朝遺跡。不少下人伏侍，諸事可以任意，言語亦可不避。香車畫舫，紅杏青帘，惟我獨尊。今日寄人籬下，縱有許多照應，自己無處不要留心。不知前生作了什麼罪孽，今生這樣孤淒。眞是李後主說的『此間日中只以眼淚洗面』矣！」一面思想，不知不覺神往那裏去了。

紫鵑走來，看見這樣光景，想著必是因剛才說起南邊北邊的話來，一時觸著黛玉的心事了，便問道：「姑娘們來說了半天話，想來姑娘

註

※7：諺語「人是地行仙，一日不見走三千」，地行仙爲傳說中漫遊世間的神仙。

※8：江蘇揚州名勝之一。

評點

◎3.探春南去，於閑話中先爲埋伏。（姚燮）

又勞了神了。剛才我叫雪雁告訴廚房裏給姑娘作了一碗火肉※9白菜湯，加了一點兒蝦米兒，配了點青笋紫菜。姑娘想著好麼？」黛玉道：「也罷了。」紫鵑道：「還熬了一點江米粥。」黛玉點點頭兒，又說道：「那粥該你們兩個自己熬了，不用他們廚房裏熬才是。」紫鵑道：「我也怕廚房裏弄的不乾淨，我們各自熬呢。就是那湯，我也告訴雪雁和柳嫂兒說了，要弄乾淨著。柳嫂兒說了，他打點妥當，拿到他屋裏叫他們五兒瞅著燉呢。」黛玉道：「我倒不是嫌人家骯髒，只是病了好些日子，不周不備，都是人家。這會子又湯兒粥兒的調度，未免惹人厭煩。」說著，眼圈兒又紅了。紫鵑道：「姑娘這話也是多想。姑娘是老太太的外孫女兒，又是老太太心坎兒上的。別人求其在姑娘眼前討好兒還不能呢，那裏有抱怨的。」黛玉點點頭兒，因又問道：「你才說的五兒，不是那日和寶二爺那邊的芳官在一處的那個女孩兒？」紫鵑道：「就是他。」黛玉道：「不聽見說要進來麼？」紫鵑道：「可不是，因爲病了一場，後來好了才要進來，正是晴雯他們鬧出事來的時候，也就耽擱住了。」黛玉道：「我看那丫頭倒也還頭臉兒乾淨。」說著，外頭婆子送了湯來。雪雁出來接時，那婆子說道：「柳嫂兒叫回姑娘，這是他們五兒作的，沒敢在大廚房裏作，怕姑娘嫌骯髒。」雪雁答應著接了進來。黛玉在屋裏已聽見了，吩咐雪雁告訴那老婆子回去說，叫他費心。雪雁出來說了，老婆子自去。這裏雪雁將黛玉的碗箸安放在小几兒上，因問黛玉道：「還有咱們南來的五香大頭菜，拌些麻油醋可好麼？」黛玉道：「也使得，只不必累贅了。」一面盛上粥來。黛玉吃了半碗，用羹匙舀了兩口湯喝，就擱下了。兩個丫鬟撤了下來，拭淨了小几端下去，又換上一張常放的小几。黛玉漱了口，盥了手，便道：「紫鵑，添了香了沒有？」紫鵑道：「就添去。」黛玉道：「你們就把那湯和粥吃了罷，味兒還好，且是乾淨。待我自己添香罷。」兩個人答應了，在外間自吃去了。

這裏黛玉添了香，自己坐著。才要拿本書看，只聽得園內的風自西邊直透到東邊，穿過樹枝，都在那裏唏嚠嘩喇不住的響。一回兒，檐下的鐵馬※10也只管叮叮噹噹的亂敲起來。一時雪雁先吃完了，進來伺候。黛玉便問道：「天氣冷了，我前日叫你們把那些小毛兒衣服晾晾，可曾晾過沒有？」雪雁道：「都晾過了。」黛玉道：「你拿一件來我披披。」雪雁走去將一包小毛衣服抱來，打開氈包，給黛玉自揀。只見內中夾著個絹包兒，黛玉伸手拿起打開看時，卻是寶玉病時送來的舊手帕，自己題的詩，上面淚痕猶在，◎4裏頭卻包著那剪破了的香囊扇袋並寶玉通靈玉上的穗子。原來晾衣服時從箱中撿出，紫鵑恐怕遺失了，遂夾在這氈包裏的。這黛玉不看則已，看了時也不說穿那一件衣服，手裏只拿著那兩方手帕，呆呆的看那舊詩。看了一回，不覺的簌簌淚下。紫鵑剛從外間進來，只見雪雁正捧著一氈包衣裳在旁邊呆立，小几上卻擱著剪破的香囊，兩三截兒扇袋和那鉸折了的穗子，黛玉手中自拿著兩方舊帕，上邊

註

※9：火腿肉。
※10：掛在屋檐下的鐵片，風吹時叮噹作響。

評點

◎4.此種淚，又從背地裏還他。（姚燮）

寫著字跡，在那裏對著滴淚。正是：

失意人逢失意事，新啼痕間舊啼痕。

紫鵑見了這樣，知是他觸物傷情，感懷舊事，料道勸也無益，只得笑著道：「姑娘還看那些東西作什麼，那都是那幾年寶二爺和姑娘小時一時好了，一時惱了，鬧出來的笑話兒。要像如今這樣斯抬斯敬，那裏能把這些東西白糟蹋了呢！」紫鵑這話原給黛玉開心，不料這幾句話更提起黛玉初來時和寶玉的舊事來，一發珠淚連綿起來。紫鵑又勸道：「雪雁這裏等著呢，姑娘披上一件罷。」那黛玉才把手帕撂下。紫鵑連忙拾起，將香袋等物包起拿開。這黛玉方披了一件皮衣，自己悶悶的走到外間來坐下。回頭看見案上寶釵的詩啓尚未收好，又拿出來瞧了兩遍，嘆道：「境遇不同，傷心則一。不免也賦四章，翻入琴譜，可彈可歌，明日寫出來寄去，以當和作。」便叫雪雁將外邊桌上筆硯拿來，濡墨揮毫，賦成四疊※11。又將琴譜翻出，借他《猗蘭》《思賢》兩操，合成音韻，與自己作的配齊了，然後寫出，以備送與寶釵。又即叫雪雁向箱中將自己帶來的短琴拿出，調上弦，又操演了指法。黛玉本是個絕頂聰明人，又在南邊學過幾時，

✣ 黛玉發現題詩的舊帕等物，感懷往事，寫詩配樂。（朱寶榮繪）

雖是手生，到底一理就熟。撫了一番，夜已深了，便叫紫鵑收拾睡覺。不提。

*　*　*

卻說寶玉這日起來梳洗了，帶著茗煙正往書房中來，只見墨雨笑嘻嘻的跑來迎頭說道：「二爺今日便宜了，太爺不在書房裏，都放了學了。」寶玉道：「當眞的麼？」墨雨道：「二爺不信那不是三爺和蘭哥兒來了？」寶玉看時，只見賈環賈蘭跟著小廝們，兩個笑嘻嘻的嘴裏咭咭呱呱不知說些什麼，迎頭來了。見了寶玉，都垂手站住。寶玉問道：「你們兩個怎麼就回來了？」賈環道：「今日太爺有事，說是放一天學，明兒再去呢。」寶玉聽了，方回身到賈母賈政處去稟明了，然後回到怡紅院中。襲人問道：「怎麼又回來了？」寶玉告訴了他，只坐了一坐兒，便往外走。襲人道：「往那裏去，這樣忙法？就放了學，依我說也該養養神兒了。」寶玉站住腳，低了頭，說道：「你的話也是。但是好容易放一天學，還不散散去，你也該可憐我些兒了。」襲人見說的可憐，笑道：「由爺去罷。」正說著，端了飯來。寶玉也沒法兒，只得且吃飯，三口兩口忙忙的吃完，漱了口，一溜煙往黛玉房中去了。

走到門口，只見雪雁在院中晾絹子呢。寶玉因問：「姑娘吃了飯了麼？」雪雁道：「早起喝了半碗粥，懶待吃飯。這時候打盹兒呢。二爺且到別處走走，回來再來罷。」寶玉只得回來。無處可去，忽然想起惜春有好幾天沒見，便信步走到蓼風軒

註

※11：此處指計算樂曲章節重奏的單位。

來。剛到窗下，只見靜悄悄一無人聲。寶玉打諒他也睡午覺，不便進去。才要走時，只聽屋裏微微一響，不知何聲。寶玉站住再聽，半日又拍的一響。寶玉還未聽出，只見一個人道：「你在這裏下了一個子兒，那裏你不應麼？」寶玉方知是下大棋，◎5但只急切聽不出這個人的語音是誰。底下方聽見惜春道：「怕什麼，你這麼一吃我，我這麼一應，你又這麼吃，我又這麼應。還緩著一著兒呢，終究連得上。」那一個又道：「我要這麼一吃呢？」惜春道：「阿嗄，還有一著『反撲』在裏頭呢！我倒沒防備。」寶玉聽了，聽那一個聲音很熟，卻不是他們姐妹。料著惜春屋裏也沒外人，輕輕的掀簾進去。看時不是別人，卻是那櫳翠庵的檻外人妙玉。◎6這寶玉見是妙玉，不敢驚動。妙玉和惜春正在凝思之際，也沒理會。寶玉卻站在旁邊看他兩個的手段。只見妙玉低著頭問惜春道：「你這個『畸角兒』不要了麼？」惜春道：「怎麼不要。你那裏頭都是死子兒，我怕什麼。」妙玉道：「且別說滿話，試試看。」惜春道：「我便打了起來，看你怎麼樣。」妙玉卻微微笑著，把邊上子一接，卻搭轉一吃，把惜春的一個角兒都打起來了，笑著說道：「這叫作『倒脫靴勢』。」※12

惜春尚未答言，寶玉在旁情不自禁，哈哈一笑，把兩個人都唬了一大跳。惜春道：「你這是怎麼說，進來也不言語，這麼使促狹唬人。你多早晚進來的？」寶玉道：「我頭裏就進來了，看著你們兩個爭這個『畸角兒』。」說著，一面與妙玉施禮，一面又笑問道：「妙公輕易不出禪關，今日何緣下凡一走？」妙玉聽了，忽然把

臉一紅，也不答言，低了頭自看那棋。寶玉自覺造次，連忙陪笑道：「倒是出家人比不得我們在家的俗人，頭一件心是靜的。靜則靈，靈則慧。」寶玉尚未說完，只見妙玉微微的把眼一抬，看了寶玉一眼，復又低下頭去，那臉上的顏色漸漸的紅暈起來。◎7寶玉見他不理，只得訕訕的旁邊坐了。惜春還要下子，妙玉半日說道：「再下罷。」便起身理理衣裳，重新坐下，痴痴的問著寶玉道：◎8「你從何處來？」寶玉巴不得這一聲，好解釋前頭的話，忽又想道：「或是妙玉的機鋒。」轉紅了臉答應不出來。◎9妙玉微微一笑，自和惜春說話。惜春也笑道：「二哥哥，這什麼難答的，你沒的聽見人家常說的『從來處來』麼？這也值得把臉紅了，見了生人的似的。」妙玉聽了這話，想起自家，心上一動，臉上一熱，必然也是紅的，倒覺不好意思起來。◎10因站起來說道：「我來的久了，要回庵裏去了。」惜春知妙玉爲人，也不深留，送出門口。妙玉笑道：「久已不來這裏，彎彎曲曲的，回去的路頭都要迷住了。」◎11寶玉道：「這倒要我來指引指引何如？」◎12妙玉道：「不敢，二爺前請。」

於是二人別了惜春，離了蓼風軒，彎彎曲曲，走近瀟湘館，忽聽得叮咚之聲。妙玉道：「那裏的琴聲？」寶玉道：「想必是林妹妹那裏撫琴呢。」妙玉道：「原

註

※12：反撲、犄角兒、倒脫靴勢：均爲圍棋術語。反撲：指甲方吃了乙方棋子後，乙方反過來將甲方吃掉。犄角兒：全盤圍棋的某一角。面積雖小，但因容易活棋、占子多，俗稱「金邊、銀角」，故常爲雙方爭奪。倒脫靴勢：甲方將乙方棋子圍死，乙方設法使情勢轉成活棋，同時反而圍住甲方。

評點

◎5.此書中於藝事無不講究，黛玉之論琴、寶釵之論畫，尤爲精通。故借二人，著棋以作點綴也。（陳其泰）
◎6.特加「檻外人」三字，觀後文，蓋識之。（黃小田）
◎7.妙玉一見寶玉臉便一紅，又看一眼，臉即漸漸紅暈，可見平日鍾情不淺。此時妙玉已經入魔，夜間安得安靜？（王希廉）
◎8.妙玉之心亂矣。（姚燮）
◎9.一樣臉紅，兩樣心事，妙極！（王希廉）
◎10.禪心與凡心交戰，不自持。（東觀閣主人）
◎11.園中路徑，妙玉若不慣熟，豈能獨至惜春處下棋？不過要寶玉引路爲同行之計，且可同聽琴音，講究一番。（王希廉）
◎12.妙在語帶雙關。（姚燮）

來他也會這個，怎麼素日不聽見提起？」寶玉悉把黛玉的事述了一遍，因說：「咱們去看他。」妙玉道：「從古只有聽琴，再沒有『看琴』的。」寶玉笑道：「我原說我是個俗人。」說著二人走至瀟湘館外，在山子石坐著靜聽，甚覺音調清切。只聽得低吟道：

風蕭蕭兮秋氣深，美人千里兮獨沉吟。
望故鄉兮何處，倚欄杆兮涕沾襟。

歇了一回，聽得又吟道：

山迢迢兮水長，照軒窗兮明月光。耿耿
不寐兮銀河渺茫，羅衫怯怯兮風露涼。

又歇了一歇。妙玉道：「剛才『侵』字韻是第一疊，如今『陽』字韻是第二疊了。咱們再聽。」裏邊又吟道：

子之遭兮不自由，予之遇兮多煩憂。之子與我
兮心焉相投，思古人兮俾無尤※13。

妙玉道：「這又是一拍。何憂思之深也！」寶玉道：「我雖不懂得，但聽他聲調，也

✣妙玉聽琴。（《紅樓夢煙標精華》杜春耕編著，北京圖書館出版社提供）

覺得過悲了。」裏頭又調了一回弦。妙玉道：「君弦太高了，與無射律只怕不配※14呢。」裏邊又吟道：

> 人生斯世兮如輕塵，天上人間兮感夙因。感夙因兮不可惙※15，素心如何天上月。

妙玉聽了，呀然失色道：「如何忽作變徵※16之聲？音韻可裂金石矣。只是太過。」寶玉道：「太過便怎麼？」妙玉道：「恐不能持久。」◎13正議論時，聽得君弦蹦的一聲斷了。妙玉站起來連忙就走。寶玉道：「怎麼樣？」妙玉道：「日後自知，◎14你也不必多說。」竟自走了。弄得寶玉滿肚疑團沒精打彩的歸至怡紅院中，不表。

* * *

單說妙玉歸去，早有道婆接著，掩了庵門，坐了一回，把「禪門日誦」念了一遍。吃了晚飯，點上香拜了菩薩，命道婆自去歇著，自己的禪床靠背俱已整齊，屏息垂簾，跏趺※17坐下，斷除妄想，趨向真如。坐到三更過後，聽得屋上骨碌碌一片瓦響，妙玉恐有賊來，下了禪床，出到前軒，但見雲影橫空，月華如水。那時天氣尚不很涼，獨自一個憑欄站了一回，忽聽房上兩個貓兒一遞一聲廝叫。◎15那妙玉忽想起日

註

※13：語出《詩經．邶風．綠衣》：「我思古人，俾無尤兮。」意謂思念古人的美德，使自己避免過錯。
※14：君弦：古琴近徽的一側的第一根弦。無射律：十二律之一，音階較高。
※15：惙：中止。通「輟」。
※16：古代七聲音階分宮、商、角、變徵、徵、羽、變宮。
※17：為佛教徒打坐的姿勢。

評點

◎13.妙公可謂知音，然能料人，不能料己。（姚燮）
◎14.妙玉可謂知音，日後竟不能自保。（東觀閣主人）
◎15.偏能聽得清楚，俗所謂貓叫春也。（姚燮）

間寶玉之言，不覺一陣心跳耳熱。◎16自己連忙收懾心神，走進禪房，仍到禪床上坐了。怎奈神不守舍，一時如萬馬奔馳，覺得禪床便恍蕩起來，身子已不在庵中。便有許多王孫公子要求娶他，又有些媒婆扯扯拽拽扶他上車，自己不肯去。一回兒又有盜賊劫他，持刀執棍的逼勒，只得哭喊求救。早驚醒了庵中女尼道婆等衆，都拿火來照看。只見妙玉兩手撒開，口中流沫。急叫醒時，只見眼睛直豎，兩顴鮮紅，罵道：「我是有菩薩保佑，你們這些強徒敢要怎麼樣！」衆人都唬的沒了主意，都說道：「我們在這裏呢，快醒轉來罷。」妙玉道：「我要回家去，你們有什麼好人送我回去罷。」◎17道婆道：「這裏就是你住的房

✣「坐禪寂走火入邪魔」，描繪《紅樓夢》第八十七回中的場景。妙玉雖自稱「檻外人」，卻終究不能免卻「檻內情」。清代孫溫繪《全本紅樓夢》圖冊第十八冊之四。（清．孫溫繪）

子。」說著，又叫別的女尼忙向觀音前禱告，求了籤，翻開籤書看時，是觸犯了西南角上的陰人※18。就有一個說：「是了。大觀園中西南角上本來沒有人住，陰氣是有的。」一面弄湯弄水的在那裏忙亂。那女尼原是自南邊帶來的，伏侍妙玉自然比別人盡心，圍著妙玉，坐在禪床上。妙玉回頭道：「你是誰？」女尼道：「是我。」妙玉仔細瞧了一瞧，道：「原來是你。」便抱住那女尼嗚嗚咽咽的哭起來，說道：「你是我的媽呀，你不救我，我不得活了！」那女尼一面喚醒他，一面給他揉著。道婆倒上茶來喝了，直到天明才睡了。◎18

女尼便打發人去請大夫來看脈，也有說是思慮傷脾的，也有說是熱入血室※19的，也有說是邪祟觸犯的，也有說是內外感冒的，終無定論。◎19後請得一個大夫來看了，問：「曾打坐過沒有？」道婆說道：「向來打坐的。」大夫道：「這病可是昨夜忽然來的麼？」道婆道：「是。」大夫道：「這是走魔入火的原故。」眾人問：「有礙沒有？」大夫道：「幸虧打坐不久，魔還入得淺，可以有救。」寫了降伏心火的藥，吃了一劑，稍稍平復些。外面那些游頭浪子聽見了，便造作許多謠言說：「這樣年紀，

註

※18：指死人或陰魂。

※19：中醫用語。即熱邪進入以至子宮。

評點

◎16.塵心動矣，安能超一切色相？（劉履芬）

◎17.預先描寫後文賊劫情狀，乃虛者實之之法。（姚燮）

◎18.看官莫笑妙玉，古來英雄不諱好色，亦是此意。儒家節欲，全在修己工夫，非久久不能得力。惟佛家以空爲身，何處安此欲念哉？（王伯沆）

◎19.與可卿同一病也。（張新之）

✣ 妙玉打坐，用心不專，走火入魔。（朱寶榮繪）

那裏忍得住。況且又是很風流的人品，很乖覺的性靈，以後不知飛在誰手裏，便宜誰去呢。」過了幾日，妙玉病雖略好，神思未復，終有些恍惚。◎20

一日惜春正坐著，彩屏忽然進來回道：「姑娘知道妙玉師父的事嗎？」惜春道：「他有什麼事？」彩屏道：「我昨日聽見邢姑娘和大奶奶那裏說呢。他自從那日和姑娘下棋回去，夜間忽然中了邪，嘴裏亂嚷說強盜來搶他來了，到如今還沒好。姑娘你說這不是奇事嗎？」惜春聽了，默然無語，因想：「妙玉雖然潔淨，畢竟塵緣未斷。可惜我生在這種人家不便出家。我若出了家時，那有邪魔纏擾，一念不生，萬緣俱寂。」想到這裏，驀與神會，若有所得，便口占一偈云：

大造本無方，云何是應住。
既從空中來，應向空中去。◎21

占畢，即命丫頭焚香。自己靜坐了一回，又翻開那棋譜來，把孔融王積薪※20等所著看了幾篇。內中「荷葉包蟹勢」、「黃鶯搏兔勢」都不出奇，「三十六局殺角勢」一時也難會難記，獨看到「八龍走馬」，覺得甚有意思。正在那裏作想，只聽見外面一個人走進院來，連叫彩屏。未知是誰，下回分解。

註

※20：孔融：東漢時人。王積薪：唐代人，著有《圍棋十訣》。二人都擅長圍棋。

評點

◎20.《紅樓夢》凡寫春意，只用虛筆描寫，而春已十一分。（東觀閣主人）
◎21.寶玉是能來去者，妙玉便能來而不能去。（黃小田）

第八十八回

博庭歡寶玉贊孤兒　正家法賈珍鞭悍僕

卻說惜春正在那裏揣摩棋譜，忽聽院內有人叫彩屏，不是別人，卻是鴛鴦的聲音。彩屏出去，同著鴛鴦進來。那鴛鴦卻帶著一個小丫頭，提了一個小黃絹包兒。惜春笑問道：「什麼事？」鴛鴦道：「老太太因明年八十一歲，是個暗九※1。◎1許下一場九晝夜的功德，發心要寫三千六百五十零一部《金剛經》。這已發出外面人寫了。但是俗說《金剛經》就像那道家的符殼，《心經》才算是符膽。※2故此《金剛經》內必要插著《心經》，更有功德。老太太因《心經》是更要緊的，觀自在又是女菩薩，所以要幾個親丁奶奶姑娘們寫上三百六十五部，如此又虔誠，又潔淨。咱們家中除了二奶奶，頭一宗他當家沒有空兒，二宗他也寫不上來，其餘會寫字的，不論寫得多少，連東府珍大奶奶姨娘們都分了去，本家裏頭自不用說。」惜

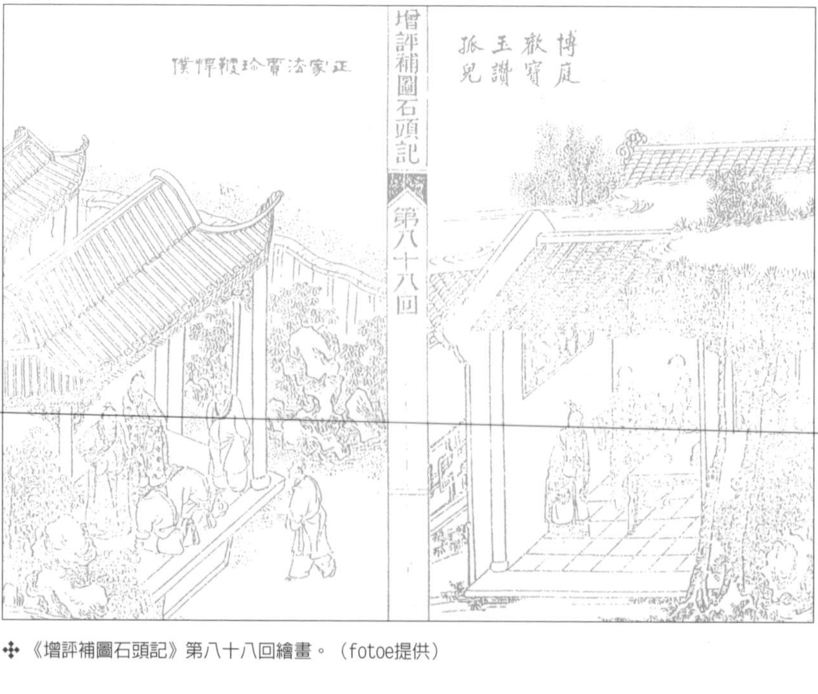

✣《增評補圖石頭記》第八十八回繪畫。（fotoe提供）

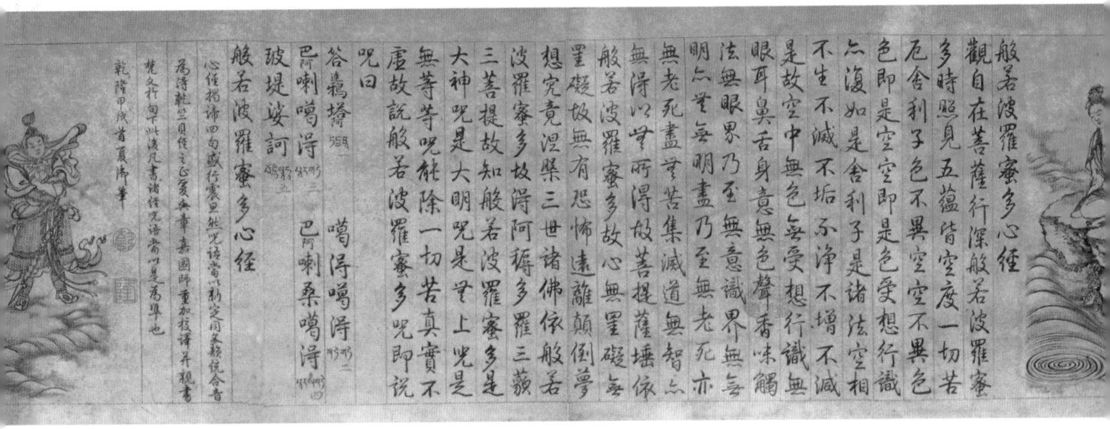

✣ 清高宗乾隆御筆《般若波羅蜜多心經》。《般若波羅蜜多心經》是漢譯佛經之中最短的一部佛經，簡稱《心經》，又稱《多心經》。（清・乾隆御筆）

春聽了，點頭道：「別的我作不來，若要寫經，我最信心※3的。你擱下喝茶罷。」鴛鴦才將那小包兒擱在桌上，同惜春坐下。彩屏倒了一鍾茶來。惜春笑問道：「你寫不寫？」鴛鴦道：「姑娘又說笑話了。那幾年還好，這三四年來姑娘見我還拿了拿筆兒麼？」惜春道：「這卻是有功德的。」鴛鴦道：「我也有一件事：『向來伏侍老太太安歇後，自己念上米佛※4，已經念了三年多了。我把這個米收好，等老太太作功德的時候，我將他襯在裏頭供佛施食，也是我一點誠心。』」◎2惜春道：「這樣說來，老太太作了觀音，你就是龍女※5了。」鴛鴦道：「那裏跟得上這個分兒。卻是除了老太太，別的也伏侍不來，不曉得前世什麼緣分兒。」◎3說著要走，叫小丫頭把小絹包打開，拿出來道：「這素

註

※1：古代認為八十一為九九相乘而得，暗藏兩個九字，是個不吉利的歲數。

※2：《金剛經》：《金剛般若波羅密經》。《心經》：《金剛般若波羅密多心經》。符殼：指符錄的圖形。符膽：指道家符錄的精義所在。

※3：誠心。

※4：邊念佛邊數米粒，念一聲數一粒，可修行功德。

※5：相傳為娑竭羅龍王的女兒，後成道。

評點

◎1.九九陽數盡晤，則陰晦生矣。黛之死期，即史之死期。（張新之）

◎2.鴛鴦愚忠愚孝，自非寶玉、黛玉一路人物。如此等人不足與言情也。（陳其泰）

◎3.俱與將來殉主關照。（王希廉）

紙一扎是寫《心經》的。」又拿起一子兒藏香道：「這是叫寫經時點著寫的。」惜春都應了。

鴛鴦遂辭了出來，同小丫頭來至賈母房中，回了一遍。看見賈母與李紈打雙陸※6，鴛鴦旁邊瞧著。李紈的骰子好，擲下去把老太太的錘※7打下了好幾個去。鴛鴦抿著嘴兒笑。忽見寶玉進來，手中提了兩個細篾絲的小籠子，籠內有幾個蟈蟈兒，說道：「我聽說老太太夜裏睡不著，我給老太太留下解解悶。」賈母笑道：「你別瞅著你老子不在家，你只管淘氣。」寶玉笑道：「我沒有淘氣。」賈母道：「你沒淘氣，不在學房裏念書，為什麼又弄這個東西呢？」寶玉道：「不是我自己弄的。今兒因師父叫環兒和蘭兒對對子，環兒對不來，◎4我悄悄的告訴了他。他說了，師父喜歡，誇了他兩句。他感激我的情，買了來孝敬我的。我才拿了來孝敬老太太的。」賈母道：「他沒有天天念書麼，為什麼對不上來？對不上來就叫你儒大爺爺打他的嘴巴子，看他臊不臊。你也夠受了，不記得你老子在家時，一叫作詩作詞，唬的倒像個小鬼兒似的，這會子又說嘴了。那環兒小子更沒出息，求人替作了，就變著方法兒打點人。這麼點子孩子就鬧鬼鬧神的，也不害臊，趕大了還不知是個什麼東西呢！」說的滿屋子人都笑了。賈母又問道：「蘭小子呢，作上來了沒有？這該環兒替他了，他又比他小了。是不是？」寶玉笑道：「他倒沒有，卻是自己對的。」賈母道：「我不信，不然就也是你鬧了

✣ 明代銅漆金龍女像，首都博物館藏。（鼂鳴提供）

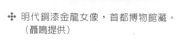

鬼了。如今你還了得，『羊群裏跑出駱駝來了，就只你大。』你又會作文章了。」寶玉笑道：「實在是他作的。師父還誇他明兒一定有大出息呢。◎5老太太不信，就打發人叫了他來親自試試，老太太就知道了。」賈母道：「果然這麼著我才喜歡。我不過怕你撒謊。既是他作的，這孩子明兒大概還有一點兒出息。」因看著李紈，又想起賈珠來，「這也不枉你大哥哥死了，你大嫂子拉扯他一場，日後也替你大哥哥頂門壯戶。」說到這裏，不禁流下淚來。李紈聽了這話，卻也動心，只是賈母已經傷心，自己連忙忍住淚笑勸道：「這是老祖宗的餘德，我們托著老祖宗的福罷咧。只要他應得了老祖宗的話，就是我們的造化了。老祖宗看著也喜歡，怎麼倒傷起心來呢。」因又回頭向寶玉道：「寶叔叔明兒別這麼誇他，他多大孩子，知道什麼。你不過是愛惜他的意思，他那裏懂得，一來二去，眼大心肥，那裏還能夠有長進呢。」賈母道：「你嫂子這也說的是。就只他還太小呢，也別逼靠緊了他。小孩子膽兒小，一時逼急了，弄出點子毛病來，書倒念不成，把你的工夫都白糟蹋了。」賈母說到這裏，李紈卻忍不住撲簌簌掉下淚來，連忙擦了。◎6

只見賈環、賈蘭也都進來給賈母請了安。賈蘭又見過他母親，然後過來在賈母旁邊侍立。賈母道：「我剛才聽見你叔叔說你對的好對子，師父誇你來著。」賈蘭也

註

※6：賭博。下鋪一特製盤子，在賽盤上雙方各持十五枚棒槌形的「馬」立於己方，按擲骰子的點數行走，先走到對方者為勝。

※7：雙陸之「馬」為棒槌形，俗稱「錘」。

評點

◎4.先述環兒不能對，是為蘭兒反襯法。（姚燮）

◎5.為賈蘭中舉伏筆。（王希廉）

◎6.李紈也具有多方面的德，而其中最突出的德是育幼之德。李紈的特點，她的「功績」，不在於被動地遵從封建倫理道德的規範，而在於主動地全力加強對愛子賈蘭的培養。應把賈蘭看成李紈形象的延伸，把這母子倆看成一個精神組合體。（劉宏彬）

不言語，只管抿著嘴兒笑。鴛鴦過來說道：「請示老太太，晚飯伺候下了。」賈母道：「請你姨太太去罷。」琥珀接著便叫人去王夫人那邊請薛姨媽。這裏寶玉賈環退出。素雲和小丫頭們過來把雙陸收起。李紈尚等著伺候賈母的晚飯，賈蘭便跟著他母親站著。賈母道：「你們娘兒兩個跟著我吃罷。」李紈答應了。一時擺上飯來，丫鬟回來稟道：「太太叫回老太太，姨太太這幾天浮來暫去，不能過來回老太太，今日飯後家去了。」於是賈母叫賈蘭在身旁邊坐下，大家吃飯，不必細述。

卻說賈母剛吃完了飯，盥漱了，歪在床上說閑話兒。只見小丫頭子告訴琥珀，琥珀過來回賈母道：「東府大爺請晚安來了。」賈母道：「你們告訴他，如今他辦理家務乏乏的，叫他歇著去罷。我知道了。」小丫頭告訴老婆子們，老婆子才告訴賈珍。賈珍然後退出。

到了次日，賈珍過來料理諸事。門上小廝陸續回了幾件事，又一個小廝回道：「莊頭送果子來了。」賈珍道：「單子呢？」那小廝連忙呈上。賈珍看時，上面寫著不過是時鮮果品，還夾帶菜蔬野味若干在內。賈珍看完，問向來經管的是誰。門上的回道：「是周瑞。」便叫周瑞：「照賬點清，送往裏頭交代。等我把來賬抄下一個底

❖ 李紈的全部希望和心血都放在賈蘭的身上，所幸賈蘭沒有辜負母親一片苦心。李紈和賈蘭是天下寡母孤兒飽含希望的典型代表形象。（張羽琳繪）

✣寶玉當著賈母、李紈前面誇獎賈蘭。（朱寶榮繪）

子，留著好對。」又叫：「告訴廚房，把下菜中添幾宗給送果子的來人，照常賞飯給錢。」

周瑞答應了。一面叫人搬至鳳姐兒院子裏去，又把莊上的賬同果子交代明白。出去了一回兒，又進來回賈珍道：「才剛來的果子，大爺曾點過數目沒有？」賈珍道：「我那裏有工夫點這個呢。給了你賬，你照賬點就是了。」周瑞道：「小的曾點過，也沒有少，也不能多出來。大爺既留下底子，再叫送果子來的人問問，他這賬是眞的假的。」賈珍道：「這是怎麼說，不過是幾個果子罷咧，有什麼要緊。我又沒有疑你。」說著，只見鮑二走來，磕了一個頭，說道：「求大爺原舊放小的在外頭伺候罷。」賈珍道：「你們這又是怎麼著？」鮑二道：「奴才在這裏又說不上話來。」賈珍道：「誰叫你說話。」鮑二道：「何苦來，在這裏作眼睛珠兒。」周瑞接口道：「奴才在這裏經管地租莊子，銀錢出入每年也有三五十萬來往，老爺太太奶奶們從沒有說過話的，何況這些零星東西。若照鮑二說起來，爺們家裏的田地房產都被奴才們弄完了。」賈珍想道：「必是鮑二在這裏拌嘴，不如叫他出去。」因向鮑二說道：「快滾罷。」又告訴周瑞說：「你也不用說了，你幹你的事罷。」二人各自散了。

賈珍正在廂房裏歇著，聽見門上鬧的翻江攪海。叫人去查問，回來說道：「鮑二和周瑞的乾兒子打架。」賈珍道：「周瑞的乾兒子是誰？」門上的回道：「他叫何三，本來是個沒味兒的，天天在家裏喝酒鬧事，常來門上坐著。聽見鮑二與周瑞拌嘴，他就插在裏頭。」賈珍道：「這卻可惡！把鮑二和那個什麼何幾給我一塊兒捆起來！周瑞呢？」門上的回道：「打架時他先走了。」賈珍道：「給我拿了來！這還了得了！」衆人答應了。正嚷著，賈璉也回來了，賈珍便告訴了一遍。賈璉道：「這還了得！」又添了人去拿周

✣ 賈珍命人把鮑二、何三各打了五十鞭子，並攆了出去。（朱寶榮繪）

瑞。周瑞知道躲不過，也找到了。賈珍便叫都捆上。賈璉便向周瑞道：「你們前頭的話也不要緊，大爺說開了，很是了。為什麼外頭又打架！你們打架已經使不得，又弄個野雜種什麼何三來鬧，你不壓伏壓伏他們，倒竟走了。」就把周瑞踢了幾腳。賈珍道：「單打周瑞不中用。」喝命人把鮑二和何三各人打了五十鞭子，攆了出去，◎7方和賈璉兩個商量正事。下人背地裏便生出許多議論來：也有說賈珍護短的；也有說不會調停的；也有說他本不是好人，前兒尤家姐妹弄出許多醜事來，那鮑二不是他調停著二爺叫了來的嗎，這會子又嫌鮑二不濟事，必是鮑二的女人伏侍不到了。◎8人多嘴雜，紛紛不一。◎9

* * *

卻說賈政自從在工部掌印，家人中盡有發財的。那賈芸聽見了，也要插手弄一點事兒，便在外頭說了幾個工頭，講了成數，便買了些時新繡貨，要走鳳姐兒門子。鳳姐正在房中聽見丫頭們說：「大爺、二爺都生了氣，在外頭打人呢。」鳳姐聽了，不知何故，正要叫人去問問，只見賈璉已進來了，把外面的事告訴了一遍。鳳姐道：「事情雖不要緊，但這風俗兒斷不可長。此刻還算咱們家裏正旺的時候兒，◎10他們就敢打架。以後小輩兒們當了家，他們越發難制伏了。前年我在東府裏，親眼見過焦大吃的爛醉，躺在臺階子底下罵人，不管上上下下一混湯子的混罵。◎11他雖是有過功的人，到底主子奴才的名分，也要存點兒體統才好。珍大奶奶不是我說是個老實頭，個

評點

◎7.鮑二、何三打架受責，是後來糾盜根苗。（王希廉）
◎8.如此一段切中情事，而明宣珍、璉罪案，以透查抄，自不可少。（張新之）
◎9.賈珍之不能正家，明矣，此直書「正家法」者，譏之，非予之。（黃小田）
◎10.已伏下文衰敗根子。（東觀閣主人）
◎11.焦大之罵，鳳姐刻不能忘。（姚燮）

個人都叫他養得無法無天的。如今又弄出一個什麼鮑二，我還聽見是你和珍大爺得用的人，爲什麼今兒又打他呢？」賈璉聽了這話刺心，便覺訕訕的，拿話來支開，借有事，說著就走了。

小紅進來回道：「芸二爺在外頭要見奶奶。」鳳姐一想，「他又來作什麼？」便道：「叫他進來罷。」小紅出來，瞅著賈芸微微一笑。賈芸趕忙湊近一步問道：「姑娘替我回了沒有？」小紅紅了臉，說道：「我就是見二爺的事多。」賈芸道：「何曾有多少事能到裏頭來勞動姑娘呢。就是那一年姑娘在寶二叔房裏，我才和姑娘——」◎12小紅怕人撞見，不等說完，趕忙問道：「那年我換給二爺的一塊絹子，二爺見了沒有？」那賈芸聽了這句話，喜的心花俱開，才要說話，只見一個小丫頭從裏面出來，賈芸連忙

✣「正家法賈珍鞭悍僕」，描繪《紅樓夢》第八十八回中的場景。賈珍自己胡作非為，卻仗家法鞭打僕人，讓僕人心中不服。清代孫溫繪《全本紅樓夢》圖冊第十八冊之六。（清・孫溫繪）

✣ 焦大。除了喝酒就是罵人，他似乎從來沒有開懷適意的日子。（《紅樓夢煙標精華》杜春耕編著，北京圖書館出版社提供）

同著小紅往裏走。兩個人一左一右，相離不遠。賈芸悄悄的道：「回來我出來還是你送出我來，我告訴你還有笑話兒呢。」小紅聽了，把臉飛紅，◎13瞅了賈芸一眼，也不答言。同他到了鳳姐門口，自己先進去回了，然後出來，掀起簾子點手兒，口中卻故意說道：「奶奶請芸二爺進來呢。」

賈芸笑了一笑，跟著他走進房來，見了鳳姐兒，請了安，並說：「母親叫問好。」鳳姐也問了他母親好。鳳姐道：「你來有什麼事？」賈芸道：「侄兒從前承嬸娘疼愛，心上時刻想著，總過意不去。欲要孝敬嬸娘，又怕嬸娘多想。如今重陽時候，略備了一點兒東西。嬸娘這裏那一件沒有，不過是侄兒一點孝心。只怕嬸娘不肯賞臉。」鳳姐兒笑道：「有話坐下說。」賈芸才側身坐了，連忙將東西捧著擱在旁邊桌上。鳳姐又道：「你不是什麼有餘的人，何苦又去花錢。我又不等著使。你今日來

評點

◎12.賈氏來往，無非混賬之人。（東觀閣主人）
◎13.淫蕩已極，而寫來卻不污筆墨。（陳其泰）

意是怎麼個想頭兒，你倒是實說。」賈芸道：「並沒有別的想頭兒，不過感念嬸娘的恩惠，過意不去罷咧。」說著，微微的笑了。鳳姐道：「不是這麼說。你手裏窄，我很知道，我何苦白白兒使你的。你要我收下這個東西，須先和我說明白了。要是這麼含著骨頭露著肉的，我倒不收。」賈芸沒法兒，只得站起來陪著笑兒說道：「並不是有什麼妄想。前幾日聽見老爺總辦陵工，侄兒有幾個朋友辦過好些工程，極妥當的，要求嬸娘在老爺跟前提一提。辦得一兩種，侄兒再忘不了嬸娘的恩典。若是家裏用得著，侄兒也能給嬸娘出力。」鳳姐道：「若是別的我卻可以作主。至於衙門裏的事，上頭呢，都是堂官司員定的；底下呢，都是那些書辦衙役們辦的。別人只怕插不上手。連自己的家人，也不過跟著老爺伏侍伏侍。就是你二叔去，亦只是為的是各自家裏的事，他也

✣「賈芸送禮求鳳姐差」，描繪《紅樓夢》第八十八回中的場景。清代孫溫繪《全本紅樓夢》圖冊第十八冊之七。（清．孫溫繪）

並不能攙越公事。論家事，這裏是踩一頭兒蹺一頭兒的，連珍大爺還彈壓不住，你的年紀兒又輕，輩數兒又小，那裏纏的清這些人呢。況且衙門裏頭的事差不多兒也要完了，不過吃飯瞎跑。你在家裏什麼事作不得，難道沒了這碗飯吃不成。我這是實在話，你自己回去想想就知道了。你的情意我已經領了，把東西快拿回去，是那裏弄來的，仍舊給人家送了去罷。」

正說著，只見奶媽子一大起帶了巧姐兒進來。那巧姐兒身上穿得錦團花簇，手裏拿著

好些頑意兒，笑嘻嘻走到鳳姐身邊學舌。賈芸一見，便站起來笑盈盈的趕著說道：「這就是大妹妹麼？你要什麼好東西不要？」那巧姐兒便啞的一聲哭了。賈芸連忙退下。鳳姐道：「乖乖不怕。」連忙將巧姐攬在懷裏道：「這是你芸大哥哥，怎麼認起生來了。」賈芸道：「妹妹生得好相貌，將來又是個有大造化的。」那巧姐兒回頭把賈芸一瞧，又哭起來，疊連幾次。賈芸看這光景坐不住，便起身告辭要走。鳳姐道：「你把東西帶了去罷。」賈芸道：「這一點子嬸娘還不賞臉？」鳳姐道：「你不帶去，我便叫人送到你家去。芸哥兒，你不要這麼樣。你又不是外人，我這裏有機會，少不得打發人去叫你，沒有事也沒法兒，不在乎這些東東西西上的。」賈芸看見鳳姐執意不受，只得紅著臉道：「既這麼著，我再找得用的東西來孝敬嬸娘罷。」鳳姐兒便叫小紅拿了東西，跟著賈芸送出來。

賈芸走著，一面心中想道：「人說二奶奶利害，果然利害。一點兒都不漏縫，眞正斬釘截鐵，怪不得沒有後世。這巧姐兒更怪，見了我好像前世的冤家似的。眞正晦氣，白鬧了這麼一天。」小紅見賈芸沒得彩頭，也不高興，拿著東西跟出來。賈芸接過來，打開包兒揀了兩件，悄悄的遞給小紅。小紅不接，嘴裏說道：「二爺別這麼著，看奶奶知道了，大家倒不好看。」賈芸道：「你好生收著罷，怕什麼，那裏就知

✣ 因為容貌俏麗，聰明伶俐，所以不甘人下。除了「攀高枝」的心性，還有乖巧從事的膽識，加之與賈芸一見鍾情，心靈契合，小紅成了衆丫頭中十分幸福的一個。（張羽琳繪）

道了呢。你若不要，就是瞧不起我了。」小紅微微一笑，才接過來，說道：「誰要你這些東西，算什麼呢。」說了這句話，把臉又飛紅了。賈芸也笑道：「我也不是爲東西，況且那東西也算不了什麼。」說著話兒，兩個已走到二門口。賈芸把下剩的仍舊揣在懷內。小紅催著賈芸道：「你先去罷，有什麼事情，只管來找我。我今日在這院裏了，又不隔手。」賈芸點點頭兒，說道：「二奶奶太利害，我可惜不能長來。剛才我說的話，你橫豎心裏明白，得了空兒再告訴你罷。」小紅滿臉羞紅，◎14說道：「你去罷，明兒也長來走走。誰叫你和他生疏呢？」賈芸道：「知道了。」賈芸說著出了院門。這裏小紅站在門口，怔怔的看他去遠了，才回來了。◎15

卻說鳳姐在房中吩咐預備晚飯，因又問道：「你們熬了粥了沒有？」丫鬟們連忙去問，回來回道：「預備了。」鳳姐道：「你們把那南邊來的糟東西弄一兩碟來罷。」秋桐答應了，叫丫頭們伺候。平兒走來笑道：「我倒忘了，今兒晌午奶奶在上頭老太太那邊的時候，水月庵的師父打發人來，要向奶奶討兩瓶南小菜，還要支用幾個月的月銀，說是身上不受用。我問那道婆來著：『師父怎麼不受用？』他說：『四五天了，前兒夜裏因那些小沙彌小道士裏頭有幾個女孩子睡覺沒有吹燈，他說了幾次不聽。那一夜看見他們三更以後燈還點著呢，他便叫他們吹燈，個個都睡著了，沒有人答應，只得自己親自起來給他們吹滅了。回到炕上，只見有兩個人，一男一

評點

◎14.寫賈芸、小紅，全是尋常小說之情。然傳神之妙，豈尋常小說所能寫出？（黃小田）

◎15.此回伏後文許多事情，瑣細處亦覺簡淨。但疏誤處甚多。賈政不在家，究是何事。（此回有總辦陵工之語，但前文未述明。）賈政來辦理家務，究是何故。賈璉明明在家，何以要賈珍幫辦。（從前屬至平安州，不聞要人幫辦也。）管理賬務，自有賴大、林之孝等大管家們，何以一個不見，而王夫人陪房僕人周瑞，何以得管地租莊子一年有三五十萬之賬？（前周瑞家的與劉姥姥言，有管地租之語。）鳳姐處媳婦、老媽、丫頭、小廝俱多，何以芸兒出入，只見一小紅迎送？種種皆未合情節，不及前八十回遠矣。（陳其泰）

女，坐在炕上。他趕著問是誰，那裏把一根繩子往他脖子上一套，他便叫起人來。衆人聽見，點上燈火一齊趕來，已經躺在地下，滿口吐白沫子，幸虧救醒了。此時還不能吃東西，所以叫來尋些小菜兒的。』我因奶奶不在房中，不便給他。我說：『奶奶此時沒有空兒，在上頭呢，回來告訴。』便打發他回去了。才剛聽見說起南菜，方想起來了，不然就忘了。」鳳姐聽了，呆了一呆，說道：「南菜不是還有呢，叫人送些去就是了。那銀子過一天叫芹哥來領就是了。」又見小紅進來回道：「才剛二爺差人來，說是今晚城外有事，不能回來，先通知一聲。」鳳姐道：「是了。」

說著，只聽見小丫頭從後面喘吁吁的嚷著直跑到院子裏來，外面平兒接著，還有幾個丫頭們，咕咕唧唧的說話。鳳姐道：「你們說什麼呢？」平兒道：「小丫頭子有些膽怯，說鬼話。」鳳姐叫那一個小丫頭進來，問道：「什麼鬼話？」那丫頭道：「我才剛到後邊去叫打雜兒的添煤，只聽得三間空屋子裏嘩喇嘩喇的響，我還道是貓兒耗子，又聽得噯的一聲，像個人出氣兒的似的。◎16我害怕，就跑回來了。」鳳姐罵道：「胡說！我這裏斷不興說神說鬼，我從來不信這些個話。快滾出去罷。」那小丫頭出去了。鳳姐便叫彩明將一天零碎日用賬對過一遍，時已將近二更。大家又歇了一

✣ 秋桐。自從被鳳姐利用並借刀殺人後，便受到了冷落。（《紅樓夢煙標精華》杜春耕編著，北京圖書館出版社提供）

✣ 溫柔和順的尤二姐與潑辣的秋桐，都成為王熙鳳爭奪權位下的犧牲品（左為尤二姐，右為秋桐）。（國光劇團提供，林榮錄攝影）

回，略說些閑話，遂叫各人安歇去罷。鳳姐也睡下了。

將近三更，鳳姐似睡不睡，覺得身上寒毛一乍，自己驚醒了。越躺著越發起滲來，因叫平兒秋桐過來作伴。◎17二人也不解何意。那秋桐本來不順鳳姐，後來賈璉因尤二姐之事不大愛惜他了，鳳姐又籠絡他，如今倒也安靜，只是心裏比平兒差多了，外面情兒。今見鳳姐不受用，只得端上茶來。鳳姐喝了一口，道：「難爲你，睡去罷，只留平兒在這裏就夠了。」秋桐卻要獻殷勤兒，因說道：「奶奶睡不著，倒是我們兩個輪流坐坐也使得。」鳳姐一面說，一面睡著了。平兒秋桐看見鳳姐已睡，只聽得遠遠的雞叫了，二人方都穿著衣服略躺了一躺，就天亮了，連忙起來伏侍鳳姐梳洗。鳳姐因夜中之事，心神恍惚不寧，只是一味要強，仍然扎掙起來。正坐著納悶，忽聽個小丫頭子在院裏問道：「平姑娘在屋裏麼？」平兒答應了一聲，那小丫頭掀起簾子進來，卻是王夫人打發過來找賈璉，說：「外頭有人回要緊的官事。老爺才出了門，太太叫快請二爺過去呢。」鳳姐聽見唬了一跳。未知何事，下回分解。

評點

◎16.衰敗之兆，種種出來。（姚燮）

◎17.水月庵老尼見鬼自是東窗事發，鳳姐安得不動心，此心一動，諸邪俱入，空屋人聲，三更發生，不獨尤二姐一人也。（王希廉）

第八十九回 人亡物在公子填詞　蛇影杯弓※1顰卿絕粒

卻說鳳姐正自起來納悶，忽聽見小丫頭這話，又唬了一跳，連忙問道：「什麼官事？」小丫頭道：「也不知道。剛才二門上小廝回進來，回老爺有要緊的官事，所以太太叫我請二爺來了。」鳳姐聽是工部裏的事，才把心略略的放下，因說道：「你回去回太太，就說二爺昨日晚上出城有事，沒有回來。打發人先回珍大爺去罷。」那丫頭答應著去了。

一時賈珍過來見了部裏的人，問明了，進來見了王夫人，回道：「部中來報，昨日總河※2奏到河南一帶決了河口，湮沒了幾府州縣。又要開銷國帑，修理城工。工部司官又有一番照料。所以部裏特來報知老爺的。」說完退出，及賈政回家來回明。從此直到冬間，賈政天天有事，常在衙門裏。寶玉的工課也漸漸鬆了，只是怕賈政覺察出來，不敢不常在學房裏去

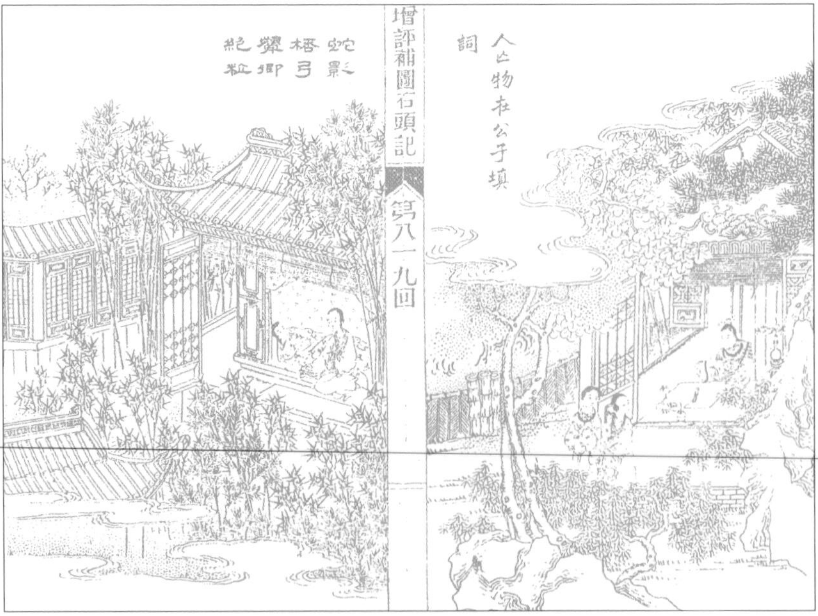

✣《增評補圖石頭記》第八十九回繪畫。（fotoe提供）

念書，連黛玉處也不敢常去。

那時已到十月中旬，寶玉起來要往學房中去。這日天氣陡寒，只見襲人早已打點出一包衣服，向寶玉道：「今日天氣很冷，早晚寧使暖些。」說著，把衣服拿出來給寶玉挑了一件穿。又包了一件，叫小丫頭拿出交給茗煙，囑咐道：「天氣涼，二爺要換時，好生預備著。」茗煙答應了，抱著毡包，跟著寶玉自去。寶玉到了學房中，作了自己的工課，忽聽得紙窗呼喇喇一派風聲。代儒道：「天氣又發冷。」把風門推開一看，只見西北上一層層的黑雲漸漸往東南撲上來。茗煙走進來回寶玉道：「二爺，天氣冷了，再添些衣服罷。」寶玉點點頭兒。只見茗煙拿進一件衣服來，寶玉不看則已，看了時神已痴了。那些小學生都巴著眼瞧，卻原是晴雯所補的那件雀金裘。寶玉道：「怎麼拿這一件來！是誰給你的？」茗煙道：「是裏頭姑娘們包出來的。」寶玉道：「我身上不大冷，且不穿呢，包上罷。」代儒只當寶玉可惜這件衣服，卻也心裏喜他知道儉省。茗煙道：「二爺穿上罷，著了涼，又是奴才的不是了。二爺只當疼奴才罷。」寶玉無奈，只得穿上，呆呆的對著書坐著。代儒也只當他看書，不甚理會。晚間放學時，寶玉便往代儒托病告假一天。代儒本來

✣ 崑曲《紅樓夢・晴雯補裘》，張淼飾賈寶玉。寶玉看到從前晴雯所補的那件雀金裘，神情已痴。（北方崑曲劇院提供）

註

※1：即「杯弓蛇影」。晉代樂廣宴客，客人飲酒，看見杯中有蛇，回家之後便生病了。樂廣知道其實是牆壁上掛弓映在杯中的倒影，再邀客飲，客人得知後病痛痊癒。後用以比喻疑神疑鬼，為不存在的事情驚怕。

※2：河道總督的簡稱，總管黃、淮等河道事務。

上年紀的人，也不過伴著幾個孩子解悶兒，時常也八病九痛的，樂得去一個少操一日心。況且明知賈政事忙，賈母溺愛，便點點頭兒。

寶玉一逕回來，見過賈母王夫人，也是這樣說，自然沒有不信的，略坐一坐便回園中去了。見了襲人等，也不似往日有說有笑的，◎1便和衣躺在炕上。襲人道：「晚飯預備下了，這會兒吃還是等一等兒？」寶玉道：「我不吃了，心裏不舒服。你們吃去罷。」襲人道：「那麼著你也該把這件衣服換下來了，那個東西那裏禁得住揉搓。」寶玉道：「不用換。」襲人道：「倒也不但是嬌嫩物兒，你瞧瞧那上頭的針線也不該這麼糟蹋他呀。」寶玉聽了這話，正碰在他心坎兒上，嘆了一口氣道：「那麼著，你就收起來給我包好了，我也總不穿他了。」說著，站起來脫下。襲人才過來接時，寶玉已經自己疊起。襲人道：「二爺怎麼今日這樣勤謹起來了？」寶玉也不答言，疊好了，便問：「包這個的包袱呢？」麝月連忙遞過來，讓他自己包好，回頭卻和襲人擠著眼兒笑。寶玉也不理會，自己坐著，無精打彩。猛聽架上鐘響，自己低頭看了看錶，針已指到酉初二刻了。一時小丫頭點上燈來。襲人道：「你不吃飯，喝一口粥兒罷。別淨餓著，看仔細餓上虛火來，那又是我們的累贅了。」寶玉搖搖頭兒，說：「不大餓，強吃了倒不受用。」襲人道：「既這麼著，就索性早些歇著罷。」於是襲人麝月鋪設好了，寶玉也就歇下。翻來覆去只睡不著，將及黎明，反朦朧睡去，不一頓飯時，早又醒了。

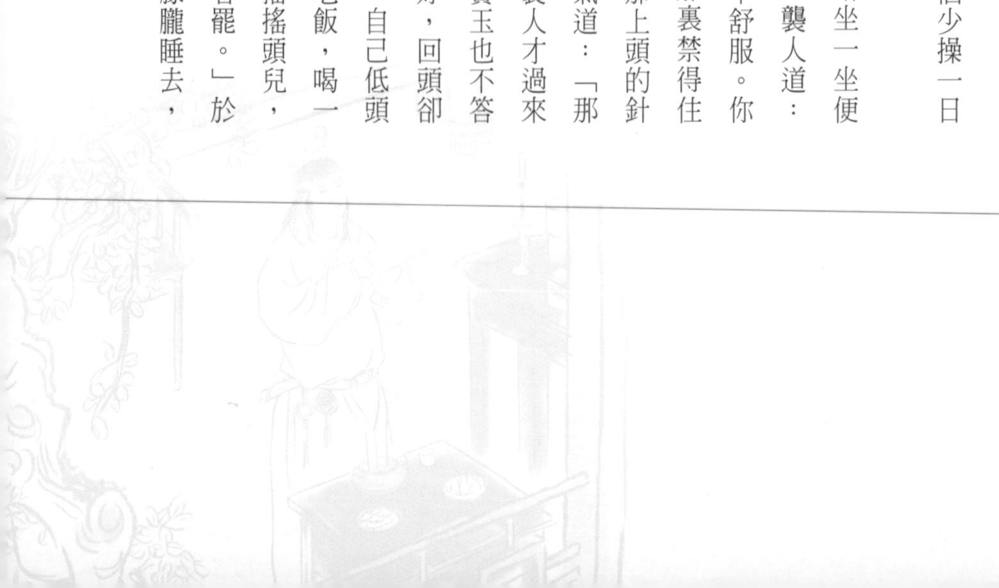

此時襲人麝月也都起來。襲人道：「昨夜聽著你翻騰到五更多，我也不敢問你。後來我就睡著了，不知到底你睡著了沒有？」寶玉道：「也睡了一睡，不知怎麼就醒了。」襲人道：「你沒有什麼不受用？」寶玉道：「沒有，只是心上發煩。」襲人道：「今日學房裏去不去？」寶玉道：「我昨兒已經告了一天假了，今兒我要想園裏逛一天，散散心，只是怕冷。你叫他們收拾一間房子，備下一爐香，擱下紙墨筆硯。你們只管幹你們的，我自己靜坐半天才好。別叫他們來攪我。」麝月接著道：「二爺要靜靜兒的用工夫，誰敢來攪！」襲人道：「這麼著很好，也省得著了涼。自己坐坐，心神也不散。」因又問：「你既懶待吃飯，今日吃什麼？早說好傳給廚房裏去。」寶玉道：「還是隨便罷，不必鬧的大驚小怪的。倒是要幾個果子擱在那屋裏，借點果子香。」襲人道：「那個屋裏好？別的都不大乾淨，只有晴雯起先住的那一間，因一向無人，還乾淨，就是清冷些。」寶玉道：「不妨，把火盆挪過去就是了。」襲人答應了。

正說著，只見一個小丫頭端了一個茶盤兒，一個碗，一雙牙箸，遞給麝月道：「這是剛才花姑娘要的，廚房裏老婆子送了來了。」麝月接了一看，卻是一碗燕窩湯，便問襲人道：「這是姐姐要的麼？」襲人笑道：「昨夜二爺沒吃飯。又翻騰了一夜，想來今日早起心裏必是發空的，所以我告訴小丫頭們叫廚房裏作了這個來的。」襲人一面叫小丫頭放桌兒，麝月打發寶玉喝了，漱了口。只見秋紋走來說道：「那屋

評點

◎1.我總說寶玉自晴雯死後頗厭襲人。（東觀閣主人）

裏已經收拾妥了，但等著一時炭勁過了，二爺再進去罷。」寶玉點頭，只是一腔心事，懶怠說話。一時小丫頭來請，說筆硯都安放妥當了。寶玉道：「知道了。」又一個小丫頭回道：「早飯得了。二爺在那裏吃？」寶玉道：「就拿了來罷，不必累贅了。」小丫頭答應了自去。一時端上飯來，寶玉笑了一笑，向襲人麝月道：「我心裏悶得很，自己吃只怕又吃不下去，不如你們兩個同我一塊兒吃，或者吃的香甜，我也多吃些。」麝月笑道：「這是二爺的高興，我們可不敢。」襲人道：「其實也使得，我們一處喝酒，也不止今日。只是偶然替你解悶兒還使得，若認眞這樣，還有什麼規矩體統呢。」說著三人坐下。寶玉在上首，襲人麝月兩個打橫陪著。吃了飯，小丫頭端上漱口茶，兩個看著撤了下去。寶玉因端著茶，默默如有所思，又坐了一坐，便問道：「那屋裏收拾妥了麼？」麝月道：「頭裏就回過了，這回子又問。」

寶玉略坐了一坐，便過這間屋子來，親自點了一炷香，擺上些果品，便叫人出去，關上了門。外面襲人等都靜悄悄無聲。寶玉拿了一幅泥金角花的粉紅箋出來，口中

✣寶玉作詞祭奠晴雯。（朱寶榮繪）

祝了幾句，便提起筆來寫道：

怡紅主人焚付晴姐知之，酌茗清香，庶幾來饗。

其詞云：

隨身伴，獨自意綢繆。誰料風波平地起，頓教軀命即時休。孰與話輕柔？
東逝水，無復向西流。想像更無懷夢草※3，添衣還見翠雲裘。脈脈使人愁！

寫畢，就在香上點個火焚化了。靜靜兒等著，直待一炷香點盡了，才開門出來。◎2襲人道：「怎麼出來了？想來又悶的慌了。」

寶玉笑了一笑，假說道：「我原是心裏煩，才找個地方兒靜坐坐兒。這會子好了，還要外頭走走去呢。」說著，一逕出來，到了瀟湘館中，在院裏問道：「林妹妹在家裏呢麼？」紫鵑接應道：「是誰？」掀簾看時，笑道：「原來是寶二爺。姑娘在屋裏呢，請二爺到屋裏坐著。」寶玉同著紫鵑走進來。黛玉卻在裏間呢，說道：「紫鵑，請二爺屋裏坐罷。」寶玉走到裏間門口，看見新寫的一付紫墨色泥金雲龍箋的小對，上寫著：「綠窗明月在，青史古人空。」◎3寶玉看了，笑了一笑，走入門去，笑問道：「妹妹作什麼呢？」黛玉站起來迎了兩步，笑著讓道：「請坐。我在這裏寫經，只剩得兩行了，等寫完了再說話兒。」因叫雪雁倒茶。寶玉道：「你別動，只管寫。」說著，一面看見中間掛著一幅單條※4，上面畫著一個嫦娥，帶著一個侍者；又

註

※3：傳說漢武帝懷念死去的寵妃，東方朔獻仙草一株，夜間佩之，便與妃子夢中相見，稱之為懷夢草。

※4：即立軸，中國畫裝裱體式之一。

評點

◎2.睹物懷人，填詞志恨，翠雲裘從今不禦，斷指甲沒齒難拋。死而有知，晴雯之目，自可瞑矣。（陳其泰）

◎3.黛玉房中對聯，已有人琴俱亡之感。（王希廉）

一個女仙，也有一個侍者，捧著一個長長兒的衣囊似的，二人身邊略有些雲護，別無點綴。全仿李龍眠※5白描筆意，上有「鬥寒圖」三字，◎4用八分書※6寫著。寶玉道：「妹妹這幅《鬥寒圖》可是新掛上的？」黛玉道：「可不是。昨日他們收拾屋子，我想起來，拿出來叫他們掛上的。」寶玉道：「是什麼出處？」黛玉笑道：「眼前熟的很的，還要問人。」寶玉笑道：「我一時想不起，妹妹告訴我罷。」黛玉道：「豈不聞『青女素娥俱耐冷，月中霜裏鬥嬋娟』。」寶玉道：「是啊，這個實在新奇雅致，卻好此時拿出來掛。」說著又東瞧瞧，西走走。

雪雁沏了茶來，寶玉吃著。又等了一會子，黛玉經才寫完，站起來道：「簡慢了。」寶玉笑道：「妹妹還是這麼客氣。」但見黛玉身上穿著月白繡花小毛皮襖，加上銀鼠坎肩；頭上挽著隨常雲髻，簪上一枝赤金匾簪，別無花朵；腰下繫著楊妃色※7繡花綿裙。眞比如：

亭亭玉樹臨風立，冉冉香蓮帶露開。

寶玉因問道：「妹妹這兩日彈琴來著沒有？」黛玉道：「兩日沒彈了。因爲寫字已經覺得手冷，那裏還去彈琴。」◎5寶玉道：「不彈也罷了。我想琴雖是清高之品，卻不

✣ 寶玉來訪，黛玉因寶玉一席話而設疑。（朱寶榮繪）

是好東西，從沒有彈琴裏彈出富貴壽考來的，只有彈出憂思怨亂來的。◎6再者彈琴也得心裏記譜，未免費心。依我說，妹妹身子又單弱，不操這心也罷了。」黛玉抿著嘴兒笑。寶玉指著壁上道：「這張琴可就是麼？怎麼這麼短？」黛玉笑道：「這張琴不是短，因我小時學撫的時候別的琴都夠不著，因此特地作起來的。雖不是焦尾枯桐※8，這鶴山鳳尾還配得齊整，龍池雁足高下還相宜。你看這斷紋不是牛旄似的麼，所以音韻也還清越。」寶玉道：「妹妹這幾天來作詩沒有？」黛玉道：「自結社以後沒大作。」寶玉笑道：「你別瞞我，我聽見你吟的什麼『不可惙，素心如何天上月』，你擱在琴裏覺得音響分外亮。有的沒有？」黛玉道：「你怎麼聽見了？」寶玉道：「我那一天從蓼風軒來聽見的，又恐怕打斷你的清韻，所以靜聽了一會就走了。我正要問你：前路是平韻，到末了兒忽轉了仄韻，是個什麼意思？」黛玉道：「這是人心自然之音，作到那裏就到那裏，原沒有一定的。」寶玉道：「原來如此。可惜我不知音，枉聽了一會子。」黛玉道：「古來知音人能有幾個？」◎7寶玉聽了，又覺得出言冒失了，又怕寒了黛玉的心，坐了一坐，心裏像有許多話，卻再無可講的。黛玉因方才的話也是衝口而出，此時回想，覺得太冷淡些，也就無話。寶玉一發打諒黛玉設疑，遂訕訕的站起來說道：「妹妹坐著

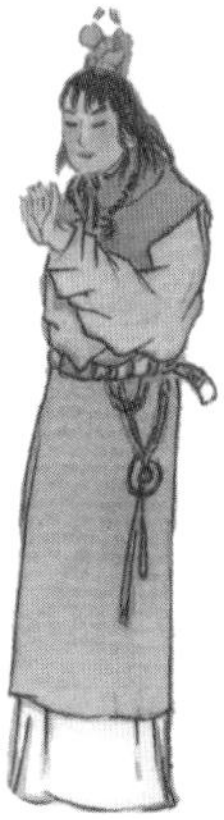

註

※5：宋代畫家。名公麟，字伯時，安徽人，晚年居龍眠山莊，號龍眠上人，作畫多用「白描」。
※6：字體名，漢隸的別稱。
※7：粉紅色。
※8：東漢蔡邕以尾端燒焦的桐木製作出好的琴。後以「焦尾枯桐」代指好琴。

評點

◎4.青女霜神爲釵，素娥月主爲黛，其勢不能兩立也。（張新之）
◎5.不彈琴正對不吃飯。（張新之）
◎6.能彈琴自然處憂思怨亂，琴之爲琴正爲憂思怨亂而作。（張新之）
◎7.用「知音」二字抉發二人此際心事，乃是專責寶玉。（張新之）

罷。我還要到三妹妹那裏瞧瞧去呢。」黛玉道：「你若是見了三妹妹，替我問候一聲罷。」寶玉答應著便出來了。

黛玉送至屋門口，自己回來悶悶的坐著，心裏想道：「寶玉近來說話半吐半吞，忽冷忽熱，也不知他是什麼意思。」正想著，紫鵑走來道：「姑娘，經不寫了？我把筆硯都收好了？」黛玉道：「不寫了，收起去罷。」說著，自己走到裏間屋裏床上歪著，慢慢的細想。紫鵑進來問道：「姑娘喝碗茶罷？」黛玉道：「不喝呢。我略歪歪兒，你們自己去罷。」

紫鵑答應著出來，只見雪雁一個人在那裏發呆。紫鵑走到他跟前問道：「你這會子也有了什麼心事了麼？」雪雁只顧發呆，倒被他唬了一跳，因說道：「你別嚷，今日我聽見了一句話，我告訴你聽，奇不奇。你可別言語。」說著，往屋裏努嘴兒。因自己先行，點著頭兒叫紫鵑同他出來，到門外平臺底下，悄悄兒的道：「姐姐你聽見了麼？寶玉定了親了！」紫鵑聽見，唬了一跳，說道：「這是那裏來的話？只怕不眞罷。」雪雁道：「怎麼不眞！別人大概都知道，就只咱們沒聽見。」紫鵑道：「你是那裏聽來的？」雪雁道：「我聽見待書說的，是個什麼知府家，家資也好，人才也好。」紫鵑正聽時，只聽得黛玉咳嗽了一聲，似乎起來的光景。紫鵑恐怕他出來聽見，便拉了雪雁搖搖手兒，往裏望望，不見動靜，才又悄悄兒的問道：「他到底怎麼說來？」雪雁道：「前兒不是叫我到三姑娘那裏去道謝嗎？三姑娘不在屋裏，只有待

書在那裏。大家坐著，無意中說起寶二爺的淘氣來，他說寶二爺怎麼好，只會頑兒，全不像大人的樣子，已經說親了，還是這麼呆頭呆腦。我問他定了沒有，他說是定了，是個什麼王大爺作媒的。那王大爺是東府裏的親戚，所以也不用打聽，一說就成了。」紫鵑側著頭想了一想，「這句話奇！」又問道：「怎麼家裏沒有人說起？」雪雁道：「待書也說的是老太太的意思。若一說起，恐怕寶玉野了心，所以都不提起。待書告訴了我，又叮囑千萬不可露風，說出來只道是我多嘴。」把手往裏一指，「所以他面前也不提。今日是你問起，我不犯瞞你。」

正說到這裏，只聽鸚鵡叫喚，學著說：「姑娘回來了，快倒茶來！」倒把紫鵑雪雁嚇了一跳，回頭並不見有人，便罵了鸚鵡一聲，◎8走進屋內。只見黛玉喘吁吁的剛坐在椅子上。紫鵑搭訕著問茶問水。黛玉問道：「你們兩個那裏去了？再叫不出一個人來。」說著便走到炕邊，將身子一歪，仍舊倒在炕上，往裏躺下，叫把帳子撩下。紫鵑雪雁答應出去。他兩個心裏疑惑方才的話只怕被他聽了去了，只好大家不提。誰知黛玉一腔心事，又竊聽了紫鵑雪雁的話，雖不很明白，已聽得了七八分，如同將身撂在大海裏一般。思前想後，竟應了前日夢中之讖。千愁萬恨，堆上心來。左右打算，不如早些死了，免得眼見了意外的事情，那時反倒無趣。又想到自己沒了爹娘的苦，自今以後，把身子一天一天的糟蹋起來，一年半載，少不得身登清淨。◎9打定了主意，被也不蓋，衣也不添，竟是合眼裝睡。紫鵑和雪雁來伺候幾次，不見動靜，又

評點

◎8.寶、黛婚姻至此亟矣，卻偏著此趣事，文章閑暇之致。（黃小田）
◎9.黛玉默揣當日情形，自問心願斷不能成。雖知寶玉心中除我更無他人，而子然一身，既無父母作主，旁人又不能體會我兩人之心。除此一死，別無他法。（陳其泰）

不好叫喚。晚飯都不吃。點燈已後，紫鵑掀開帳子，見已睡著了，被窩都蹬在腳後。怕他著了涼，輕輕兒拿來蓋上。黛玉也不動，單待他出去，仍然褪下。那紫鵑只管問雪雁：「今兒的話到底是眞的是假的？」雪雁道：「怎麼不眞。」紫鵑道：「待書怎麼知道的？」雪雁道：「是小紅那裏聽來的。」紫鵑道：「頭裏咱們說話，只怕姑娘聽見了，你看剛才的神情，大有原故。今日以後，咱們倒別提這件事了。」說著，兩個人也收拾要睡。紫鵑進來看時，只見黛玉被窩又蹬下來，復又給他輕輕蓋上。一宿晚景不提。

次日，黛玉清早起來，也不叫人，獨自一個呆呆的坐著。紫鵑醒來，看見黛玉已起，便驚問道：「姑娘怎麼這麼早？」黛玉道：「可不是，睡得早，所以醒得早。」紫鵑連忙起來，叫醒雪雁，伺候梳洗。那黛玉對著鏡子，只管呆呆的自看。看了一回，那淚珠兒斷斷連連，早已濕透了羅帕。正是：

瘦影正臨春水照，卿須憐我我憐卿。◎[10]

紫鵑在旁也不敢勸，只怕倒把閑話勾引舊恨來。遲了好一

✣「蛇影杯弓顰卿絕粒」，描繪《紅樓夢》第八十九回中的場景。眼看滿腔真情將付之流水，黛玉已失去活下去的理由及勇氣。清代孫溫繪《全本紅樓夢》圖冊第十八冊之十。（清．孫溫繪）

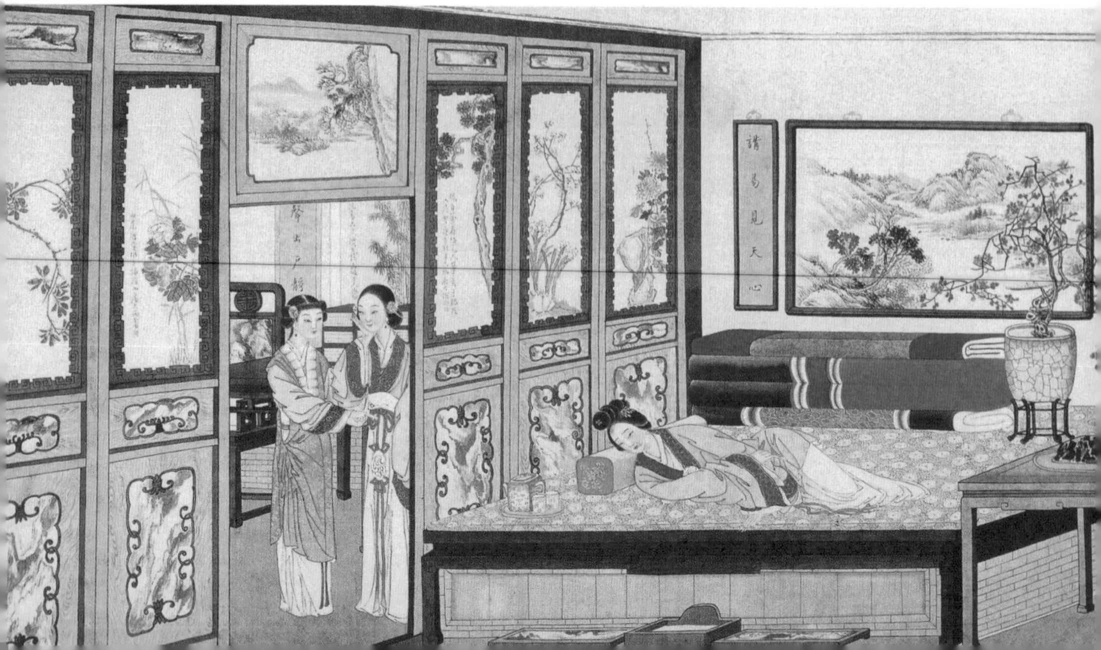

會，黛玉才隨便梳洗了，那眼中淚漬終是不乾。又自坐了一會，叫紫鵑道：「你把藏香點上。」紫鵑道：「姑娘，你睡也沒睡得幾時，如何點香？不是要寫經？」黛玉點點頭兒。紫鵑道：「姑娘今日醒得太早，這會子又寫經，只怕太勞神了罷。」黛玉道：「不怕，早完了早好。◎11況且我也並不是爲經，倒借著寫字解解悶兒。以後你們見了我的字跡，就算見了我的面兒了。」說著，那淚直流下來。紫鵑聽了這話，不但不能再勸，連自己也掌不住滴下淚來。

原來黛玉立定主意，自此以後，有意糟蹋身子，茶飯無心，每日漸減下來。寶玉下學時，也常抽空問候，只是黛玉雖有萬千言語，自知年紀已大，又不便似小時可以柔情挑逗，所以滿腔心事，只是說不出來。寶玉欲將實言安慰，又恐黛玉生嗔，反添病症。兩個人見了面，只得用浮言勸慰，眞眞是親極反疏了。那黛玉雖有賈母王夫人等憐恤，不過請醫調治，只說黛玉常病，那裏知他的心病。紫鵑等雖知其意，也不敢說。從此一天一天的減，到半月之後，腸胃日薄，一日果然粥都不能吃了。黛玉日間聽見的話，都似寶玉娶親的話，看見怡紅院中的人，無論上下，也像寶玉娶親的光景。薛姨媽來看，黛玉不見寶釵，越發起疑心，索性不要人來看望，也不肯吃藥，只要速死。睡夢之中，常聽見有人叫寶二奶奶的。一片疑心，竟成蛇影。一日竟是絕粒，粥也不喝，懨懨一息，垂斃殆盡。未知黛玉性命如何，且看下回分解。

評點

◎10.以小青遇人不淑責寶玉，而《牡丹亭》打結矣。（張新之）
◎11.又追「好了歌」。（張新之）

第九十回

失綿衣貧女耐嗷嘈※1　送果品小郎驚叵測

卻說黛玉自立意自戕之後，漸漸不支，一日竟至絕粒。從前十幾天內，賈母等輪流看望，他有時還說幾句話；這兩日索性不大言語。心裏雖有時昏暈，卻也有時清楚。賈母等見他這病不似無因而起，也將紫鵑雪雁盤問過兩次，兩個那裏敢說。便是紫鵑欲向待書打聽消息，又怕越鬧越真，黛玉更死得快了，所以見了待書，毫不提起。那雪雁是他傳話弄出這樣原故來，此時恨不得長出百十個嘴來說「我沒說」，自然更不敢提起。到了這一天黛玉絕粒之日，紫鵑料無指望了，守著哭了會子，因出來偷向雪雁道：「你進屋裏來好好兒的守著他。我去回老太太、太太和二奶奶去，今日這個光景大非往常可比了。」雪雁答應，紫鵑自去。

這裏雪雁正在屋裏伴著黛玉，見他昏昏沉沉，

✣《增評補圖石頭記》第九十回繪畫。（fotoe提供）

註

※1：吵鬧。

✣ 侍書（即待書），探春的丫鬟。（《紅樓夢煙標精華》杜春耕編著，北京圖書館出版社提供）

小孩子家那裏見過這個樣兒，只打諒如此便是死的光景了，心中又痛又怕，恨不得紫鵑一時回來才好。正怕著，只聽窗外腳步走響，雪雁知是紫鵑回來，才放下心了，連忙站起來掀著裏間簾子等他。只見外面簾子響處，進來了一個人，卻是待書。那待書是探春打發來看黛玉的，見雪雁在那裏掀著簾子，便問道：「姑娘怎麼樣？」雪雁點點頭兒叫他進來。待書跟進來，見紫鵑不在屋裏，瞧了瞧黛玉，只剩得殘喘微延，唬的驚疑不止，因問：「紫鵑姐姐呢？」雪雁道：「告訴上屋裏去了。」那雪雁此時只打諒黛玉心中一無所知了，又見紫鵑不在面前，因悄悄的拉了待書的手問道：「你前日告訴我說的什麼王大爺給這裏寶二爺說了親，是眞話麼？」待書道：「怎麼不眞！」雪雁道：「多早晚放定的？」待書道：「那裏就放定了呢。那一天我告訴你時，是我聽見小紅說的。後來我到二奶奶那邊去，二奶奶正和平姐姐說呢，說那都是門客們借著這個事討老爺的喜歡，往後好拉攏的意思。別說大太太說不好，就是大太太願意，說那姑娘好，那大太太眼裏看的出什麼人來！再者老太太心裏早有了人了，就在咱們園子裏的。大太太那裏摸的著底呢。老太太不過因老爺的話，不得不問問罷咧。又聽見二奶奶說，寶玉的事，老太太總是要親上作親的，◎1憑誰來說親，橫豎不中用。」◎2雪雁聽到這裏，也忘了神了，因說道：「這是怎麼說，白白的送了我們這一位的命了！」待書道：「這是從那裏說起？」雪雁道：「你還不知道呢。前日都是我和紫鵑姐姐說來著，這一位聽見了，就弄到這步田地了。」待書道：「你悄悄兒的說罷，看仔細他聽見了。」雪雁道：「人事都不省了，瞧瞧罷，左不過在這一兩天了。」正說著，只見紫鵑掀簾進來說：「這還了得！你們有什麼話，還不出去說，還在這裏說。索性逼死他就完了。」待書道：「我不信有這樣奇事。」紫鵑道：「好姐姐，不是我說，你又該惱了。你懂得什麼呢！懂得也不傳這些舌了。」

這裏三個人正說著，只聽黛玉忽然又嗽了一聲。紫鵑連忙跑到炕沿前站著，待書雪雁也都不言語了。紫鵑彎著腰，在黛玉身後輕輕問道：「姑娘喝口水罷。」黛玉微微答應了一聲。雪雁連忙倒了半鍾滾白水，紫鵑接了托著，待書也走近前來。紫鵑和他搖頭兒，不叫他說話，待書只得咽住了。站了一回，黛玉又嗽了一聲。紫鵑趁勢問道：「姑娘喝水呀？」黛玉又微微應了一聲，那頭似有欲抬之意，那裏抬得起。紫鵑爬上炕去，爬在黛玉旁邊，端著水試了冷熱，送到脣邊，扶了黛玉的頭，就到碗邊，喝了一口。紫鵑才要拿時，黛玉意思還要喝一口，紫鵑便托著那碗不動。黛玉又喝了一口，搖搖頭兒不喝了，喘了一口氣，仍舊躺下。半日，微微睜眼說道：「剛才說話不是待書麼？」紫鵑答應道：「是。」待書尚未出去，因連忙過來問候。黛玉睜眼看了，點點頭兒，又歇了一歇，說道：「回去問你姑娘好罷。」待書見這番光景，只當黛玉嫌煩，只得悄悄的退出去了。

原來那黛玉雖則病勢沉重，心裏卻還明白。起先待書雪雁說話時，他也模糊聽見了一半句，卻只作不知，也因實無精神答理。及聽了雪雁待書的話，才明白過前頭的事情原是議而未成的，又兼待書說是鳳姐說的，老太太的主意親上作親，又是園中住著的，非自己而誰？因此一想，陰極陽生，心神頓覺清爽許多，所以才喝了兩口水，又要想問待書的話。恰好賈母、王夫人、李紈、鳳姐聽見紫鵑之言，都趕著來看。黛玉心中疑團已破，自然不似先前尋死之意了。◎3雖身體軟弱，精神短少，卻也勉強答應一兩句了。◎4鳳姐因叫過紫鵑問道：「姑娘也不至這樣，這是怎麼說，你這樣唬人。」紫鵑道：「實在頭裏看著不好，才敢去告訴的，回來見姑娘竟好了許多，也就怪了。」賈母笑道：「你也別怪他，他懂得什麼。看見不好就言語，這倒是他明白的地方，小孩子家，不嘴懶腳懶就好。」說了一回，賈母等料著無妨，也就去了。正是：

心病終須心藥治，解鈴還是繫鈴人。

評點

◎1.誰知竟非林小姐乎？（姚燮）
◎2.尤妙在待書之言，句句是寶釵，在黛玉聽來，卻句句是自己。文心幻妙絕倫。（陳其泰）
◎3.湯玉茗云：「生而不可以死，死而不可以復生者，非情之至者也。」我於黛玉見之矣。（陳其泰）
◎4.不死之丹，不必在仙家也。片言即是靈方，小婢即是司命。心病須將心藥醫，豈不信哉！（陳其泰）

不言黛玉病漸減退，◎5且說雪雁紫鵑背地裏都念佛。雪雁向紫鵑說道：「虧他好了，只是病的奇怪，好的也奇怪。」紫鵑道：「病的倒不怪，就只好的奇怪。想來寶玉和姑娘必是姻緣。人家說的『好事多磨』，又說道『是姻緣棒打不回』。這樣看起來，人心天意，他們兩個竟是天配的了。再者你想那一年我說了林姑娘要回南去，把寶玉沒急死了，鬧得家翻宅亂。如今一句話又把這一個弄得死去活來。可不說的三生石上百年前結下的麼？」說著兩個悄悄的抿著嘴笑了一回。雪雁又道：「幸虧好了。咱們明兒再別說了，就是寶玉娶了別的人家兒的姑娘，我親見他在那裏結親，我也再不露一句話了。」紫鵑笑道：「這就是了。」不但紫鵑和雪雁在私下裏講究，就是衆人也都知道黛玉的病也病得奇怪，好也好得奇怪，三三兩兩，唧唧噥噥議論著。不多幾時，連鳳姐兒也知道了，邢王二夫人也有些疑惑，倒是賈母略猜著了八九。◎6

那時正值邢王二夫人鳳姐等在賈母房中說閑話，說起黛玉的病來。賈母道：「我正要告訴你們，寶玉和林丫頭是從小兒在一處的，我只說小孩子們，怕什麼？以後時常聽得林丫頭忽然病，忽然好，都爲有了些知覺了。所以我想他們若盡著擱在一塊兒，畢竟不成體統。◎7你們怎麼說？」王夫人聽了，便呆了一呆，只得答應道：「林姑娘是個有心計兒的。至於寶玉，呆頭呆惱，不避嫌疑是有的，看起外面卻還都是個小孩兒形象。此時若忽然或把那一個分出園外，不是倒露了什麼痕跡了麼？古來說的：『男大須婚，女大須嫁。』老太太想，倒是趕著把他們的事辦辦也罷了。」賈母皺了一皺眉，說道：「林丫頭的乖僻，雖也是他的好處，我的心裏不把林丫頭配他，也是爲這點子。況且林丫頭這樣虛弱，恐不是有壽的。只有寶丫頭最妥。」◎8王夫人道：「不但老太太這麼想，我們也是這樣。但林姑娘也得給他說了人家兒才好，不然女孩兒家長大了，那個沒有心事？倘或眞與寶玉有些私心，若知道寶玉定下寶丫頭，那倒不成事了。」賈母道：「自然先給寶玉娶了親，然後給林丫頭說人家，再沒有先是外人後是自己的。況且林丫頭年紀到底比寶玉小兩歲。依你們這樣說，倒是寶玉定親的話不許叫他知道倒罷了。」鳳姐便吩咐衆丫頭們道：「你們聽見了寶二爺定親的話，不許混吵嚷。若有多嘴的，隄防著他的皮！」賈母又向鳳姐道：「鳳哥兒，你如今自從身上不大好，也不大管園裏的事了。我告訴你須得經點兒心。不但這個，就像前年那些人喝酒耍錢，都不是事。你還精細些，少不得多分點心兒，嚴緊嚴緊他們才好。況且我看他們也就只還服你。」鳳姐答應了。娘兒們又說了一回話，方各自散了。◎9

* * *

從此鳳姐常到園中照料。一日，剛走進大觀園，到了紫菱洲畔，只聽見一個老婆子在那裏嚷。鳳姐走到跟前，那婆子才瞧見了，早垂手侍立，口裏請了安。鳳姐道：「你在這裏鬧什麼？」婆子道：「蒙奶奶們派我在這裏看守花果，我也沒有差錯，不料那姑娘的丫頭說我們是賊。」鳳姐道：「爲什麼呢？」婆子道：「昨兒我們家的黑

評點

◎5.因聽訛言而覓死，又因聽密語而復生，委曲纏綿，文愈曲而情愈深，且反跌後文竟娶寶釵，更決緊湊。（王希廉）
◎6.殺黛玉者，其賈母乎？（姚燮）
◎7.寶、黛二人之鬼鬼祟祟，是賈母已久懸於心目間矣。……所以死黛玉者賈母，尚得辭其咎乎？（姚燮）
◎8.自今以往，死者死矣，寡者寡矣，和尚者和尚矣。（姚燮）
◎9.《紅樓夢》寫情之妙，即在故意流連，忽進忽退，令人難窺底蘊。（汝衡）

兒跟著我到這裏頑了一回，他不知道，又往邢姑娘那邊去瞧了一瞧，我就叫他回去了。今兒早起聽見他們丫頭說丟了東西了。我問他丟了什麼，他就問起我來了。」鳳姐道：「問了你一聲，也犯不著生氣呀。」婆子道：「這裏園子到底是奶奶家裏的，並不是他們家裏的。◎10我們都是奶奶派的，賊名兒怎麼敢認呢。」鳳姐照臉啐了一口，厲聲道：「你少在我跟前嘮嘮叨叨的！你在這裏照看，姑娘丟了東西，你們就該問哪，怎麼說出這些沒道理的話來。把老林叫了來，攆出他去！」丫頭們答應了。只見邢岫煙趕忙出來，迎著鳳姐陪笑道：「這使不得，沒有的事，事情早過去了。」鳳姐道：「姑娘，不是這個話。倒不講事情，這名分上太豈有此理了！」◎11岫煙見婆子跪在地下告饒，便忙請鳳姐到裏邊去坐。鳳姐道：「他們這種人我知道，他除了我，其餘都沒上沒下的了。」岫煙再三替他討饒，只說自己的丫頭不好。鳳姐道：「我看著邢姑娘的分上，饒你這一次。」婆子才起來磕了頭，又給岫煙磕了頭才出去了。

這裏二人讓了坐。鳳姐笑問道：「你丟了什麼東西了？」岫煙笑道：「沒有什麼要緊的，是一件紅小襖兒，已經舊了的。我原叫他們找，找不著就罷了。這小丫頭不懂事，問了那婆子一聲，那婆子自然不依了。這都是小丫頭糊塗不懂事，我也罵了幾句，已經過去了，不必再提了。」鳳姐

✣ 邢岫煙孤苦無依，投靠富貴親戚，看盡白眼，受盡煎熬，但能安然自處，人貧志不賤。就算遍嘗世態炎涼、人情冷暖，仍有一顆安詳的心。（張羽琳繪）

把岫煙內外一瞧，看見雖有些皮綿衣服，已是半新不舊的，未必能暖和；他的被窩多半是薄的。至於房中桌上擺設的東西，就是老太太拿來的，卻一些不動，收拾的乾乾淨淨。鳳姐心上便很愛敬他，說道：「一件衣服原不要緊，這時候冷，又是貼身的，怎麼就不問一聲兒呢。這撒野的奴才了不得了！」說了一回，鳳姐出來，各處去坐了一坐，就回去了。到了自己房中，叫平兒取了一件大紅洋縐的小襖兒，一件松花色綾子一斗珠兒的小皮襖，一條寶藍盤錦鑲花綿裙，一件佛青銀鼠褂子，包好叫人送去。

那時岫煙被那老婆子聒噪了一場，雖有鳳姐來壓住，心上終是不安。想起「許多姐妹們在這裏，沒有一個人敢得罪他的，獨自我這裏，他們言三語四，剛剛鳳姐來碰見。」想來想去，終是沒意思，又說不出來。正在吞聲飲泣，看見鳳姐那邊的豐兒送衣服過來。岫煙一看，決不肯受。豐兒道：「奶奶吩咐我說，姑娘要嫌是舊衣裳，將來送新的來。」岫煙笑謝道：「承奶奶的好意，只是因我丟了

✣ 邢岫煙。幸虧當初薛姨媽沒有將她許配給薛蟠。（《紅樓夢煙標精華》杜春耕編著，北京圖書館出版社提供）

評點

◎10.著此一段，亦隱隱為黛玉影照。（陳其泰）
◎11.一部《紅樓》，正要正名定分。（張新之）

衣服，他就拿來，我斷不敢受。你拿回去千萬謝你們奶奶，承你奶奶的情，我算領了。」倒拿個荷包給了豐兒。那豐兒只得拿了去了。不多時，又見平兒同著豐兒過來，岫煙忙迎著問了好，讓了坐。平兒笑說道：「我們奶奶說，姑娘特外道的了不得。」岫煙道：「不是外道，實在不過意。」平兒道：「奶奶說，姑娘要不收這衣裳，不是嫌太舊，就是瞧不起我們奶奶。剛才說了，我要拿回去，奶奶不依我呢。」岫煙紅著臉笑謝道：「這樣說了，叫我不敢不收。」又讓了一回茶。

平兒同豐兒回去，將到鳳姐那邊，碰見薛家差來的一個老婆子，接著問好。平兒便問道：「你那裏來的？」婆子道：「那邊太太姑娘叫我來請各位太太、奶奶、姑娘們的安。我才剛在奶奶前問起姑娘來，說姑娘到園中去了。可是從邢姑娘那裏來

鳳姐讓豐兒和平兒送了一包衣服給邢岫煙，岫煙再三推辭方受。（朱寶榮繪）

麼？」平兒道：「你怎麼知道？」婆子道：「方才聽見說。眞眞的二奶奶和姑娘們的行事叫人感念。」平兒笑了一笑說：「你回來坐著罷。」婆子道：「我還有事，改日再過來瞧姑娘罷。」說著走了。平兒回來，回覆了鳳姐。不在話下。

* * *

且說薛姨媽家中被金桂攪得翻江倒海，看見婆子回來，述起岫煙的事，寶釵母女二人不免滴下淚來。寶釵道：「都爲哥哥不在家，所以叫邢姑娘多吃幾天苦。◎12如今還虧鳳姐姐不錯。咱們底下也得留心，到底是咱們家裏人。」說著，只見薛蝌進來說道：「大哥哥這幾年在外頭相與的都是些什麼人，連一個正經的也沒有，來一起子，都是些狐群狗黨。我看他們那裏是不放心，不過將來探探消息兒罷咧。這兩天都被我趕出去了。以後吩咐了門上，不許傳進這種人來。」薛姨媽道：「又是蔣玉菡那些人哪？」薛蝌道：「蔣玉菡卻倒沒來，倒是別人。」薛姨媽聽了薛蝌的話，不覺又傷心起來，說道：「我雖有兒，如今就像沒有的了。就是上司准了，也是個廢人。你雖是我侄兒，我看你還比你哥哥明白些，我這後輩子全靠你了，你自己從今更要學好。再者，你聘下的媳婦兒，家道不比往時了。人家的女孩兒出門子不是容易，再沒別的想頭，只盼著女婿能幹，他就有日子過了。若邢丫頭也像這個東西。」說著把手往裏頭一指，道：「我也不說了。邢丫頭實在是個有廉恥有心計兒的，又守得貧，耐得富。◎13只是等咱們的事情過去了，早些把你們的正經事完結了，也了我一宗心事。」薛蝌

評點

◎12.書中諸女有可妻之者，妾之者，朋友之者，惟邢姑娘可以師之。（姚燮）
◎13.寫邢岫煙之涵養，反襯夏金桂之淫蕩。（王希廉）

道：「琴妹妹還沒有出門子，這倒是太太煩心的一件事。至於這個，可算什麼呢！」大家又說了一回閑話。◎14

薛蝌回到自己房中，吃了晚飯，想起邢岫煙住在賈府園中，終是寄人籬下，況且又窮，日用起居，不想可知。況兼當初一路同來，模樣兒性格兒都知道的。可知天意不均：如夏金桂這種人，偏教他有錢，嬌養得這般潑辣；邢岫煙這種人，偏教他這樣受苦。閻王判命的時候，不知如何判法的。想到悶來也想吟詩一首，◎15寫出來出出胸中的悶氣。又苦自己沒有工夫，只得混寫道：

> 蛟龍失水似枯魚，兩地情懷感索居※2。
> 同在泥塗多受苦，不知何日向清虛。

寫畢看了一回，意欲拿來粘在壁上，又不好意思。自己沉吟道：「不要被人看見笑話。」又念了一遍，道：「管他呢，左右粘上自己看著解悶兒罷。」又看了一回，到底不好，拿來夾在書裏。又想自己年紀可也不小了，家中又碰見這樣飛災橫禍，不

✣ 送果品小郎驚叵測。（《紅樓夢煙標精華》杜春耕編著，北京圖書館出版社提供）

知何日了局，致使幽閨弱質，弄得這般淒涼寂寞。

正在那裏想時，只見寶蟾推門進來，拿著一個盒子，笑嘻嘻放在桌上。薛蝌站起來讓坐。寶蟾笑著向薛蝌道：「這是四碟果子，一小壺兒酒，大奶奶叫給二爺送來的。」◎16薛蝌陪笑道：「大奶奶費心。但是叫小丫頭們送來就完了，怎麼又勞動姐姐呢。」寶蟾道：「好說。自家人，二爺何必說這些套話。再者我們大爺這件事，實在叫二爺操心，大奶奶久已要親自弄點什麼兒謝二爺，又怕別人多心。二爺是知道的，咱們家裏都是言合意不合，送點子東西沒要緊，倒沒的惹人七嘴八舌的講究。所以今日些微的弄了一兩樣果子，一壺酒，叫我親自悄悄兒的送來。」說著，又笑瞅了薛蝌一眼，道：「明兒二爺再別說這些話，叫人聽著怪不好意思的。我們不過也是底下的人，伏侍的著大爺就伏侍的著二爺，這有何妨呢。」

薛蝌一則秉性忠厚，二則到底年輕，只是向來不見金桂和寶蟾如此相待，心中想到剛才寶蟾說爲薛蟠之事也是情理，因說道：「果子留下罷，這個酒兒，姐姐只管拿回去。我向來的酒上實在很有限，擠住了偶然喝一鍾，平日無事是不能喝的。難道大

註

※2：獨處。索：孤獨。

評點

◎14.可見上文全非閑話。（張新之）

◎15.《關雎》爲「二南」之首，故吟詩一首是有深意。否則，此書從無此等俚俗不堪句法。（張新之）

◎16.鳳姐送衣服是敬重岫煙，金桂送果酒是勾引薛蝌。一正一邪，互相映襯。（王希廉）

✣ 金桂讓寶蟾送果酒給薛蝌，
拉攏勾引。（朱寶榮繪）

奶奶和姐姐還不知道麼？」寶蟾道：「別的我作得主，獨這一件事，我可不敢應。大奶奶的脾氣兒，二爺是知道的，我拿回去，不說二爺不喝，倒要說我不盡心了。」薛蝌沒法，只得留下。寶蟾方才要走，又到門口往外看看，回過頭來向著薛蝌一笑，又用手指著裏面說道：「他還只怕要來親自給你道乏呢！」薛蝌不知何意，反倒訕訕的起來，因說道：「姐姐替我謝大奶奶罷。天氣寒，看涼著。再者，自己叔嫂，也不必拘這些個禮。」寶蟾也不答言，笑著走了。

薛蝌始而以爲金桂爲薛蟠之事，或者眞是不過意，備此酒果給自己道乏，也是有的。及見了寶蟾這種鬼鬼祟祟不尷不尬的光景，也覺了幾分。卻自己回心一想：「他到底是嫂子的名分，那裏就有別的講究了呢。或者寶蟾不老成，自己不好意思怎麼樣，卻指著金桂的名兒，也未可知。然而到底是哥哥的屋裏人，也不好。」忽又一轉念：「那金桂素性爲人毫無閨閣理法，況且有時高興，打扮得妖調非常，自以爲美，又焉知不是懷著壞心呢？不然，就是他和琴妹妹也有了什麼不對的地方兒，所以設下這個毒法兒，要把我拉在渾水裏，弄一個不清不白的名兒，也未可知。」想到這裏，索性倒怕起來。正在不得主意的時候，忽聽窗外噗哧的笑了一聲，把薛蝌倒唬了一跳。未知是誰，下回分解。

第九十一回

縱淫心寶蟾工設計　布疑陣寶玉妄談禪

話說薛蝌正在狐疑，忽聽窗外一笑，唬了一跳，心中想道：「不是寶蟾，定是金桂。◎[1]只不理他們，看他們有什麼法兒。」聽了半日，卻又寂然無聲。自己也不敢吃那酒果。掩上房門，剛要脫衣時，只聽見窗紙上微微一響。薛蝌此時被寶蟾鬼混了一陣，心中七上八下，竟不知是如何是可。聽見窗紙微響，細看時，又無動靜，自己反倒疑心起來，掩了懷，坐在燈前，呆呆的細想；又把那果子拿了一塊，翻來覆去的細看。猛回頭，看見窗上紙濕了一塊，走過來覷著眼看時，冷不防外面往裏一吹，把薛蝌唬了一大跳。聽得吱吱的笑聲，◎[2]薛蝌連忙把燈吹滅了，屏息而臥。只聽外面一個人說道：「二爺爲什麼不喝酒吃果子，就睡了？」這句話仍是寶蟾的語音。薛蝌只不作聲裝睡。又隔有兩句話時，又聽得外面似

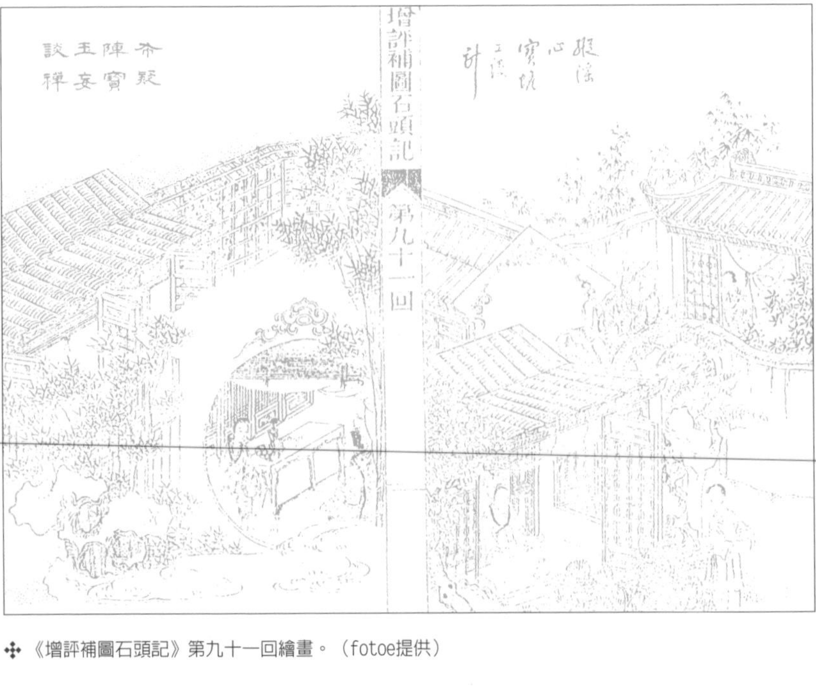

✣《增評補圖石頭記》第九十一回繪畫。（fotoe提供）

有恨聲道：「天下那裏有這樣沒造化的人。」薛蝌聽了是寶蟾又似是金桂的語音。這才知道他們原來是這一番意思，◎3翻來覆去，直到五更後才睡著了。

剛到天明，早有人來扣門。薛蝌忙問是誰，外面也不答應。薛蝌只得起來，開了門看時，卻是寶蟾，攏著頭髮，掩著懷，穿一件片錦邊琵琶襟小緊身，上面繫一條松花綠半新的汗巾，下面並未穿裙，正露著石榴紅洒花夾褲，一雙新繡紅鞋。原來寶蟾尚未梳洗，恐怕人見，趕早來取傢伙。薛蝌見他這樣打扮，便走進來，心中又是一動，◎4只得陪笑問道：「怎麼這樣早就起來了？」寶蟾把臉紅著，◎5並不答言，只管把果子折在一個碟子裏，端著就走。薛蝌見他這般，知是昨晚的原故，心裏想道：「這也罷了。倒是他們惱了，索性死了心，也省得來纏。」於是把心放下，喚人舀水洗臉。自己打算在家裏靜坐兩天，一則養養心神，二則出去怕人找他。原來和薛蟠好的那些人因見薛家無人，只有薛蝌在那裏辦事，年紀又輕，便生許多覬覦之心。也有想插在裏頭作跑腿的；也有能作狀子的，認得一二個書役※1的，要給他上下打點的；甚至有叫他在內趁錢的；也有造作謠言恐嚇的，種種不一。薛蝌見了這些人，遠遠躲避，又不敢面辭，恐怕激出意外之變，只好藏在家中，聽候轉詳。不提。

且說金桂昨夜打發寶蟾送了些酒果去探探薛蝌的消息，寶蟾回來將薛蝌的光景一一的說了。金桂見事有些不大投機，便怕白鬧一場，反被寶蟾瞧不起，◎6欲把兩三

註

※1：猶「書辦」、「書差」。衙門中掌管文書簿記等事的官吏。

評點

◎1.一而二，二而一。（張新之）
◎2.眞是奇情奇筆，能將「淫」字寫入骨髓。（張新之）
◎3.這意思乃全書意思，風月寶鑑，蟾、桂而已。（張新之）
◎4.非淫心動，乃怕心動也，讀者勿草草。（姚燮）
◎5.「把臉紅著」，「把」字奇絕。（張新之）
◎6.眞是上樑不正，下樑參差。（姚燮）

✣ 寶蟾早早來取傢伙，故意留下酒壺，以便再來招攬。
（張羽琳繪）

句話遮飾改過口來，又可惜了這個人，心裏倒沒了主意，怔怔的坐著。那知寶蟾亦知薛蟠難以回家，正欲尋個頭路，因怕金桂拿他，所以不敢透漏。今見金桂所爲先已開了端了，他便樂得借風使船，先弄薛蝌到手，不怕金桂不依，所以用言挑撥。見薛蝌似非無情，又不甚兜攬，一時也不敢造次。後來見薛蝌吹燈自睡，大覺掃興，回來告訴金桂，看金桂有甚方法，再作道理。及見金桂怔怔的，似乎無技可施，他也只得陪金桂收拾睡了。夜裏那裏睡得著，翻來覆去，想出一個法子來：不如明兒一早起來，先去取了傢伙，卻自己換上一兩件動人的衣服，也不梳洗，越顯出一番嬌媚來。只看薛蝌的神情，自己反倒裝出一番惱意，索性不理他。那薛蝌若有悔心，自然移船泊岸[※2]，不愁不先到手。及至見了薛蝌，仍是昨晚這般光景，並無邪僻之意，自己只得以假爲眞，端了碟子回來，卻故意留下酒壺，以爲再來搭轉之地。只見金桂問道：「你拿東西去有人碰見麼？」寶蟾道：「沒有。」「二爺也沒問你什麼？」寶蟾道：「也沒有。」金桂因一夜不曾睡著，也想不出一個法子來，只得回思道：

「若作此事，別人可瞞，寶蟾如何能瞞？不如我分惠於他，他自然沒有不盡心的。我又不能自去，少不得要他作腳※3，倒不如和他商量一個穩便主意。」因帶笑說道：「你看二爺到底是個怎麼樣的人？」寶蟾道：「倒像個糊塗人。」金桂聽了笑道：「你如何說起爺們來了。」寶蟾也笑道：「他辜負奶奶的心，我就說得他。」金桂道：「他怎麼辜負我的心，你倒得說說。」寶蟾道：「奶奶給他好東西吃，他倒不吃，這不是辜負奶奶的心麼。」說著，卻把眼溜著金桂一笑。金桂道：「你別胡想。我給他送東西，為大爺的事不辭勞苦，我所以敬他；又怕人說瞎話，所以問你。你這些話向我說，我不懂是什麼意思。」◎7寶蟾笑道：「奶奶別多心，我是跟奶奶的，還有兩個心麼。但是事情要密些，倘或聲張起來，不是頑的。」金桂也覺得臉飛紅了，因說道：「你這個丫頭就不是個好貨！想來你心裏看上了，卻拿我作筏子，是不是呢？」寶蟾道：「只是奶奶那麼想罷咧，我倒是替奶奶難受。奶奶要真瞧二爺好，我倒有個主意。奶奶想，那個耗子不偷油呢，他也不過怕事情不密，大家鬧出亂子來不好看。依我想，奶奶且別性急，時常在他身上不周不備的去

✣ 薛蝌。雖然讀書不多，他和堂兄薛蟠在為人處事上卻大相徑庭。（《紅樓夢煙標精華》杜春耕編著，北京圖書館出版社提供）

註

※2：比喻遷就。
※3：傳遞消息。

評點

◎7.施耐庵無此細膩妙筆。（姚燮）

處張羅張羅。他是個小叔子，又沒娶媳婦兒，奶奶就多盡點心兒和他貼個好兒，別人也說不出什麼來。過幾天他感奶奶的情，他自然要謝候奶奶。那時奶奶再備點東西兒在咱們屋裏，我幫著奶奶灌醉了他，怕跑了他？他要不應，咱們索性鬧起來，就說他調戲奶奶。他害怕，他自然得順著咱們的手兒。他再不應，他也不是人，咱們也不至白丟了臉面。奶奶想怎麼樣？」金桂聽了這話，兩顴早已紅暈了，笑罵道：「小蹄子，你倒偷過多少漢子的似的，怪不得大爺在家時離不開你。」寶蟾把嘴一撇，笑說道：「罷喲！人家倒替奶奶拉縴，奶奶倒往我們說這個話咧！」從此金桂一心籠絡薛蝌，倒無心混鬧了。家中也少覺安靜。

當日寶蟾自去取了酒壺，仍是穩穩重重一臉的正氣。薛蝌偷眼看了，反倒後悔，疑心或者是自己錯想了他們，也未可知。果然如此，

✣「縱淫心寶蟾工設計」，描繪《紅樓夢》第九十一回中的場景，真是有其主必有其婢。清代孫溫繪《全本紅樓夢》圖冊第十九冊之三。（清・孫溫繪）

倒辜負了他這一番美意，保不住日後倒要和自己也鬧起來，豈非自惹的呢。過了兩天，甚覺安靜。薛蝌遇見寶蟾，寶蟾便低頭走了，連眼皮兒也不抬；遇見金桂，金桂卻一盆火兒的趕著。薛蝌見這般光景，反倒過意不去。這且不表。

且說寶釵母女覺得金桂幾天安靜，待人忽親熱起來，一家子都爲罕事。薛姨媽十分歡喜，想必是薛蟠娶這媳婦時沖犯了什麼，才敗壞了這幾年。目今鬧出這樣事來，虧得家裏有錢，賈府出力，方才有了指望。媳婦兒忽然安靜起來，或者是蟠兒轉過運氣來了，也未可知，於是自己心裏倒以爲希有之奇。這日飯後扶了同貴過來，到金桂房裏瞧瞧。走到院中，只聽一個男人和金桂說話。同貴知機，便說道：「大奶奶，老太太過來了。」說著已到門口。只見一個人影兒在房門後一躲，薛姨媽一嚇，倒退了出來。金桂道：「太太請裏頭坐。沒有外人，他就是我的過繼兄弟，本住在屯裏，不慣見人，因沒有見過太太。今兒才來，還沒去請太太的安。」薛姨媽道：「既是舅爺，不妨見見。」金桂叫兄弟出來，見了薛姨媽，作了一個揖，問了好。薛姨媽也問了好，坐下敘起話來。薛姨媽道：「舅爺上京幾時了？」那夏三道：「前月我媽沒有人管家，把我過繼來的。前日才進京，今日來瞧姐姐。」薛姨媽看那人不尷尬※4，於是略坐坐兒，便起身道：「舅爺坐著罷。」回頭向金桂道：「舅爺頭上末下※5的來，留在咱們這裏吃了飯再去罷。」金桂答應著，薛姨媽自去了。金桂見婆婆去了，便向

註

※4：此時指不正常、不地道的意思。

※5：頭一回。

夏三道：「你坐著，今日可是過了明路的了，省得我們二爺查考你。我今日還叫你買些東西，只別叫衆人看見。」夏三道：「這個交給我就完了。你要什麼，只要有錢，我就買得來。」金桂道：「且別說嘴，你買上了當，我可不收。」說著，二人又笑了一回，然後金桂陪夏三吃了晚飯，又告訴他買的東西，又囑咐一回，夏三自去。從此夏三往來不絕。雖有個年老的門上人，知是舅爺，也不常回，從此生出無限風波，這是後話。不表。

*　*　*

一日，薛蟠有信寄回，薛姨媽打開叫寶釵看時，上寫：

> 男在縣裏也不受苦，母親放心。但昨日縣裏書辦說，府裏已經准詳，想是我們的情到了。豈知府裏詳上去，道裏反駁下來。虧得縣裏主文相公好，即刻作了回文頂上去了。那道裏卻把知縣申飭。現在道裏要親提，若一上去，又要吃苦。必是道裏沒有托到。母親見字，快快托人求道爺去。還叫兄弟快來，不然就要解道。銀子短不得。火速，火速。

薛姨媽聽了，又哭了一場，自不必說。薛蝌一面勸慰，一面說道：「事不宜遲。」薛姨媽沒法，只得叫薛蝌到縣照料，命人即便收拾行李，兌了銀子，家人李祥本在那裏照應的，薛蝌又同了一個當中伙計連夜起程。

✣ 夏金桂。一個閑不下來、唯恐天下不亂的潑辣女子。（《紅樓夢煙標精華》杜春耕編著，北京圖書館出版社提供）

✣ 鶯兒。（《紅樓夢煙標精華》杜春耕編著，北京圖書館出版社提供）

那時手忙腳亂，雖有下人辦理，寶釵又恐他們思想不到，親來幫著，直鬧至四更才歇。到底富家女子嬌養慣的，心上又急，又苦勞了一會，晚上就發燒。到了明日，湯水都吃不下。鶯兒去回了薛姨媽。薛姨媽急來看時，只見寶釵滿面通紅，身如燔灼，話都不說。薛姨媽慌了手腳，便哭得死去活來。寶琴扶著勸薛姨媽。秋菱也淚如泉湧，只管叫著。寶釵不能說話，手也不能搖動，眼乾鼻塞。叫人請醫調治，漸漸蘇醒回來。薛姨媽等大家略略放心。早驚動榮寧兩府的人，先是鳳姐打發人送十香返魂丹來，隨後王夫人又送至寶丹來。賈母邢王二夫人以及尤氏等都打發丫頭來問候，◎8卻都不叫寶玉知道。一連治了七八天，終不見效，還是他自己想起冷香丸，吃了三丸，才得病好。後來寶玉也知道了，因病好了，沒有瞧去。

那時薛蝌又有信回來。薛姨媽看了，怕寶釵耽憂，也不叫他知道。自己來求王夫人，並述了一會子寶釵的病。薛姨媽去後，王夫人又求賈政。賈政道：「此事上頭可托，底下難托，必須打點才好。」王夫人又提起寶釵的事來，因說道：「這孩子也苦了。既是我家的人

評點

◎8.與黛玉病時須對看。（黃小田）

了，也該早些娶了過來才是，別叫他糟蹋壞了身子。」賈政道：「我也是這麼想。但是他家亂忙，況且如今到了冬底，已經年近歲逼，不無各自要料理些家務。今冬且放了定，明春再過禮，過了老太太的生日，就定日子娶。◎9你把這番話先告訴薛姨太太。」王夫人答應了。

到了明日，王夫人將賈政的話向薛姨媽述了。薛姨媽想著也是。到了飯後，王夫人陪著來到賈母房中，大家讓了坐。賈母道：「姨太太才過來？」薛姨媽道：「還是昨兒過來的。因爲晚了，沒得過來給老太太請安。」王夫人便把賈政昨夜所說的話向賈母述了一遍，賈母甚喜。說著，寶玉進來了。賈母便問道：「吃了飯了沒有？」寶玉道：「才打學房裏回來，吃了要往學房裏去，先見見老太太。又聽見說姨媽來了，過來給姨媽請請安。」因問：「寶姐姐可大好了？」薛姨媽笑道：「好了。」原來方才大家正說著，見寶玉進來，都煞住了。寶玉坐了坐，見薛姨媽情形不似從前親熱，「雖是此刻沒有心情，也不犯大家都不言語」。滿腹猜疑，自往學中去了。

晚間回來，都見過了，便往瀟湘館來。掀簾進去，紫鵑接著，見裏間屋內無人，寶玉道：「姑娘那裏去了？」紫鵑道：「上屋裏去了。知道姨太太過來，姑娘請安去了。二爺沒有到上屋裏去麼？」寶玉道：「我去了來的，沒有見你姑娘。」紫鵑道：「這也奇了。」寶玉問：「姑娘到底那裏去了？」紫鵑道：「不定。」寶玉往外便走。剛出

屋門，只見黛玉帶著雪雁，冉冉而來。寶玉道：「妹妹回來了。」縮身退步進來。

黛玉進來，走入裏間屋內，便請寶玉裏頭坐。◎10紫鵑拿了一件外罩換上，然後坐下，問道：「你上去看見姨媽沒有？」寶玉道：「見過了。」黛玉道：「姨媽說起我沒有？」寶玉道：「不但沒有說起你，連見了我也不像先時親熱。今日我問起寶姐姐病來，他不過笑了一笑，並不答言。難道怪我這兩天沒有去瞧他麼？」黛玉笑了一笑道：「你去瞧過沒有？」寶玉道：「頭幾天不知道；這兩天知道了，也沒有去。」黛玉道：「可不是。」寶玉道：「老太太不叫我去，太太也不叫我去，老爺又不叫我去，我如何敢去。若是像從前這扇小門走得通的時候，要我一天瞧他十趟也不難。如今把門堵了，要打前頭過去，自然不便了。」黛玉道：「他那裏知道這個原故。」寶玉道：「寶姐姐爲人是最體諒我的。」黛玉道：「你不要自己打錯了主意。若論寶姐姐，更不體諒，又不是姨媽病，是寶姐姐病。向來在園中，作詩賞花飲酒，何等熱鬧，如今隔開了，你看見他家裏有事了，他病到那步田地，你像沒事人一般，他怎麼不惱呢？」◎11寶玉道：「這樣難道寶姐姐便不和我好了不成？」黛玉道：「他和你好不好我卻不知，我也不過是照理而論。」◎12

寶玉聽了，瞪著眼呆了半晌。黛玉看見寶玉這樣光景，也不睬他，只是自己叫人添了香，又翻出書來細看了一會。◎13只見寶玉把眉一皺，把腳一跺道：「我想這個人生他作什麼！天地間沒有了我，倒也乾淨！」黛玉道：「原是有了我，便有了人；

評點

◎9.過了老太太的生日，就是黛玉的死日了。（姚燮）

◎10.顯見情有獨鍾。（張新之）

◎11.此見黛玉但知寶玉之專屬於己，其餘皆非所知。（張新之）

◎12.自抄檢大觀園後，寶釵回去，至此已逾一年之久。寶釵從未再至大觀園，亦竟不至賈府拜年、拜節，實是萬分說不圓。總爲薛婚已定，又未明說，難以著筆也。然李紈、探春輩固早已知之。止瞞寶玉、黛玉二人耳。而二人竟未晤到此，何耶？（陳其泰）

◎13.未談禪先說書香，乃一書正義。（張新之）

寶玉向黛玉表白：「任憑弱水三千，我只取一瓢飲。」（張羽琳繪）

有了人，便有無數的煩惱生出來。恐怖、顛倒、夢想，更有許多纏礙。——才剛我說的都是頑話，你不過是看見姨媽沒精打彩，如何便疑到寶姐姐身上去？姨媽過來原爲他的官司事情心緒不寧，那裏還來應酬你？都是你自己心上胡思亂想，鑽入魔道裏去了。」寶玉豁然開朗，笑道：「很是，很是。你的性靈比我竟強遠了，怨不得前年我生氣的時候，你和我說過幾句禪語，我實在對不上來。我雖丈六金身※6，還借你一莖所化※7。」

◎14黛玉乘此機會說道：「我便問你一句話，你如何回答？」寶玉盤著腿，合著手，閉著眼，噓著嘴道：「講來。」黛玉道：「寶姐姐和你好你怎麼樣？寶姐姐不和你好你怎麼樣？寶姐姐前兒和你好，如今不和你好你怎麼樣？今兒和你好，後來不和你好你怎麼樣？你和他好他偏不和你好你怎麼樣？你不和他好他偏要和你好你怎麼樣？」寶玉呆了半晌，忽然大笑道：「任憑弱水三千，我只取一瓢飲。」※8黛玉道：「瓢之漂水奈何？」寶玉道：「非瓢漂水，水自流，瓢自漂耳！」◎15黛玉道：「水止珠沉，奈何？」寶玉道：「禪心已作沾泥絮※9，莫向春風舞鷓鴣。」◎16黛玉道：「禪門第一戒是不打誑語的。」寶玉道：「有如三寶※10。」◎17黛玉低頭不語。◎18只聽見檐外老鴰呱呱的叫了幾聲，便飛向東南上去，寶玉道：「不知主何吉凶。」黛玉道：「人有吉凶事，不在鳥音中。」忽見秋紋走來說道：「請二爺回去。老爺叫人到園裏來問過，說二爺打學裏回來了沒有。襲人姐姐只說已經來了。快去罷。」唬得寶玉站起身來往外忙走，黛玉也不敢相留。未知何事，下回分解。

烏鴉，又名老鴉、老鴰。（fotoe提供）

註

※6：指佛像。

※7：佛由蓮花化生。一莖：代指蓮花。

※8：弱水三千里雖多，但我只取其中一瓢來喝，意謂任憑千變萬化，我只一顆眞心。

※9：意謂禪定之心已經像被泥沾住的飛絮一樣，靜止不動。

※10：佛教名詞，指佛、法、僧三者。

評點

◎14.只怕林妹妹自己顧不得自己。（姚燮）

◎15.妙諦，大見解，已登彼岸矣。（姚燮）

◎16.只怕是口頭語。（姚燮）

◎17.明明指出一條去路。（姚燮）寶玉用禪語來表達他心中隱隱約約的愛黛玉的情緒，可以說是寶玉潛伏在異端的佛道戰壕裏的一種表現，也可以說是不滿現實的一種苦悶的象徵！（劉冰弦）

◎18.方才死心塌地。（張新之）

第九十二回

評女傳巧姐慕賢良　頑母珠賈政參聚散

話說寶玉從瀟湘館出來，連忙問秋紋道：「老爺叫我作什麼？」秋紋笑道：「沒有叫，襲人姐姐叫我請二爺，我怕你不來，才哄你的。」◎[1]寶玉聽了才把心放下，因說：「你們請我也罷了，何苦來唬我。」說著，回到怡紅院內。襲人便問道：「你這好半天到那裏去了？」寶玉道：「在林姑娘那邊，說起薛姨媽寶姐姐的事來，便坐住了。」襲人又問道：「說些什麼？」寶玉將打禪語的話述了一遍。襲人道：「你們再沒個計較，正經說些家常閑話兒，或講究些詩句，也是好的，怎麼又說到禪語上了？又不是和尚。」寶玉道：「你不知道，我們有我們的禪機，別人是插不下嘴去的。」襲人笑道：「你們參禪參翻了，又叫我們跟著打悶葫蘆了。」寶玉道：「頭裏我也年紀小，他也孩子氣，所以我說了不留神的話，

✣《增評補圖石頭記》第九十二回繪畫。（fotoe提供）

他就惱了。如今我也留神，他也沒有惱的了。只是他近來不常過來，我又念書，偶然到一處，好像生疏了似的。」襲人道：「原該這麼著才是。都長了幾歲年紀了，怎麼好意思還像小孩子時候的樣子。」寶玉點頭道：「我也知道。如今且不用說那個。我問你，老太太那裏打發人來說什麼來著沒有？」襲人道：「沒有說什麼。」寶玉道：「必是老太太忘了。明兒不是十一月初一日麼，年年老太太那裏必是個老規矩，要辦消寒會※1，齊打伙兒坐下喝酒說笑。我今日已經在學房裏告了假了，這會子沒有信兒，明兒可是去不去呢？若去了呢，白白的告了假；若不去，老爺知道了又說我偷懶。」襲人道：「據我說，你竟是去的是。才念的好些兒了，又想歇著。依我說也該上緊些才好。昨兒聽見太太說，蘭哥兒念書眞好，◎2他打學房裏回來，還各自念書作文章，天天晚上弄到四更多天才睡。你比他大多了，又是叔叔，倘或趕不上他，又叫老太太生氣。倒不如明兒早起去罷。」麝月道：「這樣冷天，已經告了假又去，倒叫學房裏說：既這麼著就不該告假呀，顯見的是告謊假脫滑兒。依我說落得歇一天。就是老太太忘記了，咱們這裏就不消寒了麼，咱們也鬧個會兒不好麼？」襲人道：「都是你起頭兒，二爺更不肯去了。」麝月道：「我也是樂一天是一天，比不得你要好名兒，使喚一個月再多得二兩銀子！」襲人啐道：「小蹄子，人家說正經話，你又來胡拉混扯的了。」麝月道：「我倒不是混拉扯，我是爲你。」襲人道：「爲我什麼？」

註

※1：舊俗，古代在冬至後富貴人家聚飲並吟詩作畫。

評點

◎1.每每寶玉在瀟湘館，襲人必來隔開。（陳其泰）
◎2.又帶寫賈蘭，總不用正筆。（黃小田）

麝月道：「二爺上學去了，你又該咕嘟著嘴想著，巴不得二爺早一刻兒回來，就有說有笑的了。這會子又假撇清，何苦呢！我都看見了。」

襲人正要罵他，只見老太太那裏打發人來說道：「老太太說了，叫二爺明兒不用上學去呢。明兒請了姨太太來給他解悶，只怕姑娘們都來，家裏的史姑娘、邢姑娘、李姑娘們都請了，明兒來赴什麼消寒會呢。」寶玉沒有聽完便喜歡道：「可不是，老太太最高興的，明日不上學是過了明路的了。」襲人也便不言語了。那丫頭回去。寶玉認真念了幾天書，巴不得頑這一天。又聽見薛姨媽過來，想著「寶姐姐自然也來」。◎3心裏喜歡，便說：「快睡罷，明日早些起來。」於是一夜無話。

到了次日，果然一早到老太太那裏請了安，又到賈政王夫人那裏請了安，回明了老太太今兒不叫上學，賈政也沒言語，便慢慢退出來，走了幾步，便一溜煙跑到賈母房中。見眾人都沒來，只有鳳姐那邊的奶媽子帶了巧姐兒，跟著幾個小丫頭過來，給老太太請了安，說：「我媽媽先叫我來請安，陪著老太太說說話兒。媽媽回來就來。」賈母笑著道：「好孩子，我一早就起來了。等

✣《女孝經圖》之一，佚名。《女孝經》為唐代侯莫陳邈（三字複姓）妻鄭氏撰，她因侄女被策封為永王妃，作此書以戒之。全書共為十八章，內容多宣揚男尊女卑的封建禮教。（fotoe提供）

✣《列女圖》（局部），又名《列女仁智圖》，顧愷之。內容為漢代劉向《列女傳》人物故事。今天所見的是忠實原作最佳的宋人摹本。與《洛神賦圖》比較，此卷更顯顧氏風範。（fotoe提供）

他們總不來，只有你二叔叔來了。」那奶媽子便說：「姑娘給你二叔叔請安。」寶玉也問了一聲：「妞妞好？」巧姐兒道：「我昨夜聽見我媽媽說，要請二叔叔去說話。」寶玉道：「說什麼呢？」巧姐兒道：「我媽媽說，跟著李媽認了幾年字，不知道我認得不認得。我說都認得，我認給媽媽瞧。媽媽說我瞎認，不信，說我一天盡子頑，那裏認得。我瞧著那些字也不要緊，就是那《女孝經》※2也是容易念的。媽媽說我哄他，要請二叔叔得空兒的時候給我理理。」賈母聽了，笑道：「好孩子，你媽媽是不認得字的，◎4所以說你哄他。明兒叫你二叔叔理給他瞧瞧，他就信了。」寶玉道：「你認了多少字了？」◎5巧姐兒道：「認了三千多字，念了一本《女孝經》，半個月頭裏又上了《列女傳》。」寶玉道：「你念了懂得嗎？你要不懂，我倒是講講這個你聽罷。」賈母道：「作叔叔的也該講究給侄女兒聽聽。」

註

※2：唐代侯莫陳邈（三字複姓）之妻鄭氏撰，共十八章，宣揚婦女應遵守的孝道。

評點

◎3.又思寶姐姐，但不如林妹妹爲生平第一知己也。（姚燮）
◎4.七十四回云鳳姐識字，此……云……「不認字」。（姚燮）
◎5.巧姐兒年紀不可爲訓，似乎大起來太快耳。（黃小田）

寶玉道：「那文王后妃※3是不必說了，想來是知道的。那姜后脫簪待罪※4，齊國的無鹽雖醜，能安邦定國※5，是后妃裏頭的賢能的。若說有才的，是曹大姑※6、班婕妤、蔡文姬、謝道韞諸人。◎6孟光的荊釵布裙，鮑宣妻的提甕出汲※7，陶侃母的截髮留賓※8，還有畫荻教子※9的，這是不厭貧的。那苦的裏頭，有樂昌公主破鏡重圓，蘇蕙的迴文感主※10。那孝的是更多了，木蘭代父從軍※11，曹娥投水尋父的屍首等類也多，我也說不得許多。那個曹氏的引刀割鼻※12，是魏國的故事。那守節的更多了，只好慢慢的講。若是那些艷的，王嬙、西子、樊素、小蠻※13、絳仙※14等。妒的是禿妾髮※15、怨洛神※16等類，也少。文君、紅拂是女中的……」◎7賈母聽到這裏，說：「夠了，不用說了。你講的太多，他那裏還記得呢。」巧姐兒道：「二叔叔才說的，也有念過的，也有沒念過的。念過的二叔叔一講，我更知道了好些。」寶玉道：「那字是自然認得的了，不用再理。明兒我還上學去呢。」巧姐兒道：「我還聽見我媽媽昨兒說，我們家的小紅頭裏是二叔叔那裏的，我媽媽要了來，還沒有補上人呢。我媽媽想著要把什麼柳家的五兒補上，不知二叔叔要不要。」寶玉聽了更喜歡，笑著道：「你聽你媽媽的話，要補誰就補誰罷咧，又問什麼要不要呢。」因又向賈母笑道：「我瞧大妞妞這個小模樣兒，又有這個聰明兒，只怕將來比鳳姐姐還強呢，又比他認得字。」賈母道：「女

✤ 蔡琰（約177年~？）字文姬，陳留圉（今河南杞縣南）人。漢末著名琴家、女詩人，蔡邕之女。曾為匈奴所虜，被曹操贖回。（fotoe提供）

✣ 瓷板，繪有古代花木蘭女扮男裝替父從軍的故事。替父從軍的花木蘭是中國歷史上著名的女英雄。（莫健超提供）

孩兒家認得字呢也好，只是女工針黹倒是要緊的。」巧姐兒道：「我也跟著劉媽媽學著作呢。什麼扎花兒咧、拉鎖子，我雖弄不好，卻也學著會作幾針兒。」賈母道：「咱們這樣人家固然不仗著自己作，但只到底知道些，日後才不受人家

註

※3：周文王的正妃太姒能協助文王。

※4：周宣王曾荒疏朝政，姜后認爲錯在自己，便摘掉簪珥，同宮中的女犯人一起待罪。宣王受了感動，改而勤於政事。

※5：指戰國時齊國無鹽邑之女鍾離春。傳說她貌極醜，年過三十，尚未婚嫁。她卻自薦齊宣王，諫宣王根除四種危害齊國的壞事。宣王採納了，齊國得到安定，於是封她爲無鹽君，立爲王后。

※6：東漢曹世叔妻班昭的號。

※7：東漢鮑宣的妻子桓少君，本是富家女子，嫁給貧士鮑宣後，著布衣，提甕打水。

※8：晉代陶侃貧賤時，陶侃之母爲招待客人而截髮變賣，換取食物的故事。見《世說新語》。

※9：宋代歐陽修少時家貧，其母鄭氏用蘆荻作筆畫地寫字，教他讀書。

※10：蘇蕙，字若蘭，前秦時人，竇滔之妻。傳說竇滔出鎮襄陽，只帶寵姬趙陽臺赴任，並與蘇蕙斷絕音信，蘇蕙自傷，織錦寄滔，上有迴文詩，滔讀後感動，就把她接到襄陽。

※11：孝女花木蘭女扮男裝，代父從軍十二年。

※12：三國魏曹文叔死後，其妻夏侯令女拒絕再嫁，先剪去頭髮，後又割掉兩耳和鼻子，以表決心。

※13：樊素、小蠻都是唐代詩人白居易的家妓，善歌善舞。

※14：姓吳，隋煬帝的宮女，會作詩，煬帝曾稱讚她爲女相如。

※15：唐代任環之妻柳氏，性嫉妒。唐太宗賜宮女二人給任環作妾，柳氏將二人的頭髮完全燒光。唐太宗以死威嚇，她寧死不改。

※16：晉代劉伯玉之妻段明光性妒忌，因劉伯玉稱讚曹植《洛神賦》中的洛神，她心懷嫉妒，投水而死。

評點

◎6.是釵、黛諸人影子。（姚燮）

◎7.巧姐以侯門之女出嫁耕織之家，如《列女傳》中孟光一流人物，故借寶玉講書爲伏筆。（王希廉）

說。

的拿捏。」巧姐兒答應著「是」，還要寶玉解說《列女傳》，見寶玉呆呆的，也不敢再說。

你道寶玉呆的是什麼？只因柳五兒要進怡紅院，◎8頭一次是他病了不能進來，第二次王夫人攆了晴雯，大凡有些姿色的，都不敢挑。後來又在吳貴家看晴雯去，五兒跟著他媽給晴雯送東西去，見了一面，更覺嬌娜嫵媚。今日虧得鳳姐想著，叫他補入小紅的窩兒，竟是喜出望外了。所以呆呆的想他。

賈母等著那些人，見這時候還不來，又叫丫頭去請。回來李紈同著他妹子，探春、惜春、史湘雲、黛玉都來了，大家請了賈母的安。眾人廝見。獨有薛姨媽未到，賈母又叫請去。果然姨媽帶著寶琴過來。寶玉請了安，問了好。只不見寶釵邢岫煙二人。黛玉便問起：「寶姐姐為何不來？」薛姨媽假說

✣「評女傳巧姐慕賢良」，描繪《紅樓夢》第九十二回中的場景。不知鳳姐幼時，是否也受過此等教育？清代孫溫繪《全本紅樓夢》圖冊第十九冊之五。（清．孫溫繪）

身上不好。邢岫煙知道薛姨媽在坐，所以不來。寶玉雖見寶釵不來，◎9心中納悶，因黛玉來了，便把想寶釵的心暫且擱開。不多時，邢王二夫人也來了。鳳姐聽見婆婆們先到了，自己不好落後，只得打發平兒先來告假，說是正要過來，因身上發熱，過一回兒就來。賈母道：「既是身上不好，不來也罷。咱們這時候很該吃飯了。」丫頭們把火盆往後挪了一挪兒，就在賈母榻前一溜擺下兩桌，大家序次坐下。吃了飯，依舊圍爐閑談，不須多贅。

且說鳳姐因何不來？頭裏爲著倒比邢王二夫人遲了，不好意思；後來旺兒家的來回說：「迎姑娘那裏打發人來請奶奶安，還說並沒有到上頭，只到奶奶這裏來。」鳳姐聽了納悶，不知又是什麼事，便叫那人進來，問：「姑娘在家好？」那人道：「有什麼好的，奴才並不是姑娘打發來的，實在是司棋的母親央我來求奶奶的。」鳳姐道：「司棋已經出去了，爲什麼來求我？」那人道：「自從司棋出去，終日啼哭。忽然那一日他表兄來了，他母親見了，恨的什麼似的，說他害了司棋，一把拉住要打。那小子不敢言語。誰知司棋聽見了，急忙出來老著臉和他母親道：『我是爲他出來的，我也恨他沒良心。如今他來了，媽要打他，不如勒死了我。』他母親罵他：『不害臊的東西，你心裏要怎麼樣？』司棋說道：『一個女人配一個男人。我一時失腳上了他的當，我就是他的人了，決不肯再失身給別人的。我恨他爲什麼這樣膽小，一身作事一身當，爲什麼要逃？就是他一輩子不來了，我也一輩子不嫁人的。媽要

評點

◎8.數筆妙在從寶玉心想中寫出，可悟文章打疊之法。（姚燮）
◎9.此時大家已是勉強承歡矣……此亦盛衰必然之理也。（黃小田）

給我配人，我原拚著一死的。今兒他來了，媽問他怎麼樣。若是他不改心，我在媽跟前磕了頭，只當是我死了，他到那裏，我跟到那裏，就是討飯吃也是願意的。』他媽氣的了不得，便哭著罵著說：『你是我的女兒，我偏不給他，你敢怎麼著。』那知道那司棋這東西糊塗，便一頭撞在牆上，把腦袋撞破，鮮血直流，竟死了。◎10他媽哭著救不過來，便要叫那小子償命。他表兄說道：『你們不用著急。我在外頭原發了財，因想著他才回來的，心也算是眞了。你們若不信，只管瞧。』說著，打懷裏掏出一匣子金珠首飾來。他媽媽看見了便心軟了，說：『你既有心，爲什麼總不言語？』他外甥道：『大凡女人都是水性楊花，我若說有錢，他便是貪圖銀錢了。如今他只爲人，就是難得的。我把金珠給你們，我去買棺盛殮他。』那司棋的母親接了東西，也不顧女孩兒了，便由著外甥去。那裏知道他外甥叫人抬了兩口棺材來。司棋的母親看見詫異，說：『怎麼棺材要兩口？』他外甥笑道：『一口裝

✣ 司棋情烈而死，表哥潘又安叫人抬來兩口棺材，殉情而死。（張羽琳繪）

不下，得兩口才好。』司棋的母親見他外甥又不哭，只當是他心疼的傻了。豈知他忙著把司棋收拾了，也不啼哭，眼錯不見，把帶的小刀子往脖子裏一抹，也就抹死了。◎11司棋的母親懊悔起來，倒哭得了不得。如今坊上知道了，要報官。他急了，央我來求奶奶說個人情，他再過來給奶奶磕頭。」鳳姐聽了，詫異道：「那有這樣傻丫頭，偏偏的就碰見這個傻小子！怪不得那一天翻出那些東西來，他心裏沒事人似的，敢只是這麼個烈性孩子。論起來，我也沒這麼大工夫管他這些閑事，但只你才說的叫人聽著怪可憐見兒的。也罷了，你回去告訴他，我和你二爺說，打發旺兒給他撕擄就是了。」◎12鳳姐打發那人去了，才過賈母這邊來。不提。

且說賈政這日正與詹光下大棋，◎13通局的輸贏也差不多，單為著一隻角兒死活未分，在那裏打劫※17。門上的小廝進來回道：「外面馮大爺要見老爺。」賈政道：「請進來。」小廝出去請了，馮紫英走進門來。賈政即忙迎著。馮紫英進來，在書房中坐下，見是下棋，便道：「只管下棋，我來觀局。」詹光笑道：

司棋。如果迎春的個性像丫鬟司棋，或許會有不同的結局。（《紅樓夢煙標精華》杜春耕編著，北京圖書館出版社提供）

註

※17：下圍棋的時候，爭奪一個從屬未定、可互相牽制的棋子。

評點

◎10.潘又安的悲劇在於他把「水性楊花」這個所謂女子的共性，安在熱戀著他的司棋身上，他和司棋從小相處，彼此相愛，卻不敢相信司棋對他的感情。（陳節）

◎11.柳湘蓮揮劍斬情，潘又安拔刀自刎，其心亦似相同。但柳生之去飄忽不測，潘郎之死明白顯著，文筆迥殊。（王希廉）

◎12.以此為傻，眞不知節義何物者。卿即不傻，卿所碰見者，亦無此傻小子也。（陳其泰）

◎13.賈政何以又不到衙門去辦事？殊與前文不合。（陳其泰）

「晚生的棋是不堪瞧的。」馮紫英道：「好說，請下罷。」賈政道：「有什麼事麼？」馮紫英道：「沒有什麼話。老伯只管下棋，我也學幾著兒。」賈政向詹光道：「馮大爺是我們相好的，既沒事，我們索性下完了這一局再說話兒。馮大爺在旁邊瞧著。」馮紫英道：「下采※18不下采？」詹光道：「下采的。」馮紫英道：「下采的是不好多嘴的。」賈政道：「多嘴也不妨，橫豎他輸了十來兩銀子，終究是不拿出來的。往後只好罰他作東便了。」詹光笑道：「這倒使得。」馮紫英道：「老伯和詹公對下麼？」賈政笑道：「從前對下，他輸了；如今讓他兩個子兒，他又輸了。時常還要悔幾著，不叫他悔他就急了。」詹光也笑道：「沒有的事。」賈政道：「你試試瞧。」大家一面說笑，一面下完了。作起棋來，詹光還了棋頭※19，輸了七個子兒。馮紫英道：「這盤終吃虧在打劫裏頭。老伯劫少，就便宜了。」

賈政對馮紫英道：「有罪，有罪。咱們說話兒罷。」馮紫英道：「小侄與老伯久不見面，一來會會，二來因廣西的同知進來引見，帶了四種洋貨，可以作得貢的。一件是圍屏，有二十四扇槅子，都是紫檀雕刻的。中間雖說不是玉，卻是絕好的硝子石※20，◎14石上鏤出山水人物樓臺花鳥等物。一扇上有五六十個人，都是宮妝的女子，

✣ 司棋敢愛敢恨，從不願委曲求全。最後以生命的代價維護了自己的尊嚴。同樣不得不死，她的反抗方式令人震動。（張羽琳繪）

名爲《漢宮春曉》。人的眉目口鼻以及出手衣褶，刻得又清楚又細膩。點綴布置都是好的。我想尊府大觀園中正廳上卻可用得著。還有一個鐘表，有三尺多高，也是一個小童兒拿著時辰牌，到了什麼時候他就報什麼時辰。裏頭也有些人在那裏打十番的。這是兩件重笨的，卻還沒有拿來。現在我帶在這裏兩件卻有些意思兒。」就在身邊拿出一個錦匣子，見幾重白綿裹著，揭開了綿子，第一層是一個玻璃盒子，裏頭金托子大紅縐綢托底，上放著一顆桂圓大的珠子，光華耀目。馮紫英道：「據說這就叫作母珠。」因叫拿一個盤兒來。詹光即忙端過一個黑漆茶盤，道：「使得麼？」馮紫英道：「使得。」便又向懷裏掏出一個白絹包兒，將包兒裏的珠子都倒在盤裏散著，把那顆母珠擱在中間，將盤置於桌上。看見那些小珠子兒滴溜滴溜滾到大珠身邊來，一回兒把這顆大珠子抬高了，別處的小珠子一顆也不剩，都黏在大珠上。詹光道：「這也奇怪。」賈政道：「這是有的，所以叫作母珠，原是珠之母。」◎15

那馮紫英又回頭看著他跟來的小廝道：「那個匣子呢？」那小廝趕忙捧過一個花梨木匣子來。大家打開看時，原來匣內襯著虎紋錦，錦上疊著一束藍紗。詹光道：「這是什麼東西？」馮紫英道：「這叫作鮫綃帳。」在匣子裏拿出來時，疊得長不滿五寸，厚不上半寸，馮紫英一層一層的打開，打到十來層，已經桌上鋪不下了。馮紫

註

※18：下賭注。

※19：圍棋開局時，甲方讓乙方數子；下完棋，若乙方勝，計算子數時，須將甲方所讓子數扣除，叫「還棋頭」。

※20：一種質地似玉的石頭。

評點

◎14. 所謂「假寶玉」。（張新之）

◎15. 賈母如一顆母珠，在則兒孫繞聚，死則家業消亡。借此一參，暗伏後文。（王希廉）

英道：「你看裏頭還有兩摺，必得高屋裏去才張得下。這就是鮫絲所織，暑熱天氣張在堂屋裏頭，蒼蠅蚊子一個不能進來，又輕又亮。」賈政道：「不用全打開，怕疊起來倒費事。」詹光便與馮紫英一層一層摺好收拾。馮紫英道：「這四件東西價兒也不很貴，兩萬銀他就賣。母珠一萬，鮫綃帳五千，《漢宮春曉》與自鳴鐘五千。」賈政道：「那裏買得起。」馮紫英道：「你們是個國戚，難道宮裏頭用不著麼？」賈政道：「用得著的很多，只是那裏有這些銀子。等我叫人拿進去給老太太瞧瞧。」馮紫英道：「很是。」

賈政便著人叫賈璉把這兩件東西送到老太太那邊去，並叫人請了邢王二夫人鳳姐兒都來瞧著，又把兩樣東西一一試過。賈璉道：「他還有兩件：一件是圍屏，一件是樂鐘。共總要賣二萬銀子呢。」鳳姐兒接著道：「東西自然是好的，但是那裏有這些閑錢。咱們又不比外任督撫要辦貢。我已經想了好些年了，像咱們這種人家，必得置些不動搖的根基才好，◎16或是祭地，或是義莊，再置

✣ 馮紫英向賈赦、賈政展示母珠等珍貴物品，賈府已無力購買。（張羽琳繪）

些墳屋。往後子孫遇見不得意的事，還是點兒底子，不到一敗塗地。◎17我的意思是這樣，不知老太太、老爺、太太們怎麼樣。若是外頭老爺們要買，只管買。」賈母與衆人都說：「這話說的倒也是。」賈璉道：「還了他罷。原是老爺叫我送給老太太瞧，爲的是宮裏好進。誰說買來擱在家裏？老太太還沒開口，你便說了一大些喪氣話！」

說著，便把兩件東西拿了出去，告訴了賈政，說老太太不要。便與馮紫英道：「這兩件東西好可好，就只沒銀子。◎18我替你留心，有要買的人，我便送信給你去。」馮紫英只得收拾好，坐下說些閒話，沒有興頭，就要起身。賈政道：「你在我這裏吃了晚飯去罷。」馮紫英道：「罷了，來了就叨擾老伯嗎？」賈政道：「說那裏的話。」正說著，人回：「大老爺來了。」賈赦早已進來。彼此相見，敘些寒溫。不一時擺上酒來，肴饌羅列，大家喝著酒。至四五巡後，說起洋貨的話，馮紫英道：「這種貨本是難消的，除非要像尊府這種人家，還可消得，其餘就難了。」◎19賈政道：「這也不見得。」賈赦道：「我們家裏也比不得從前了，這回兒也不過是個空門面。」馮紫英又問：「東府珍大爺可好麼？我前兒見他，說起家常話兒來，提到他令郎續娶的媳婦，遠不及頭裏那位秦氏奶奶了。如今後娶的到底是那一家的，我也沒有問起。」賈政道：「我們這個侄孫媳婦兒，也是這裏大家，從前作過京畿道的胡老爺的女孩兒。」紫英道：「胡道長我是知道的。但是他家教上也不怎麼樣。也罷了，只要姑娘好就好。」

評點

◎16.不貴異物，思立根基，是未忘可卿所囑。惜乎其不能行也。（姚燮）
◎17.此局已將衰，此法已遲了。（東觀閣主人）
◎18.母珠等物，珍巧神奇，賈氏力不能買，見其家計日絀也。（陳其泰）
◎19.寫賈府已窮，而外間猶未深知。（黃小田）

賈璉道：「聽得內閣裏人說起，賈雨村又要陞了。」◎20賈政道：「這也好，不知准不准。」賈璉道：「大約有意思的了。」馮紫英道：「我今兒從吏部裏來，也聽見這樣說。雨村老先生是貴本家不是？」賈政道：「是。」馮紫英道：「是有服的還是無服的※21？」賈政道：「說也話長。他原籍是浙江湖州府人，流寓到蘇州，甚不得意。有個甄士隱和他相好，時常周濟他。以後中了進士，得了榜下知縣，便娶了甄家的丫頭。如今的太太不是正配。豈知甄士隱弄到零落不堪，沒有找處。雨村革了職以後，那時還與我家並未相識，只因舍妹丈林如海林公在揚州巡鹽的時候，請他在家作西席，外甥女兒是他的學生。因他有起復的信要進京來，恰好外甥女兒要上來探親，林姑老爺便托他照應上來的，還有一封薦書，托我吹噓吹噓。那時看他不錯，大家常會。豈知雨村也奇，我家世襲起，從代字輩下來，寧榮兩宅人口房舍以及起居事宜，一概都明白，因此遂覺得親熱了。」

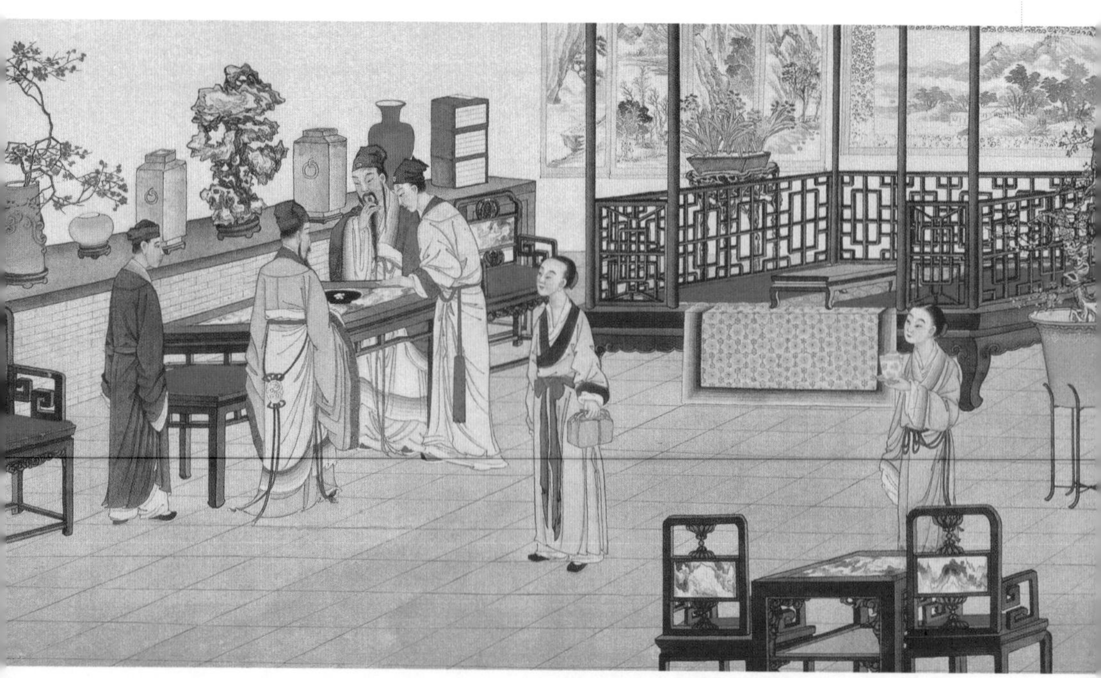

✣「頑母珠賈政參聚散」，描繪《紅樓夢》第九十二回中的場景。賈政其實一直牽掛著賈府的命運，很多預兆都是他最先警覺，但卻無力回天。清代孫溫繪《全本紅樓夢》圖冊第十九冊之六。（清・孫溫繪）

因又笑說道：「幾年間門子也會鑽了。由知府推陞轉了御史，不過幾年，陞了吏部侍郎，署兵部尚書。爲著一件事降了三級，如今又要陞了。」馮紫英道：「人世的榮枯，仕途的得失，終屬難定。」賈政道：「像雨村算便宜的了。還有我們差不多的人家就是甄家，從前一樣功勳，一樣的世襲，一樣的起居，我們也是時常往來。不多幾年，他們進京來差人到我這裏請安，還很熱鬧，一回兒抄了原籍的家財，至今杳無音信，不知他近況若何，心下也著實惦記。看了這樣，你想作官的怕不怕？」

賈赦道：「咱們家是最沒有事的。」◎21馮紫英道：「果然，尊府是不怕的。一則裏頭有貴妃照應，二則故舊好親戚多，三則你家自老太太起至於少爺們，沒有一個刁鑽刻薄的。」賈政道：「雖無刁鑽刻薄，卻沒有德行才情。白白的衣租食稅，那裏當得起。」賈赦道：「咱們不用說這些話，大家吃酒罷。」大家又喝了幾杯，擺上飯來。吃畢，喝茶。馮家的小廝走來輕輕的向紫英說了一句，馮紫英便要告辭了。賈赦賈政道：「你說什麼？」小廝道：「外面下雪，早已下了梆子※22了。」賈政叫人看時，已是雪深一寸多了。賈政道：「那兩件東西你收拾好了麼？」馮紫英道：「收好了。若尊府要用，價錢還自然讓些。」賈政道：「我留神就是了。」紫英道：「我再聽信罷。天氣冷，請罷，別送了。」賈赦、賈政便命賈璉送了出去。未知後事如何，下回分解。

註

※21：服，指喪服。舊時按照宗族的親疏遠近，規定五種不同的喪服形式，稱爲五服。凡在五服以內的叫有服，在五服以外的叫無服。

※22：指已打過初更。

評點

◎20.方提胡道長，即接賈雨村，是一非二。（張新之）

◎21.賈政說甄家被抄，是正伏後文；賈赦說我家斷無其事，反跌後文。（王希廉）

第九十三回

甄家僕投靠賈家門　水月庵掀翻風月案

卻說馮紫英去後，賈政叫門上人來吩咐道：「今兒臨安伯那裏來請吃酒，知道是什麼事？」門上的人道：「奴才曾問過，並沒有什麼喜慶事。不過南安王府裏到了一班小戲子，都說是個名班。伯爺高興，唱兩天戲請相好的老爺們瞧瞧，熱鬧熱鬧。大約不用送禮的。」說著，賈赦過來問道：「明兒二老爺去不去？」賈政道：「承他親熱，怎麼好不去的。」說著，門上進來回道：「衙門裏書辦來請老爺明日上衙門，有堂派的事，必得早些去。」賈政道：「知道了。」說著，只見兩個管屯裏地租子的家人走來，請了安，磕了頭，旁邊站著。賈政道：「你們是郝家莊的？」兩個答應了一聲。賈政也不往下問，竟與賈赦各自說了一回話兒散了。家人等秉著手燈送過賈赦去。

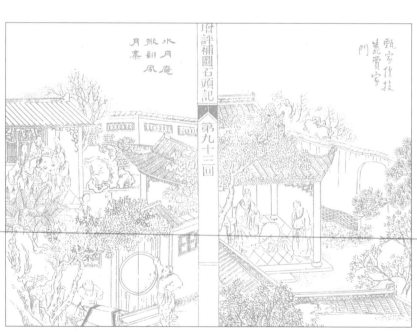

✣《增評補圖石頭記》第九十三回繪畫。（fotoe提供）

這裏賈璉便叫那管租的人道：「說你的。」那人說道：「十月裏的租子奴才已經趕上來了。原是明兒可到。誰知京外拿車，把車上的東西不由分說都掀在地下。奴才告訴他說是府裏收租子的車，不是買賣車。他更不管這些。奴才叫車夫只管拉著走，幾個衙役就把車夫混打了一頓，硬扯了兩輛車去了。奴才所以先來回報，求爺打發個人到衙門裏去要了來才好。再者，也整治整治這些無法無天的差役才好。爺還不知道呢，更可憐的是那買賣車，客商的東西全不顧，掀下來趕著就走。那些趕車的但說句話，打的頭破血出的。」賈璉聽了，罵道：「這個還了得！」立刻寫了一個帖兒，叫家人：「拿去向拿車的衙門裏要車去，並車上東西。若少了一件，是不依的。快叫周瑞。」周瑞不在家。又叫旺兒，旺兒晌午出去了，還沒有回來。賈璉道：「這些忘八羔子，一個都不在家！他們終年家吃糧不管事。」因吩咐小廝們：「快給我找去。」說著，也回到自己屋裏睡下。不提。

且說臨安伯第二天又打發人來請。賈政告訴賈赦道：「我是衙門裏有事，璉兒要在家等候拿車的事情，也不能去。倒是大老爺帶寶玉應酬一天也罷了。」賈赦點頭道：「也使得。」賈政遣人去叫寶玉，說：「今兒跟大爺到臨安伯那裏聽戲去。」寶玉喜歡的了不得，便換上衣服，帶了茗煙、掃紅、鋤藥三個小子出來，見了賈赦，請了安，上了車，來到臨安伯府裏。門上人回進去，一會子出來說：「老爺請。」於是賈赦帶著寶玉走入院內，只見賓客喧闐。賈赦寶玉見了臨安伯，又與衆賓客都見過了禮。大家坐著說笑了一回。只見一個掌班的拿著一本戲單，一個牙笏，向上打了一個千兒，說道：「求各位老爺賞戲。」先從尊位點起，挨至賈赦，也點了一齣。那人回頭見了寶玉，便不向別處去，竟搶步上來打個千兒道：「求二爺賞兩齣。」寶玉一見那人，面如傅粉，唇若塗朱，◎[1]鮮潤如出水芙蕖，飄揚似臨風玉樹。原來不是別人，就是蔣玉菡。前日聽得他帶了小戲兒進京，也沒有到自己那裏。此時見了，又不好站起來，只得笑道：「你多早晚來的？」蔣玉菡把手在自己身子上一指，笑道：「怎麼二爺不知道麼？」寶玉因衆人在坐，也難說話，只得胡亂點了一齣。蔣玉菡去了，便有幾個議論道：「此人是誰？」有的說：「他向來是唱小旦的，如今不肯唱小旦，年紀也大了，就在府裏掌班。頭裏也改過小生。他也攢了好幾個錢，家裏已經有兩三個舖子，只是不肯放下本業，原舊領班。」有的說：「想必成了家了。」有的說：「親還沒有定。他倒拿定一個主意，說是人生配偶關係一生一世的事，不是混鬧得的，不論尊卑貴賤，總要配的上他的才能。◎[2]所以到如今還並沒娶親。」寶玉暗忖度道：「不知日後誰家的女孩兒嫁他。要嫁著這樣的人材兒，也算是不辜負了。」那時開了戲，也有崑腔，也有高腔，也有弋腔梆子腔※[1]，◎[3]作得熱鬧。

過了晌午，便擺開桌子吃酒。又看了一回，賈赦便欲起身。臨安伯過來留道：「天色尚早，聽見說蔣玉菡還有一齣《占花魁》※[2]，他們頂好的首戲。」◎[4]寶玉聽了，巴不得賈赦不走。於是賈赦又坐了一會。果然蔣玉菡扮著秦小官伏侍花魁醉後神

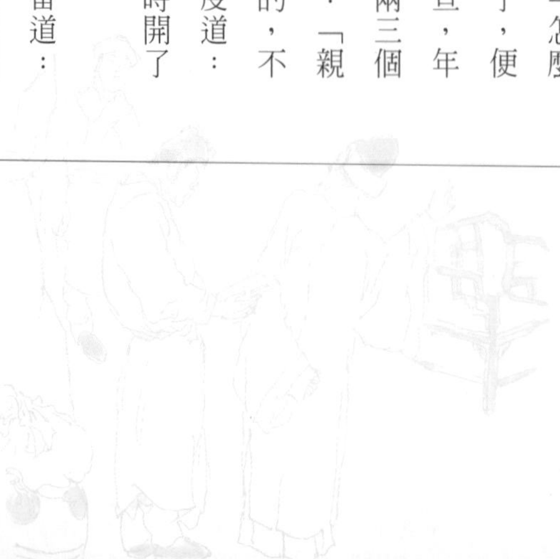

情，把這一種憐香惜玉的意思，作得極情盡致。◎5以後對飲對唱，纏綿繾綣。寶玉這時不看花魁，只把兩隻眼睛獨射在秦小官身上。更加蔣玉菡聲音響亮，口齒清楚，按腔落板，寶玉的神魂都唱了進去了。直等這齣戲進場後，更知蔣玉菡極是情種，非尋常戲子可比。因想著《樂記》※3上說的是「情動於中，故形於聲。聲成文謂之音。」所以知聲、知音、知樂，有許多講究。聲音之原，不可不察。詩詞一道，但能傳情，不能入骨，自後想要講究講究音律。寶玉想出了神，忽見賈赦起身，主人不及相留。寶玉沒法，只得跟了回來。到了家中，賈赦自回那邊去了，寶玉來見賈政。

賈政才下衙門，正向賈璉問起拿車之事。賈璉道：「今兒門人拿帖兒去，知縣不在家。他的門上說了：『這是本官不知道的，並無牌票出去拿車，都是那些混賬東西在外頭撒野擠訛頭※4。既是老爺府裏的，我便立刻叫人去追辦，包管明兒連車連東西一併送來。如有半點差遲，再行稟過本官，重重處治。此刻本官不在家，求這裏老爺看破些，可以不用本官知道更好。』」賈政道：「既無官票，到底是何等樣人在那裏作怪？」賈璉道：「老爺不知，外頭都是這樣。想來明兒必定送來的。」賈璉說完下來，寶玉上去見了。賈政問了幾句，便叫他往老太太那裏去。

註

※1：梆子腔：清乾隆中葉興盛過的一種地方戲曲聲腔，因用梆子加強節奏而得名。
※2：明末清初李玉根據話本《賣油郎獨占花魁》改編的傳奇，敘述賣油郎和花魁娘子結成夫妻的故事。
※3：《禮記》中的一篇，後散失，主要闡述音樂的起源、作用等。
※4：找藉口進行敲詐勒索。

評點

◎1.又將玉函出色渲染，只是渲染襲人也。（陳其泰）
◎2.且緩著，襲人尚在大觀園中。（姚燮）
◎3.此書無腔不備。（張新之）
◎4.此齣戲虧作者如何想出來……「花」字大有著落。（姚燮）
◎5.爲娶襲人伏根，日後情形已在臺上演出……居然一對玉人，亦稱良匹。（姚燮）

賈璉因爲昨夜叫空了家人，出來傳喚，那起人多已伺候齊全。賈璉罵了一頓，叫大管家賴升：「將各行檔的花名冊子拿來，你去查點查點。寫一張諭帖，叫那些人知道：若有並未告假，私自出去，傳喚不到，貽誤公事的，立刻給我打了攆出去！」賴升連忙答應了幾個「是」，出來吩咐了一回。家人各自留意。

過不幾時，忽見有一個人頭上戴著氈帽，身上穿著一身青布衣裳，腳下穿著一雙撒鞋，走到門上向衆人作了個揖。衆人拿眼上上下下打諒了他一番，便問他是那裏來的。

✣「甄家僕投靠賈家門」，描繪《紅樓夢》第九十三回中的場景。清代孫溫繪《全本紅樓夢》圖冊第十九冊之七。（清・孫溫繪）

那人道：「我自南邊甄府中來的。並有家老爺手書一封，求這裏的爺們呈上尊老爺。」衆人聽見他是甄府來的，才站起來讓他坐下道：「你乏了，且坐坐，我們給你回就是了。」門上一面進來回明賈政，呈上來書。賈政拆書看時，上寫著：

世交夙好，氣誼素敦。遙仰襜帷※5，不勝依切。弟因菲材獲譴，自分萬死難償，幸邀寬宥，待罪邊隅，迄今門戶凋零，家人星散。所有奴子包勇，向曾使用，雖無奇技，人尚慤※6實。倘使得備奔走，糊口有資，屋烏之愛※7，感佩無涯矣！專此奉達，餘容再敘。不宣。

賈政看完，笑道：「這裏正因人多，甄家倒薦人來，又不好卻的。」吩咐門上：「叫他見我。且留他住下，因材使用便了。」門上出去，帶進人來。見賈政便磕了三個頭，起來道：「家老爺請老爺安。」自己又打個千兒說：「包勇請老爺安。」賈政回

註

※5：車帷子，代指車子。
※6：誠實，謹慎。
※7：即愛屋及烏，比喻愛一個人連帶兼愛與他有關的人事物。

問了甄老爺的好，便把他上下一瞧。但見包勇身長五尺有零，肩背寬肥，濃眉爆眼，磕額※8長髯氣色粗黑，◎6垂著手站著。◎7便問道：「你是向來在甄家的，還是住過幾年的？」包勇道：「小的向在甄家的。」賈政道：「你如今爲什麼要出來呢？」包勇道：「小的原不肯出來。只是家爺再四叫小的出來，說是別處你不肯去，這裏老爺家裏只當原在自己家裏一樣的，所以小的來的。」賈政道：「你們老爺不該有這事情，弄到這樣的田地。」包勇道：「小的本不敢說，我們老爺只是太好了，一味的眞心待人，反倒招出事來。」賈政道：「眞心是最好的了。」包勇道：「因爲太眞了，人人都不喜歡，討人厭煩是有的。」賈政笑了一笑道：「既這樣，皇天自然不負他的。」◎8包勇還要說時，賈政又問道：「我聽見說你們家的哥兒不是也叫寶玉麼？」包勇道：「是。」賈政道：「他還肯向上巴結麼？」包勇道：「老爺若問我們哥兒，倒是一段奇事。哥兒的脾氣也和我家老爺一個樣子，也是一味的誠實。從小兒只管和那些姐妹們在一處頑，老爺太太也狠打過幾次，他只是不改。那一年太太進京的時候兒，哥兒大病了一場，已經死了

✣ 甄家犯了事，推薦僕人包勇到賈府當差，未受重用。（張羽琳繪）

半日，把老爺幾乎急死，裝裏都預備了。幸喜後來好了，嘴裏說道，走到一座牌樓那裏，見了一個姑娘領著他到了一座廟裏，見了好些櫃子，裏頭見了好些冊子。又到屋裏，見了無數女子，說是多變了鬼怪似的，也有變作骷髏兒的。他嚇急了，便哭喊起來。老爺知他醒過來了，連忙調治，漸漸的好了。老爺仍叫他在姐妹們一處頑去，他竟改了脾氣了，好著時候的頑意兒一概都不要了，惟有念書爲事。◎9就有什麼人來引誘他，他也全不動心。◎10如今漸漸的能夠幫著老爺料理些家務了。」賈政默然想了一回，道：「你去歇歇去罷。等這裏用著你時，自然派你一個行次兒※9。」◎11包勇答應著退下來，跟著這裏人出去歇息。不提。

* * *

一日賈政早起剛要上衙門，看見門上那些人在那裏交頭接耳，好像要使賈政知道的似的，又不好明回，只管咕咕唧唧的說話。賈政叫上來問道：◎12「你們有什麼事，這麼鬼鬼祟祟的？」門上的人回道：「奴才們不敢說。」賈政道：「有什麼事不敢說的？」門上的人道：「奴才今兒起來開門出去，見門上貼著一張白紙，上寫著許多不成事體的字。」賈政道：「那裏有這樣的事，寫的是什麼？」門上的人道：「是水月庵裏的骯髒話。」賈政道：「拿給我瞧。」門上的人道：「奴才本要揭下來，誰知他貼得結實，揭不下來，只得一面抄一面洗。剛才李德揭了一張給奴

註

※8：頟頭凸出。
※9：行當；差事。

評點

◎6.寫包勇身材相貌，便是有武藝氣象。（王希廉）
◎7.包勇形貌，宛然梁山泊好漢；兒女場中，不可無英雄氣象。（姚燮）
◎8.甄家抄沒，是賈府前車。今賈府禍事不遠，故借薦來包勇口中提明。（王希廉）
◎9.本是天眞爛熳、不雕不琢之人，一爲經濟文章之說所染，遂將本來面目一朝改盡矣。（陳其泰）
◎10.即警幻所云，孔孟之間，經濟之道。（張新之）
◎11.試思賈政因何默想，絕不再問。中間暗藏無限情事，讀者須心領神會，勿被作者瞞過。（王希廉）
◎12.賈政向日不管家務，一切付之賈璉夫婦。而八十一回以後，則事無巨細，無不關白賈政，與八十回之前不相合。（陳其泰）

才瞧，就是那門上貼的話。奴才們不敢隱瞞。」說著呈上那帖兒。賈政接來看時，上面寫著：

西貝草斤年紀輕，水月庵裏管尼僧。
一個男人多少女，窩娼聚賭是陶情。
不肖子弟來辦事，榮國府內出新聞。

賈政看了，氣得頭昏目暈，趕著叫門上的人不許聲張，悄悄叫人往寧榮兩府靠近的夾道子牆壁上再去找尋。隨即叫人去喚賈璉出來。

賈璉即忙趕至。賈政忙問道：「水月庵中寄居的那些女尼女道，向來你也查考查考過沒有？」賈璉道：「沒有。一向都是芹兒在那裏照管。」賈政道：「你知道芹兒照管得來照管不來？」賈璉道：「老爺既這麼說，想來芹兒必有不妥當的地方兒。」賈政嘆道：「你瞧瞧這個帖兒寫的是什麼。」賈璉一看，道：「有這樣事麼？」正說著，只見賈蓉走來，拿著一封書子，寫著「二老爺密啓」。打開看時，也是無頭榜一張，與門上所貼的話相同。賈政道：「快叫賴大帶了三四輛車子到水月庵裏去，把那些女尼女道士一齊拉回來。不許泄漏，只說裏面傳喚。」賴大領命去了。

且說水月庵中小女尼女道士等初到庵中，沙彌與道士原係老尼收管，日間教他些經懺。以後元妃不用，也便習學得懶怠了。那些女孩子們年紀漸漸的大了，都也有

✣ 賈芹，賈府不良子弟的代表之一。（《紅樓夢煙標精華》杜春耕編著，北京圖書館出版社提供）

✣「水月庵掀翻風月案」，描繪《紅樓夢》第九十三回中的場景。連庵子裏都不乾淨了，賈府之中真是處處污穢。清代孫溫繪《全本紅樓夢》圖冊第十九冊之八。（清・孫溫繪）

個知覺了。更兼賈芹也是風流人物，◎13打諒芳官等出家只是小孩子性兒，便去招惹他們。那知芳官竟是眞心，不能上手，◎14便把這心腸移到女尼女道士身上。因那小沙彌中有個名叫沁香的和女道士中有個叫作鶴仙的，長得都甚妖嬈，賈芹便和這兩個人勾搭上了。閑時便學些絲弦，唱個曲兒。那時正當十月中旬，賈芹給庵中那些人領了月例銀子，便想起法兒來，告訴衆人道：「我爲你們領月錢不能進城，又只得在這裏歇著。怪冷的，怎麼樣？我今兒帶些果子酒，大家吃著樂一夜好不好？」那些女孩子都高興，便擺起桌子，連本庵的女尼

評點

◎13.想是秦鐘一流人。（姚燮）
◎14.獨芳官一人……可愛可敬。（王希廉）

也叫了來，惟有芳官不來。賈芹喝了幾杯，便說道要行令。沁香等道：「我們都不會，到不如搳拳罷。誰輸了喝一杯，豈不爽快。」本庵的女尼道：「這天剛過晌午，混嚷混喝的不像。且先喝幾鍾，愛散的先散去，誰愛陪芹大爺的，回來晚上盡子喝去，我也不管。」

正說著，只見道婆急忙進來說：「快散了罷，府裏賴大爺來了。」眾女尼忙亂收拾，便叫賈芹躲開。賈芹因多喝了幾杯，便道：「我是送月錢來的，怕什麼！」話猶未完，已見賴大進來，見這般樣子，心裏大怒。爲的是賈政吩咐不許聲張，只得含糊裝笑道：「芹大爺也在這裏呢麼。」賈芹連忙站起來道：「賴大爺，你來作什麼？」賴大說：「大爺在這裏更好。快快叫沙彌道士收拾上車進城，宮裏傳呢。」賈芹等不知原故，還要細問。賴大說：「天已不早了，快快的好趕進城。」眾女孩子只得一齊上車。賴大騎著大走騾押著趕進城。不提。

卻說賈政知道這事，氣的衙門也不能上了，獨坐在內書房嘆氣。賈璉也不敢走開。忽見門上的進來稟道：「衙門裏今夜該班是張老爺，因張老爺病了，有知會來請

賈芹在水月庵裏和女尼女道窩娼聚賭，胡作非為。（張羽琳繪）

老爺補一班。」賈政正等賴大回來要辦賈芹，此時又要該班，心裏納悶，也不言語。賈璉走上去說道：「賴大是飯後出去的，水月庵離城二十來里，就趕進城也得二更天。今日又是老爺的幫班，請老爺只管去。賴大來了，叫他押著，也別聲張，等明兒老爺回來再發落。倘或芹兒來了，也不用說明，看他明兒見了老爺怎麼樣說。」賈政聽來有理，只得上班去了。

賈璉抽空才要回到自己房中，一面走著，心裏抱怨鳳姐出的主意，欲要埋怨，因他病著，只得隱忍，慢慢的走著。且說那些下人一人傳十傳到裏頭。先是平兒知道，即忙告訴鳳姐。鳳姐因那一夜不好，懨懨的總沒精神，正是惦記鐵檻寺的事情。聽說外頭貼了匿名揭帖的一句話，嚇了一跳，忙問貼的是什麼。平兒隨口答應，不留神就錯說了道：「沒要緊，是饅頭庵裏的事情。」鳳姐本是心虛，聽見饅頭庵的事情，這一唬直唬怔了，一句話沒說出來，急火上攻，眼前發暈，咳嗽了一陣，哇的一聲，吐出一口血來。◎15平兒慌了，說道：「水月庵裏不過是女沙彌女道士的事，奶奶著什麼急。」鳳姐聽是水月庵，才定了定神，◎16說道：「呸，糊塗東西，到底是水月庵呢，是饅頭庵？」平兒笑道：「是我頭裏錯聽了是饅頭庵，後來聽見不是饅頭庵，是水月庵。我剛才也就說溜了嘴，說成饅頭庵了。」鳳姐道：「我就知道是水月庵，那饅頭庵與我什麼相干。原是這水月庵是我叫芹兒管的，大約剋扣了月錢。」◎17平兒道：「我聽著不像月錢的事，還有些骯髒話呢。」鳳姐道：「我更不管那個。你二爺那裏

評點

◎15.寶玉一口血因色，鳳姐一口血因財。（張新之）
◎16.不是平兒口誤，卻是暗中有鬼。（王希廉）
◎17.是以己心度人心。（姚燮）

去了？」平兒說：「聽見老爺生氣，他不敢走開。我聽見事情不好，我吩咐這些人不許吵嚷，不知太太們知道了麼。但聽見說老爺叫賴大拿這些女孩子去了。且叫個人前頭打聽打聽。奶奶現在病著，依我竟先別管他們的閑事。」正說著，只見賈璉進來。鳳姐欲待問他，見賈璉一臉的怒氣，暫且裝作不知。賈璉飯沒吃完，旺兒來說：「外頭請爺呢，賴大回來了。」賈璉道：「芹兒來了沒有？」旺兒道：「也來了。」賈璉便道：「你去告訴賴大，說老爺上班兒去了。把這些個女孩子暫且收在園裏，明日等老爺回來送進宮去。只叫芹兒在內書房等著我。」旺兒去了。

賈芹走進書房，只見那些下人指指點點，不知說什麼，看起這個樣兒來，不像宮裏要人。想著問人，又問不出來。正在心裏疑惑，只見賈璉走出來。賈芹便請了安，垂手侍立，說道：「不知道娘娘宮裏即刻傳那些孩子們作什麼，叫侄兒好趕。幸喜侄兒今兒送月錢去還沒有走，便同著賴大來了。二叔想來是知道的。」賈璉道：「我知道什麼！你才是明白的呢。」賈芹摸不著頭腦兒，也不敢再問。賈璉道：「你幹得好事，把老爺都氣壞了。」賈芹道：「侄兒沒有幹什麼。庵裏月錢是月月給的，孩子們經懺是不忘記的。」賈璉見他不知，又是平素常在一處頑笑的，便嘆口氣道：「打嘴的東西，你各自去瞧瞧罷！」便從靴掖兒裏頭拿出那個揭帖來，扔與他瞧。賈芹拾來一看，嚇得面如土色，說道：「這是誰幹的！我並沒得罪人，爲什麼這麼坑我！我一月送錢去，只走一趟，並沒有這些事。若是老爺回來打著問我，侄兒便該死了。我母親知道，更要打死。」說著，見沒人在旁邊，便跪下去說道：「好叔叔，救我一救兒罷！」說著，只管磕頭，滿眼淚流。賈璉想道：「老爺最惱這些，要是問準了有這些事，這場氣也不小。鬧出去也不好聽，又長那個貼帖兒的人的志氣了。將來咱們的事多著呢。倒不如趁著老爺上班兒，和賴大商量著，若混過去，就可以沒事了。現在沒有對證。」想定主意，便說：「你別瞞我，你幹的鬼鬼祟祟的事，你打諒我都不知道呢。若要完事，就是老爺打著問你，你一口咬定沒有才好。沒臉的，起去罷！」叫人去喚賴大。

不多時，賴大來了。賈璉便與他商量。賴大說：「這芹大爺本來鬧的不像了。奴才今兒到庵裏的時候，他們正在那裏喝酒呢。帖兒上的話是一定有的。」賈璉道：「芹兒你聽，賴大還賴你不成。」賈芹此時紅漲了臉，一句也不敢言語。還是賈璉拉著賴大，央他：「護庇護庇罷，只說是芹哥兒在家裏找來的。你帶了他去，只說沒有見我。明日你求老爺也不用問那些女孩子了，竟是叫了媒人來，領了去一賣完事。果然娘娘再要的時候兒，咱們再買。」賴大想來，鬧也無益，且名聲不好，就應了。賈璉叫賈芹：「跟了賴大爺去罷，聽著他教你。你就跟著他。」說罷，賈芹又磕了一個頭，跟著賴大出去。到了沒人的地方兒，又給賴大磕頭。賴大說：「我的小爺，你太鬧的不像了。不知得罪了誰，鬧出這個亂兒。你想想誰和你不對罷。」賈芹想了一想，忽然想起一個人來。未知是誰，下回分解。

第九十四回　宴海棠賈母賞花妖　失寶玉通靈知奇禍

話說賴大帶了賈芹出來，一宿無話，靜候賈政回來。單是那些女尼女道重進園來，都喜歡的了不得，欲要到各處逛逛，明日預備進宮。不料賴大便吩咐了看園的婆子並小廝看守，惟給了些飲食，卻是一步不准走開。那些女孩子摸不著頭腦，只得坐著等到天亮。園裏各處的丫頭雖都知道拉進女尼們來預備宮裏使喚，卻也不能深知原委。

到了明日早起，賈政正要下班，因堂上發下兩省城工估銷冊子※1立刻要查核，一時不能回家，便叫人回來告訴賈璉說：「賴大回來，你務必查問明白。該如何辦就如何辦了，不必等我。」賈璉奉命，先替芹兒喜歡，又想道：若是辦得一點影兒都沒有，又恐賈政生疑，「不如回明二太太討個主意辦去，便是不合老爺的心，我也不至甚擔干係。」主意定了，

✣《增評補圖石頭記》第九十四回繪畫。（fotoe提供）

進內去見王夫人，陳說：「昨日老爺見了揭帖生氣，把芹兒和女尼、女道等都叫進府來查辦。今日老爺沒空問這種不成體統的事，叫我來回太太，該怎麼便怎麼樣。我所以來請示太太，這件事如何辦理？」王夫人聽了，詫異道：「這是怎麼說！若是芹兒這麼樣起來，這還成咱們家的人了麼！但只這個貼帖兒的也可惡，這些話可是混嚼說得的麼。你到底問了芹兒有這件事沒有呢？」賈璉道：「剛才也問過了。◎1太太想，別說他幹了沒有，就是幹了，一個人幹了混賬事也肯應承麼？但只我想芹兒也不敢行此事，知道那些女孩子都是娘娘一時要叫的，倘或鬧出事來，怎麼樣呢？依侄兒的主見，要問也不難，若問出來，太太怎麼個辦法呢？」王夫人道：「如今那些女孩子在那裏？」賈璉道：「都在園裏鎖著呢。」王夫人道：「姑娘們知道不知道？」賈璉道：「大約姑娘們也都知道是預備宮裏頭的話，外頭並沒提起別的來。」王夫人道：「很是。這些東西一刻也是留不得的。頭裏我原要打發他們去來著，都是你們說留著好，如今不是弄出事來了麼。你竟叫賴大那些人帶去，細細的問他的本家有人沒有，將文書查出，花上幾十兩銀子，僱隻船，派個妥當人送到本地，一概連文書發還了，也落得無事。若是爲著一兩個不好，個個都押著他們還俗，那又太造孽了。若在這裏發給官媒，雖然我們不要身價，他們弄去賣錢，那裏顧人的死活呢。芹兒呢，你便狠狠的說他一頓。除了祭祀喜慶，無事叫他不用到這裏來，看仔細碰在老爺氣頭兒上，

註

※1：預計工程花費的冊子。

評點

◎1.囫圇得妙。（姚燮）

那可就吃不了兜著走了。並說與賬房兒裏，把這一項錢糧檔子銷了。還打發個人到水月庵，說老爺的諭：除了上墳燒紙，若有本家爺們到他那裏去，不許接待。若再有一點不好風聲，連老姑子一併攆出去。」◎2

賈璉一一答應了，出去將王夫人的話告訴賴大，說：「是太太主意，叫你這麼辦去。辦完了，告訴我去回太太。你快辦去罷。回來老爺來，你也按著太太的話回去。」賴大聽說，便道：「我們太太眞正是個佛心。這班東西著人送回去。既是太太好心，不得不挑個好人。芹哥兒竟交給二爺開發了罷。那個貼帖兒的，奴才想法兒查出來，重重的收拾他才好。」賈璉點頭說：「是了。」即刻將賈芹發落。賴大也趕著把女尼等領出，按著主意辦去了。晚上賈政回家，賈璉賴大回明賈政。賈政本是省事的人，聽了也便擱開手了。獨有那些無賴之徒，聽得賈府發出二十四個女孩子出來，那個不想。究竟那些人能夠回家不能，未知著落，亦難虛擬。

* * *

且說紫鵑因黛玉漸好，園中無事，聽見女尼等預備宮內使喚，不知何事，便到賈母那邊打聽打聽，恰遇著鴛鴦下來，閑著坐下說閑話兒，提起女尼的事。鴛鴦詫異道：「我並沒有聽見，回來問問二奶奶就知道了。」正說著，只見傅試家兩個女人過來請賈母的安，鴛鴦要陪了上去。那兩個女人因賈母正睡晌覺，就與鴛鴦說了一聲兒回去了。紫鵑問：「這是誰家差來的？」鴛鴦道：「好討人嫌。家裏有了一個女孩兒生得好些，便獻寶的似的，常常在老太太面前誇他家姑娘長得怎麼好，心地怎麼好，禮貌上又能，說話兒又簡絕，作活計兒手兒又巧，會寫會算，尊長上頭最孝敬的，就是待下人也是極和平的。來了就編這麼一大套，常常說給老太太聽。我聽著很煩。這幾個老婆子眞討人嫌。我們老太太偏愛聽那些個話。老太太也罷了，還有寶玉，素常見了老婆子便很厭煩的，偏見了他們家的老婆子便不厭煩。你說奇不奇！前兒還來說，他們姑娘現有多少人家兒來求親，他們老爺總不肯應，心裏只要和咱們這種人家作親才肯。一回誇獎，一回奉承，把老太太的心都說活了。」紫鵑聽了一呆，◎3便假意道：「若老太太喜歡，爲什麼不就給寶玉定了呢？」鴛鴦正要說出原故，聽見上頭說：「老太太醒了。」鴛鴦趕著上去。

紫鵑只得起身出來，回到園裏。一頭走，一頭想道：「天下莫非只有一個寶玉，◎4你也想他，我也想他。我們家的那一位越發痴心起來了。看他的那個神情兒，是一定在寶玉身上的了。三番五次的病，可不是爲著這個是什麼！這家裏金的銀的還鬧不清，若添了一個什麼傅姑娘，更了不得了。我看寶玉的心也在我們那一位的身上，聽著鴛鴦的說話竟是見一個愛一個的。這不是我們姑娘白操了心了嗎？」紫鵑本是想著黛玉，往下一想，連自己也不得主意了，不免掉下淚來。要想叫黛玉不用瞎操心呢，又恐怕他煩惱；若是看著他這樣，又可憐見兒的。左思右想，一時煩躁起來，自己啐自己道：「你替人耽什麼憂！就是林姑娘眞配了寶玉，他的那性情兒也是難伏侍的。

評點

◎2.賈芹之胡行已經發覺，賈赦等之造孽亦當敗露，以小事引起大事。（王希廉）

◎3.一把酸辛淚，無非紫鵑一呆。（張新之）

◎4.人同此心，心同此理，理原只一個。（張新之）

寶玉性情雖好，又是貪多嚼不爛的。◎5我倒勸人不必瞎操心，我自己才是瞎操心呢！從今以後，我盡我的心伏侍姑娘，其餘的事全不管！」這麼一想，心裏倒覺清淨。◎6回到瀟湘館來，見黛玉獨自一人坐在炕上，理從前作過的詩文詞稿。◎7抬頭見紫鵑來，便問：「你到那裏去了？」紫鵑道：「我今兒瞧了瞧姐妹們去。」黛玉道：「敢是找襲人姐姐去麼？」紫鵑道：「我找他作什麼。」黛玉一想，這話怎麼順嘴說了出來，反覺不好意思，便啐道：「你找誰與我什麼相干！倒茶去罷。」

紫鵑也心裏暗笑，出來倒茶。只聽見園裏的一疊聲亂嚷，不知何故，一面倒茶，一面叫人去打聽。回來說道：「怡紅院裏的海棠本來萎了幾棵，也沒人去澆灌他。昨日寶玉走去，瞧見枝頭上好像有了骨朵兒似的。人都不信，沒有理他。忽然今日開得很好的海棠花，衆人詫異，都爭著去看。連老太太、太太都哄動了來瞧花兒呢。所以大奶奶叫人收拾園裏敗葉枯枝，這些人在那裏傳喚。」黛玉也聽見了，知道老太太來，便更了衣，叫雪雁去打聽，「若是老太太來了，即來告訴我。」雪雁去不多時，便跑來說：「老太太、太太好些人都來了，請姑娘就去罷。」黛玉略自照了一照鏡子，掠了一掠鬢髮，便扶著紫鵑到怡紅院來。

已見老太太坐在寶玉常臥的榻上，黛玉便說道：「請老太太安。」退後，便見了邢、王二夫人，回來與李紈、探春、惜春、邢岫煙彼此問了好。只有鳳姐因病未

✣ 怡紅院內的西府海棠原為珍貴品種，但在異常的節氣開花，賈府多人已感覺不祥。（趙塑攝於北京大觀園）

✣ 海棠，薔薇科植物。別名：梨花海棠、斷腸花、思鄉草。落葉小喬木。樹皮灰褐色，光滑。（徐暉春提供）

來；史湘雲因他叔叔調任回京，接了家去；薛寶琴跟他姐姐家去住了；李家姐妹因見園內多事，李嬸娘帶了在外居住；所以黛玉今日見的只有數人。◎8大家說笑了一回，講究這花開得古怪。賈母道：「這花兒應在三月裏開的，如今雖是十一月，因節氣遲，還算十月，應著小陽春※2的天氣，這花開因爲和暖是有的。」王夫人道：「老太太見的多，說得是。也不爲奇。」邢夫人道：「我聽見這花已經萎了一年，怎麼這回不應時候兒開了，必有個原故。」李紈笑道：「老太太與太太說得都是。據我的糊塗想頭，必是寶玉有喜事來了，此花先來報信。」探春雖不言語，心內想：「此花必非好兆。大凡順者昌，逆者亡。草木知運，不時而發，必是妖孽。」只不好說出來。◎9獨有黛玉聽說是喜事，心裏觸動，◎10便高興說道：「當初田家有荊樹一棵，三個弟兄因分了家，那荊樹便枯了。後來感動了他弟兄們仍舊歸在一處，那荊樹也就榮了。可知草木也隨人的。如今二哥哥認真念書，舅舅喜歡，那棵樹也就發了。」賈母王夫人聽了喜歡，便說：「林姑娘比方得有理，很有意思。」◎11

註

※2：指陰曆十月，天氣暖和如春。

評點

◎5.見一個愛一個，貪多嚼不爛，是「意淫」二字注腳。（王希廉）
◎6.由煩躁得清淨，此紫鵑結局。（張新之）
◎7.已爲後文焚稿埋根。（姚燮）
◎8.園花日就衰矣。（姚燮）
◎9.探春聰明不及黛玉，溫文不及寶釵，豪爽不及湘雲，獨能化三美之長，而自成其美。建社吟詩，何其風雅！釣魚占相，何其雍容！賞花知妖，何其穎悟！停棋判事，何其精明！寶玉溫柔如女子態，探春英斷有丈夫風。（青山山農）
◎10.此非寫黛玉傻，乃斷定寶、黛心爲一心。（張新之）
◎11.黛玉近時，亦貌爲世故應酬之言，蓋知取悅於賈母、王夫人，非此種說話不可，是以聊復爾爾。（陳其泰）

✣「宴海棠賈母賞花妖」，描繪《紅樓夢》第九十四回中的場景。賈母是個享樂主義者，不放過任何一個可以享樂的理由。清代孫溫繪《全本紅樓夢》圖冊第十九冊之九。（清・孫溫繪）

正說著，賈赦、賈政、賈環、賈蘭都進來看花。賈赦便說：「據我的主意，把他砍去，必是花妖作怪。」賈政道：「見怪不怪，其怪自敗。不用砍他，隨他去就是了。」賈母聽見，便說：「誰在這裏混說！人家有喜事好處，什麼怪不怪的。若有好事，你們享去；若是不好，我一個人當去。你們不許混說！」賈政聽了，不敢言語，訕訕的同賈赦等走了出來。

那賈母高興，叫人傳話到廚房裏，快快預備酒席，大家賞花。叫：「寶玉、環兒、蘭兒各人作一首詩誌喜。林姑娘的病才好，不要他費心；若高興，給你們改改。」對著李紈道：「你們都陪我喝酒。」李紈答應了「是」，便笑對探春笑道：「都是你鬧的。」探春道：「饒不叫我們作詩，怎麼我們鬧的。」李紈道：「海棠社不是你起的麼，如今那棵海棠也要來入社了。」大家聽著都笑了。一時擺上酒菜，一面喝著。彼此都要討老太太的歡喜，大家說些興頭話。寶玉上來，斟了酒，便立成了四句詩，寫出來念與賈母聽道：

海棠何事忽摧隤？今日繁花爲底開？
應是北堂增壽考，一陽旋復占先梅。

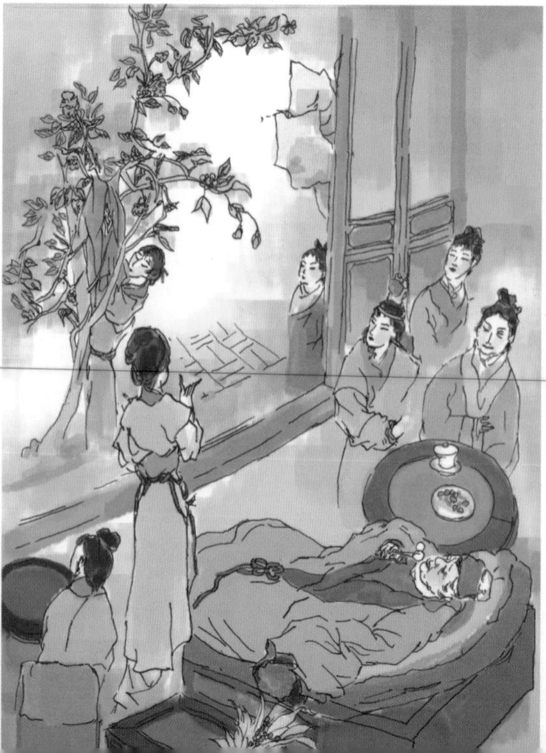

✣ 怡紅院裏的海棠過了季節開花，賈母等大喜，賈政等以為是花妖作怪，鳳姐派了平兒送紅布包花。（張羽琳繪）

賈環也寫了來念道：

草木逢春當茁芽，海棠未發候偏差。
人間奇事知多少，冬月開花獨我家。

賈蘭恭楷謄正，呈與賈母，賈母命李紈念道：

煙凝媚色春前萎，霜浥微紅雪後開。
莫道此花知識淺，欣榮預佐合歡杯。

賈母聽畢，便說：「我不大懂詩，聽去倒是蘭兒的好，環兒作得不好。都上來吃飯罷。」寶玉看見賈母喜歡，更是興頭。因想起：「晴雯死的那年海棠死的，今日海棠復榮，我們院內這些人自然都好。但是晴雯不能像花的死而復生了。」頓覺轉喜爲悲。忽又想起前日巧姐提鳳姐要把五兒補入，或此花爲他而開，也未可知，卻又轉悲爲喜，依舊說笑。◎12

賈母還坐了半天，然後扶了珍珠回去了。王夫人等跟著過來。只見平兒笑嘻嘻的迎上來說：「我們奶奶知道老太太在這裏賞花，自己不得來，叫奴才來伏侍老太太、太太們，還有兩匹紅送給寶二爺包裹這花，當作賀禮。」◎13襲人過來接了，呈與賈母看。賈母笑道：「偏是鳳丫頭行出點事兒來，叫人看著又體面，又新鮮，很有趣兒。」襲人笑著向平兒道：「回去替寶二爺給二奶奶道謝。要有喜大家喜。」◎14賈母聽了笑道：「噯喲，我還忘了呢，鳳丫頭雖病著，還是他想得到，送得也巧。」一面

評點

◎12.海棠也紛紛心事，各有見解，而寶玉之情獨深。（東觀閣主人）

◎13.賈赦……賈政……探春……鳳姐各人身分及心事說話雖有不同，而以爲不祥無異。惟賈母、王夫人、黛玉等以爲寶玉喜事，所謂溺愛者不明也。（王希廉）

◎14.誰知禍事即生頃刻之間。（姚燮）

說著，衆人就隨著去了。平兒私與襲人道：「奶奶說，這花開得奇怪，叫你鉸塊紅綢子掛掛，便應在喜事上去了。以後也不必只管當作奇事混說。」襲人點頭答應，送了平兒出去。不提。◎15

* * *

且說那日寶玉本來穿著一裹圓的皮襖在家歇息，因見花開，只管出來看一回，賞一回，嘆一回，愛一回的，心中無數悲喜離合，都弄到這株花上去了。忽然聽說賈母要來，便去換了一件狐腋箭袖，罩一件元狐腿外褂，出來迎接賈母。匆匆穿換，未將通靈寶玉掛上。及至後來賈母去了，仍舊換衣。襲人見寶玉脖子上沒有掛著，便問：「那塊玉呢？」寶玉道：「才剛忙亂換衣，摘下來放在炕桌上，我沒有帶。」襲人回看桌上並沒有玉，便向各處找尋，蹤影全無，嚇得襲人滿身冷汗。寶玉道：「不用著急，少不得在屋裏的。問他們就知道了。」襲人當作麝月等藏起嚇他頑，便向麝月等笑著說道：「小蹄子們，頑呢到底有個頑法。把這件東西藏在那裏了？別眞弄丢了，那可就大家活不成了。」麝月等都正色道：「這是那裏的話！頑是頑笑是笑，這個事非同兒戲，你可別混說。你自己昏了心了，想想罷，想想擱在那裏了。這會子又混賴人了。」襲人見他這般光景，不像是頑話，便著急道：「皇天菩薩小祖宗，到底你擺在那裏去了？」寶玉道：「我記得明明放在炕桌上的，你們到底找啊。」襲人、麝月、秋紋等也不敢叫人知道，大家偷偷兒的各處搜尋。鬧了大半天，毫無影響，甚至

✣ 「失寶玉通靈知奇禍」，描繪《紅樓夢》第九十四回中的場景。通靈玉就如寶玉的魂，玉丟了，神也就散了。清代孫溫繪《全本紅樓夢》圖冊第十九冊之十。（清・孫溫繪）

翻箱倒籠，實在沒處去找，便疑到方才這些人進來，不知誰撿了去了。襲人說道：「進來的誰不知道這玉是性命似的東西呢，誰敢撿了去呢。你們好歹先別聲張，快到各處問去。若有姐妹們撿著嚇我們頑呢，你們給他磕頭要了回來；若是小丫頭偷了去，問出來也不回上頭，不論把什麼送給他換了出來都使得的。這可不是小事，眞要丟了這個，比丟了寶二爺的還利害呢。」麝月秋紋剛要往外走，襲人又趕出來囑咐道：「頭裏在這裏吃飯的倒先別問去，找不成再惹出些風波來，更不好了。」麝月等依言分頭各處追問，人人不曉，個個驚疑。麝月等回來，俱目瞪口呆，面面相窺。寶玉也嚇怔了。襲人急的只是乾哭。找

評點

◎15.花妖兆怪、通靈走失後，從此元妃薨逝，寶玉瘋顛，寧府抄沒，賈母、鳳姐相繼病亡，甚至引盜入室，串賣巧姐，種種凶事接踵而至。此回是賈府盛極而衰一大轉關處。（王希廉）

是沒處找，回又不敢回，怡紅院裏的人嚇得個個像木雕泥塑一般。

大家正在發呆，只見各處知道的都來了。探春叫把園門關上，先命個老婆子帶著兩個丫頭，再往各處去尋去；一面又叫告訴眾人：若誰找出來，重重的賞銀。大家頭宗要脫干係，二宗聽見重賞，不顧命的混找了一遍，甚至於茅廁裏都找到。誰知那塊玉竟像繡花針兒一般，找了一天，總無影響。李紈急了，說：「這件事不是頑的，我要說句無禮的話了。」眾人道：「什麼呢？」李紈道：「事情到了這裏，也顧不得了。現在園裏除了寶玉，都是女人，要求各位姐姐、妹妹、姑娘都要叫跟來的丫頭脫了衣服，大家搜一搜。◎[16]若沒有，再叫丫頭們去搜那些老婆子並粗使的丫頭。」大家說道：「這話也說的有理。現在人多手亂，魚龍混雜，倒是這麼一來，你們也洗洗清。」探春獨不言語。◎[17]那些丫頭們也都願意洗淨自己。先是平兒起，平兒說道：「打我先搜起。」於是各人自己解懷，李紈一氣兒混搜。探春嗔著李紈道：「大嫂子，你也學那起不成材料的樣子來了。那個人既偷了去，還肯藏在身上？況且這件東西在家裏是寶，到了外頭，不知道的是廢物，偷他作什麼？我想來必是有人使促狹。」眾人聽說，又見環兒不在這裏，昨兒是他滿屋裏亂跑，都疑到他

✣ 寶玉隨身帶的通靈玉丟失，小丫頭們被搜身檢查。（張羽琳繪）

身上，只是不肯說出來。探春又道：「使促狹的只有環兒。你們叫個人去悄悄的叫了他來，背地裏哄著他，叫他拿出來，然後嚇著他，叫他不要聲張。這就完了。」大家點頭稱是。

李紈便向平兒道：「這件事還是得你去才弄得明白。」平兒答應，就趕著去了。不多時同了環兒來了。衆人假意裝出沒事的樣子，叫人沏了碗茶擱在裏間屋裏，衆人故意搭訕走開。原叫平兒哄他，平兒便笑著向環兒道：「你二哥哥的玉丟了，你瞧見了沒有？」賈環便急的紫漲了臉，瞪著眼說道：「人家丟了東西，你怎麼又叫我來查問，疑我。我是犯過案的賊麼！」平兒見這樣子，倒不敢再問，便又陪笑道：「不是這麼說，怕三爺要拿了去嚇他們，所以白問問瞧見了沒有，好叫他們找。」賈環道：「他的玉在他身上，看見不看見該問他，怎麼問我。捧著他的人多著咧！得了什麼不來問我，丟了東西就來問我！」說著，起身就走。衆人不好攔他。這裏寶玉倒急了，說道：「都是這勞什子鬧事，我也不要他了。你們也不用鬧了。環兒一去，必是嚷得滿院裏都知道了，這可不是鬧事了麼。」襲人等急的又哭道：「小祖宗，你看這玉丟了沒要緊，若是上頭知道了，我們這些人就要粉身碎骨了！」說著便嚎啕大哭起來。

衆人更加傷感，明知此事掩飾不來，只得要商議定了話，回來好回賈母諸人。寶玉道：「你們竟也不用商議，硬說我砸了就完了。」平兒道：「我的爺，好輕巧話兒！上頭要問爲什麼砸的呢，他們也是個死啊。倘或要起砸破的碴兒來，那又怎麼樣

評點

◎16.都是前番搜檢引出來的禍。（姚燮）
◎17.此是搜檢第二次矣。（黃小田）

呢？」寶玉道：「不然便說我前日出門丟了。」衆人一想，這句話倒還混得過去，但是這兩天又沒上學，又沒往別處去。寶玉道：「怎麼沒有，大前兒還到南安王府裏聽戲去了呢，便說那日丟的。」探春道：「那也不妥。既是前兒丟的，爲什麼當日不來回。」衆人正在胡思亂想，要裝點撒謊，只聽得趙姨娘的聲兒哭著喊著走來說：「你們丟了東西自己不找，怎麼叫人背地裏拷問環兒。我把環兒帶了來，索性交給你們這一起洑上水的，該殺該剮，隨你們罷。」說著，將環兒一推說：「你是個賊，快快的招罷！」氣的環兒也哭喊起來。

李紈正要勸解，丫頭來說：「太太來了。」襲人等此時無地可容，寶玉等趕忙出來迎接。趙姨娘暫且也不敢作聲，跟了出來。王夫人見衆人都有驚惶之色，才信方才聽見的話，便道：「那塊玉眞丟了麼？」衆人都不敢作聲。王夫人走進屋裏坐下，便叫襲人。慌得襲人連忙跪下，含淚要稟。王夫人道：「你起來，快快叫人細細找去，一忙亂倒不好了。」襲人哽咽難言。寶玉生恐襲人眞告訴出來，便說道：「太太，這事不與襲人相干。是我前日到南安王府那裏聽戲，在路上丟了。」王夫人道：「爲什麼那日不找？」寶玉道：「我怕他們知道，沒有告訴他們。我叫茗煙等在外頭各處找過的。」王夫人道：「胡說！如今脫換衣服不是襲人他們伏侍的麼？大凡哥兒出門回來，手巾荷包短了，還要個明白，何況這塊玉不見了，便不問的麼！」寶玉無言可答。趙姨娘聽見，便得意了，忙接過口道：「外頭丟了東西，也賴環兒！」話未說完，被王夫人喝道：「這裏說這個，你且說那些沒要緊的話！」趙姨娘便不敢言語了。還是李紈探春從實的告訴了王夫人一遍，王夫人也急的淚如雨下，索性要回明賈母，去問邢夫人那邊跟來的這些人去。

鳳姐病中也聽見寶玉失玉，知道王夫人過來，料躲不住，便扶了豐兒來到園裏。正值王夫人起身要走，鳳姐姣怯怯的說：「請太太安。」寶玉等過來問了鳳姐好。王夫人因說道：「你也聽見了麼，這可不是奇事嗎？剛才眼錯不見就丟了，再找不著。你去想想，打從老太太那邊丫頭起至你們平兒，誰的手不穩，誰的心促狹。我要回了老太太，認眞的查出來才好。不然是斷了寶玉的命根子了。」鳳姐回道：「咱們家人多手雜，自古說的，『知人知面不知心』，那裏保得住誰是好的。但是一吵嚷已經都知道了，偷玉的人若叫太太查出來，明知是死無葬身之地，◎18他著了急，反要毀壞了滅口，那時可怎麼處呢。據我的糊塗想頭，只說寶玉本不愛他，撂丟了，也沒有什麼要緊。只要大家嚴密些，別叫老太太老爺知道。這麼說了，暗暗的派人去各處察訪，哄騙出來，那時玉也可得，罪名也好定。不知太太心裏怎麼樣？」王夫人遲了半日，才說道：「你這話雖也有理，但只是老爺跟前怎麼瞞的過呢。」便叫環兒過來道：「你二哥哥的玉丟了，白問了你一句，怎麼你就亂嚷。若是嚷破了，人家把那個毀壞了，我看你活得活不得！」賈環嚇得哭道：「我再不敢嚷了。」趙姨娘聽了，那裏還敢言語。王夫人便吩咐衆人道：「想來自然有沒找到的地方兒，好端端的在家裏的，

評點

◎18.比「丟了寶二爺」更厲害之注腳。（張新之）

還怕他飛到那裏去不成。只是不許聲張。限襲人三天內給我找出來，要是三天找不著，只怕也瞞不住，大家那就不用過安靜日子了。」說著，便叫鳳姐兒跟到邢夫人那邊商議踩緝※3。不提。

這裏李紈等紛紛議論，便傳喚看園子的一干人來，叫把園門鎖上，快傳林之孝家的來，悄悄兒的告訴了他，叫他吩咐前後門上，三天之內，不論男女下人從裏頭可以走動，要出時一概不許放出，只說裏頭丟了東西，待這件東西有了著落，然後放人出來。林之孝家的答應了「是」，因說：「前兒奴才家裏也丟了一件不要緊的東西，林之孝必要明白，上街去找了一個測字的，那人叫作什麼劉鐵嘴，測了一個字，說的很明白，回來依舊一找便找著了。」襲人聽見，便央及林家的道：「好林奶奶，出去快求林大爺替我們問問去。」那林之孝家的答應著出去了。邢岫煙道：「若說那外頭測字打卦的，是不中用的。我在南邊聞妙玉能扶乩，何不煩他問一問。況且我聽見說這塊玉原有仙機，想來問得出來。」衆人都詫異道：「咱們常見的，從沒有聽他說起。」麝月便忙問岫煙道：「想來別人求他是不肯的，好姑娘，我給姑娘磕個頭，求姑娘就去，若問出來了，我一輩子總不忘你的恩。」說著，趕忙就要磕下頭去，岫煙連忙攔住。黛玉等也都慫恿著岫煙速往櫳翠庵去。一面林之孝家的進來說道：「姑娘們大喜。林之孝測了字回來說，這玉是丟不了的，將來橫豎有人送還來的。」衆人聽了，也都半信半疑，惟有襲人、麝月喜歡的了不得。探春便問：「測的是什麼字？」

林之孝家的道：「他的話多，奴才也學不上來，記得是拈了個賞人東西的『賞』字。那劉鐵嘴也不問，便說：『丟了東西不是？』」李紈道：「這就算好。」林之孝家的道：「他還說，『賞』字上頭一個『小』字，底下一個『口』字，這件東西很可嘴裏放得，必是個珠子寶石。」眾人聽了，誇贊道：「眞是神仙。往下怎麼說？」林之孝家的道：「他說底下『貝』字，拆開不成一個『見』字，可不是『不見』了？因上頭拆了『當』字，叫快到當舖裏找去。『賞』字加一『人』字，可不是『償』字？只要找著當舖就有人，有了人便贖了來，可不是償還了嗎？」眾人道：「既這麼著，就先往左近找起，橫豎幾個當舖都找遍了，少不得就有了。咱們有了東西，再問人就容易了。」李紈道：「只要東西，那怕不問人都使得。林嫂子，煩你就把測字的話快去告訴二奶奶，回了太太，先叫太太放心。就叫二奶奶快派人查去。」林家的答應了便走。

眾人略安了一點兒神，呆呆的等岫煙回來。正呆等，只見跟寶玉的茗煙在門外招手兒，叫小丫頭子快出來。那小丫頭趕忙的出去了。茗煙便說道：「你快進去告訴我們二爺和裏頭太太奶奶姑娘們天大喜事。」那小丫頭子道：「你快說罷，怎麼這麼累贅。」茗煙笑著拍手道：「我告訴姑娘，姑娘進去回了，咱們兩個人都得賞錢呢。你打諒什麼，寶二爺的那塊玉呀，我得了準信來了。」未知如何，下回分解。

註

※3：追捕。

第九十五回

因訛成實元妃薨逝　以假混真寶玉瘋顛

話說茗煙在門口和小丫頭子說寶玉的玉有了，那小丫頭急忙回來告訴寶玉。衆人聽了，都推著寶玉出去問他，衆人在廊下聽著。寶玉也覺放心，便走到門口問道：「你那裏得了？快拿來。」茗煙道：「拿是拿不來的，還得托人作保去呢。」寶玉道：「你快說是怎麼得的，我好叫人取去。」茗煙道：「我在外頭知道林爺爺去測字，我就跟了去。我聽見說在當舖裏找，我沒等他說完，便跑到幾個當舖裏去。我比給他們瞧，有一家便說有。我說給我罷，那舖子裏要票子。我說當多少錢，他說三百錢的也有，五百錢的也有。前兒有一個人拿這麼一塊玉當了三百錢去，今兒又有人也拿了一塊玉當了五百錢去。」寶玉不等說完，便道：「你快拿三百五百錢去取了來，我們挑著看是不是。」裏頭襲人便啐道：「二爺不用理他。我

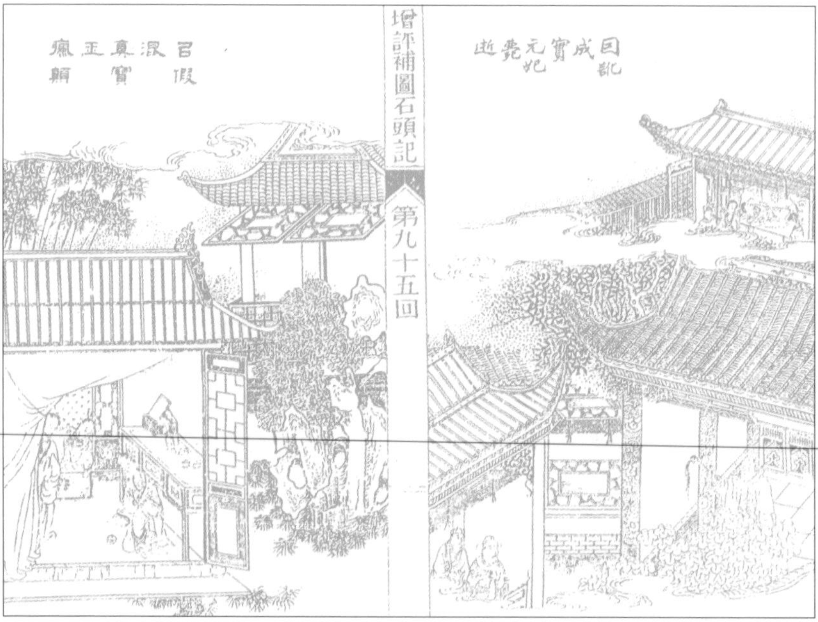

✣《增評補圖石頭記》第九十五回繪畫。（fotoe提供）

✣ 櫳翠庵内景，為妙玉每日看到的風景。（趙塑攝於北京大觀園）

小時候兒聽見我哥哥常說，有些人賣那些小玉兒，沒錢用便去當。想來是家家當舖裏有的。」衆人正在聽得詫異，被襲人一說，想了一想，倒大家笑起來，說：「快叫二爺進來罷，不用理那糊塗東西了。他說的那些玉，想來不是正經東西。」

寶玉正笑著，只見岫煙來了。原來岫煙走到櫳翠庵見了妙玉，不及閑話，便求妙玉扶乩。妙玉冷笑幾聲，說道：「我與姑娘來往，爲的是姑娘不是勢利場中的人。今日怎麼聽了那裏的謠言，過來纏我。況且我並不曉得什麼叫扶乩。」說著，將要不理。岫煙懊悔此來，知他脾氣是這麼著的，「一時我已說出，不好白回去，又不好與他質證他會扶乩的話。」只得陪著笑將襲人等性命關係的話說了一遍，見妙玉略有活動，便起身拜了幾拜。妙玉嘆道：「何必爲人作嫁。但是我進京以來，素無人知，今日你來破例，恐將來纏繞不休。」岫煙道：「我也一時不忍，知你必是慈悲的。便是將來他人求你，願不願在你，誰敢相強。」妙玉笑了一笑，叫道婆焚香，在箱子裏找出沙盤乩架，書了符，命岫煙行禮，祝告畢，起來同妙玉扶著乩。不多時，只見那仙乩疾書道：

噫！來無跡，去無蹤，青埂峰下倚古松。欲追尋，山萬重，入我門來一笑逢。

書畢，停了乩。岫煙便問請是何仙，妙玉道：「請的是拐仙※1。」◎1岫煙錄了出來，請教妙玉解識。妙玉道：「這個可不能，連我也不懂。你快拿去，他們的聰明人多著哩。」岫煙只得回來。進入院中，各人都問怎樣了。岫煙不及細說，便將所錄乩語遞與李紈。眾姐妹及寶玉爭看，都解的是：「一時要找是找不著的，然而丟是丟不了的，不知幾時不找便出來了。但是青埂峰不知在那裏？」李紈道：「這是仙機隱語。咱們家裏那裏跑出青埂峰來，必是誰怕查出，擱在有松樹的山子石底下，也未可定。獨是『入我門來』這句，到底是入誰的門呢？」黛玉道：「不知請的是誰！」岫煙道：「拐仙。」探春道：「若是仙家的門，便難入了。」

襲人心裏著忙，便捕風捉影的混找，沒一塊石底下不找到，只是沒有。回到院中，寶玉也不問有無，只管傻笑。麝月著急道：「小祖宗！你到底是那裏丟的，說明了，我們就是受罪也在明處啊。」寶玉笑道：「我說外頭丟的，你們又不依。你如今問我，我知道麼！」李紈探春道：「今兒從早起鬧起，已到三更來的天了。你瞧林妹妹已經掌不住，各自去了。我們也該歇歇兒了，◎2明兒再鬧罷。」說著，大家散去。寶玉即便睡下。可憐襲人等哭一回，想一回，一夜無眠。暫且不提。

且說黛玉先自回去，想起金石的舊話來，反自喜歡，◎3心裏說道：「和尚道士的話眞個信不得。果眞金玉有緣，寶玉如何能把這玉丟了呢。或者因我之事，拆散他們的金玉，也未可知。」想了半天，更覺安心，把這一天的勞乏竟不理會，重新倒看起書來。紫鵑倒覺身倦，連催黛玉睡下。黛玉雖躺下，又想到海棠花上，說「這塊玉原是胎裏帶來的，非比尋常之物，來去自有關係。若是這花主好事呢，不該失了這玉呀？看來此花開的不祥，莫非他有不吉之事？」不覺又傷起心來。又轉想到喜事上頭，此花又似應開，此玉又似應失，如此一悲一喜，直想到五更，方睡著。

次日，王夫人等早派人到當舖裏去查問，鳳姐暗中設法找尋。一連鬧了幾天，總無下落。還喜賈母賈政未知。襲人等每日提心吊膽，寶玉也好幾天不上學，只是怔怔的，不言不語，沒心沒緒的。王夫人只知他因失玉而起，也不大著意。那日正在納悶，忽見賈璉進來請安，嘻嘻的笑道：「今日聽得軍機賈雨村打發人來告訴二老爺說，舅太爺陞了內閣大學士，奉旨來京，已定明年正月二十日宣麻※2。有三百里的文書※3去了，想舅太爺晝夜趲行，半個多月就要到了。侄兒特來回太太知道。」王夫人聽說，便歡喜非常。正想娘家人少，薛姨媽家又衰敗了，兄弟又在外任，照應不著。今日忽聽兄弟拜相回京，王家榮耀，將來寶玉都有倚靠，便把失玉的心又略放開些了。天天專望兄弟來京。

註

※1：即李鐵拐，傳說中的八仙之一。
※2：唐代任免將相，用黃白麻紙書寫詔書宣告。
※3：日夜行程三百里的急遞公文。

評點

◎1.所謂拐仙，則與跛道人作關照。（姚燮）
◎2.便是「飛鳥各投林」一曲。（張新之）
◎3.設爲失玉，正以破金、玉而合木、石。（張新之）

＊　＊　＊

忽一天，賈政進來，滿臉淚痕，喘吁吁的說道：「你快去稟知老太太，即刻進宮。不用多人的，是你伏侍進去。因娘娘忽得暴病，現在太監在外立等，他說太醫院已經奏明痰厥※4，不能醫治。」王夫人聽說，便大哭起來。賈政道：「這不是哭的時候，快快去請老太太，說得寬緩些，不要嚇壞了老人家。」賈政說著，出來吩咐家人伺候。王夫人收了淚，去請賈母，只說元妃有病，進去請安。賈母念佛道：「怎麼又病了！前番嚇的我了不得，後來又打聽錯了。這回情願再錯了也罷。」王夫人一面回答，一面催鴛鴦等開箱取衣飾穿戴起來。王夫人趕著回到自己房中，也穿戴好了，過來伺候。一時出廳上轎進宮。不提。◎4

且說元春自選了鳳藻宮後，聖眷隆重，身體發福，未免舉動費力。每日起居勞乏，時發痰疾。因前日侍宴回宮，偶沾寒氣，勾起舊病。不料此回甚屬利害，竟至痰氣壅塞，四肢厥冷。一面奏明，即召太醫調治。豈知湯藥不進，連用通關之劑，並不見效。內官憂慮，奏請預辦後事。所以傳旨命賈氏椒房進見。賈母王夫人遵旨進宮，見元妃痰塞口涎，不能言語，見了賈母，只有悲泣之狀，卻少眼淚。賈母進前請安，奏些寬慰的話。少時賈政等職名遞進，宮嬪傳奏，元妃目不能顧，漸漸臉色改變。內宮太監即要奏聞，恐派各妃看視，椒房姻戚未便久羈，請在外宮伺候。賈母王夫人怎忍便離，無奈國家制度，只得下來，又不敢啼哭，惟有心內悲感。朝門內官員有信。

✣ 花椒，別名：川椒、蜀椒。高大灌木或小喬木。香氣濃，味麻辣而持久。性溫，味辛。以花椒和泥塗壁，即為後妃所居之「椒房」。（杜宗軍提供）

不多時，只見太監出來，立傳欽天監。賈母便知不好，尚未敢動。稍刻，小太監傳諭出來說：「賈娘娘薨逝。」是年甲寅年十二月十八日立春，元妃薨日是十二月十九日，已交卯年寅月，存年四十三歲。◎5賈母含悲起身，只得出宮上轎回家。賈政等亦已得信，一路悲戚。到家中，邢夫人、李紈、鳳姐、寶玉等出廳分東西迎著賈母請了安，並賈政、王夫人請安，大家哭泣。不提。

賈母、王夫人立在宮門外，太監出來彙報元妃逝世的消息。（張羽琳繪）

次日早起，凡有品級的，按貴妃喪禮，進內請安哭臨。賈政又是工部，雖按照儀注辦理，未免堂上又要周旋他些，同事又要請教他，所以兩頭更忙，非比從前太后與周妃的喪事了。但元妃並無所出，惟謚曰「賢淑貴妃」。此是王家制度，不必多贅。只講賈府中男女天天進宮，忙的了不得。幸喜鳳姐兒近日身子好

註

※4：中醫術語。指痰氣壅塞，突然昏倒。

評點

◎4.通靈玉失脱以後，種種不祥矣。（東觀閣主人）
◎5.元妃之存年當以三十二歲爲准，原刻作四十一歲，大誤。……虎兔相逢於此應驗，生於立春，薨於立春，終始一春夢耳。（姚燮）

些，還得出來照應家事，又要預備王子騰進京接風賀喜。鳳姐胞兒王仁知道叔叔入了內閣，仍帶家眷來京。鳳姐心裏喜歡，便有些心病，有這些娘家的人，也便撂開，所以身子倒覺比前好了些。王夫人看見鳳姐照舊辦事，又把擔子卸了一半，又眼見兄弟來京，諸事放心，倒覺安靜些。

獨有寶玉原是無職之人，又不念書，代儒學裏知他家裏有事，也不來管他；賈政正忙，自然沒有空兒查他。想來寶玉趁此機會，竟可與姐妹們天天暢樂。不料他自失了玉後，終日懶怠走動，說話也糊塗了。◎6並賈母等出門回來，有人叫他去請安，便去；沒人叫他，他也不動。襲人等懷著鬼胎，又不敢去招惹他，恐他生氣。◎7每天茶飯，端到面前便吃，不來也不要。襲人看這光景不像是有氣，竟像是有病的。襲人偷著空兒到瀟湘館告訴紫鵑，說是

✣被宮女簇擁的元春。（崔君沛繪）

「二爺這麼著，求姑娘給他開導開導。」紫鵑雖即告訴黛玉，只因黛玉想著親事上頭一定是自己了，如今見了他，反覺不好意思：「若是他來呢，原是小時在一處的，也難不理他；若說我去找他，斷斷使不得。」所以黛玉不肯過來。◎8襲人又背地裏去告訴探春。那知探春心裏明明知道海棠開得怪異，「寶玉」失的更奇，接連著元妃姐姐薨逝，諒家道不祥，日日愁悶，那有心腸去勸寶玉。況兄妹們男女有別，只好過來一兩次。寶玉又終是懶懶的，所以也不大常來。

寶釵也知失玉。因薛姨媽那日應了寶玉的親事，回去便告訴了寶釵。薛姨媽還說：「雖是你姨媽說了，我還沒有應准，說等你哥哥回來再定。你願意不願意？」寶釵反正色的對母親道：「媽媽這話說錯了。女孩兒家的事情是父母作主的。如今我父親沒了，媽媽應該作主的，再不然問哥哥。怎麼問起我來？」所以薛姨媽更愛惜他，說他雖是從小嬌養慣的，卻也生來的貞靜，因此在他面前，反不提起寶玉了。寶釵自從聽此一說，把「寶玉」兩字自然更不提起了。如今雖然聽見失了玉，心裏也甚驚疑，倒不好問，只得聽旁人說去，竟像不與自己相干的。◎9只有薛姨媽打發丫頭過來了好幾次問信，因他自己的兒子薛蟠的事焦心，只等哥哥進京便好爲他出脫罪名；又知元妃已薨，雖然賈府忙亂，卻得鳳姐好了，出來理家，也把賈家的事擱開了。只苦了襲人，雖然在寶玉跟前低聲下氣的伏侍勸慰，寶玉竟是不懂，襲人只有暗暗的著急而已。

評點

◎6.薛事已成，比作寶玉糊塗，方易於著筆，否則有許多難安頓處。（陳其泰）
◎7.此「生氣」當與「撕扇子」回生氣合看。（張新之）
◎8.黛玉避嫌，亦是反跌下回。（王希廉）
◎9.此一轉，則語中有刺矣。（張新之）

過了幾日，元妃停靈寢廟※5，賈母等送殯去了幾天。豈知寶玉一日呆似一日，也不發燒，也不疼痛，只是吃不像吃，睡不像睡，甚至說話都無頭緒。◎10那襲人麝月等一發慌了，回過鳳姐幾次。鳳姐不時過來，起先道是找不著玉生氣，如今看他失魂落魄的樣子，只有日日請醫調治。煎藥吃了好幾劑，只有添病的，沒有減病的。及至問他那裏不舒服，寶玉也不說出來。

直至元妃事畢，賈母惦記寶玉，親自到園看視。王夫人也隨過來。襲人等忙叫寶玉接去請安。寶玉雖說是病，每日原起來行動，今日叫他接賈母去，他依然仍是請安，惟是襲人在旁扶著指教。賈母見了，便道：「我的兒，我打諒你怎麼病著，故此過來瞧你。今你依舊的模樣兒，我的心放了好些。」王夫人也自然是寬心的。但寶玉並不回答，只管嘻嘻的笑。賈母等進屋坐下，問他的話，襲人教一句，他說一句，大不似往常，直是一個傻子似的。◎11賈母愈看愈疑，便說：「我才進來看時，不見有什麼病，如今細細一瞧，這病果然不輕，竟是神魂失散的樣子。到底因什麼起的呢？」王夫人知事難瞞，又瞧瞧襲人怪可憐的樣子，只得便依著寶玉先前的話，將那往南安王府裏去聽戲時丟了這塊玉的話，悄悄的告訴了一遍。心裏也彷徨的很，生恐賈母著急，並說：「現在著人在四下裏找尋，求籤問卦，都說在當舖裏找，少不得找著的。」賈母聽了，急的站起來，眼淚直流，說道：「這件玉如何是丟得的！你們忒不懂事了，難道老爺也是撂開手的不成！」王夫人知賈母生氣，叫襲人等跪下，自己

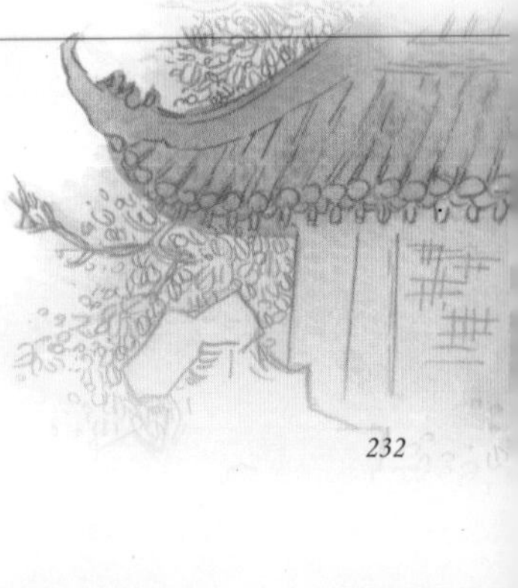

斂容低首回說：「媳婦恐老太太著急老爺生氣，都沒敢回。」賈母咳道：「這是寶玉的命根子。因丟了，所以他是這麼失魂喪魄的。還了得！況是這玉滿城裏都知道，誰撿了去便叫你們找出來麼！叫人快快請老爺，我與他說。」那時嚇得王夫人襲人等俱哀告道：「老太太這一生氣，回來老爺更了不得了。現在寶玉病著，交給我們盡命的找來就是了。」賈母道：「你們怕老爺生氣，有我呢。」便叫麝月傳人去請，不一時傳進話來，說：「老爺謝客去了。」賈母道：「不用他也使得。你們便說我說的話，暫且也不用責罰下人，我便叫璉兒來寫出賞格，懸在前日經過的地方，便說有人撿得送來者，情願送銀一萬兩，如有知人撿得送信找得者，送銀五千兩。如眞有了，不可吝惜銀子。這麼一找，少不得就找出來了。若是靠著咱們家幾個人找，就找一輩子，也不能得。」王夫人也不敢直言。賈母傳話告訴賈璉，叫他速辦去了。賈母便叫人：「將寶玉動用之物都搬到我那裏去，只派襲人秋紋跟過來，餘者仍留園內看屋子。」寶玉聽了，終不言語，只是傻笑。

賈母便攜了寶玉起身，襲人等攙扶出園。回到自己房中，叫王夫人坐下，看人收拾裏間屋內安置，便對王夫人道：「你知道我的意思麼？我爲的園裏人少，怡紅院裏的花樹忽萎忽開，有些奇怪。頭裏仗著一塊玉能除邪祟，如今此玉丟了，生恐邪氣易侵，故我帶他過來一塊兒住著。這幾天也不用叫他出去，大夫來就在這裏瞧。」王

註

※5：宗廟的兩個部分，前面的叫廟，後面的叫寢。

評點

◎10.寫得一步深一步。（姚燮）

◎11.必說寶玉瘋顛者，是作者巧於安頓之法。夫寶玉極靈慧人，與黛玉頃刻不離，今忽有寶釵結親之事，即算鳳姐巧計瞞天，能保寶玉之不覺察乎。前此寶釵病而寶玉不往看視，黛玉絕粒而寶玉依然無恙，已覺不合於情理。況且此後合巹結縭，若非寶玉瘋顛，被人擺弄，而茫然不知，將何以爲寶玉解乎？（陳其泰）

✣「以假混真寶玉瘋顛」，描繪《紅樓夢》第九十五回中的場景。清代孫溫繪《全本紅樓夢》圖冊第二十冊之三。（清．孫溫繪）

夫人聽說，便接口道：「老太太想的自然是。如今寶玉同著老太太住了，老太太福氣大，不論什麼都壓住了。」賈母道：「什麼福氣，不過我屋裏乾淨些，經卷也多，都可以念念定定心神。你問寶玉好不好？」那寶玉見問，只是笑。襲人叫他說「好」，寶玉也就說「好」。王夫人見了這般光景，未免落淚，在賈母這裏，不敢出聲。賈母知王夫人著急，便說道：「你回去罷，這裏有我調停他。晚上老爺回來，告訴他不必來見我，不許言語就是了。」王夫人去後，賈母叫鴛鴦找些安神定魄的藥，按方吃了。不提。

且說賈政當晚回家，在車內聽見道兒上人說道：「人要發財也容易的很。」那個問道：「怎麼見得？」這個人又道：「今日聽見榮府裏丟了什麼哥兒的玉了，貼著招帖兒，上頭寫著玉的大小式樣顏色，說有人撿了送去，就給一萬兩銀子；送信的還給五千呢。」賈政雖未聽得如此真切，心裏詫異，急忙趕回，便叫門上的人問起那事來。門上的人稟道：「奴才頭裏也不知道，今兒晌午璉二爺傳出老太太的話，叫人去貼帖兒，才知道的。」賈政便嘆氣道：「家道該衰，偏生養這麼一個孽障！◎12才養他的時候滿街的謠言，隔了十幾年略好了些，這會子又大張曉諭的找玉，成何道理！」說著，忙走進裏頭去問王夫人。王夫人便一五一十的告訴。賈政知是老太太的主意，又不敢違拗，只抱怨王夫人幾句。又走出來，叫瞞著老太太，背地裏揭了這個帖兒下來。豈知早有那些游手好閑的人揭了去了。

過了些時，竟有人到榮府門上，口稱送玉來。家內人們聽見，喜歡的了不得，便說：「拿來，我給你回去。」那人便懷內掏出賞格來，指給門上人瞧，「這不是你府上的帖子麼，寫明送玉來的給銀一萬兩。二太爺，你們這會子瞧我窮，回來我得了銀子，就是個財主了。別這麼待理不理的。」門上聽他話頭來的硬，說道：「你到底略給我瞧一瞧，我好給你回去。」那人初倒不肯，後來聽人說得有理，便掏出那玉，托在掌中一揚說：「這是不是？」衆家人原是在外服役，只知有玉，也不常見，今日才看見這玉的模樣兒了。急忙跑到裏頭，搶頭報似的。那日賈政、賈赦出門，只有賈璉在家。衆人回明，賈璉還細問眞不眞。門上人口稱：「親眼見過，只是不給奴才，要見主子，一手交銀，一手交玉。」賈璉卻也喜歡，忙去稟知王夫人，即便回明賈母。把個襲人樂得合掌念佛。賈母並不改口，一疊連聲：「快叫璉兒請那人到書房內坐下，將玉取來一看，即便送銀。」賈璉依言，請那人進來當客待他，用好言道謝：「要借這玉送到裏頭，本人見了，謝銀分厘不短。」那人只得將一個紅綢子包兒送過去。賈璉打開一看，可不是那一塊晶瑩美玉嗎？賈璉素昔原不理論，今日倒要看看，看了半日，上面的字也彷佛認得出來，什麼「除邪祟」等字。賈璉看了，喜之不勝，便叫家人伺候，忙忙的送與賈母王夫人認去。

這會子驚動了合家的人，都等著爭看。鳳姐見賈璉進來，便劈手奪去，不敢先看，送到賈母手裏。賈璉笑道：「你這麼一點兒事還不叫我獻功呢。」賈母打開看

評點

◎12.政老之言，能持其大。（姚燮）

✣ 賈府重金懸賞通靈寶玉，外頭有人拿了假玉意欲騙錢。（張羽琳繪）

時，只見那玉比先前昏暗了好些。一面擦摸，鴛鴦拿上眼鏡兒來，戴著一瞧，說：「奇怪！這塊玉倒是的，怎麼把頭裏的寶色都沒了呢？」王夫人看了一會子，也認不出，便叫鳳姐過來看。鳳姐看了道：「像倒像，只是顏色不大對。不如叫寶兄弟自己一看就知道了。」襲人在旁也看著未必是那一塊，只是盼得的心盛，也不敢說出不像來。鳳姐於是從賈母手中接過來，同著襲人拿來給寶玉瞧。這時寶玉正睡著才醒。鳳姐告訴道：「你的玉有了。」寶玉睡眼矇矓，接在手裏也沒瞧，便往地上一撂◎13道：「你們又來哄我了！」說著只是冷笑。鳳姐連忙拾起來，道：「這也奇了，怎麼你沒瞧就知道呢？」寶玉也不答言，只管笑。王夫人也進屋裏來了，見他這樣，便道：「這不用說了。他那玉原是胎裏帶來的一種古怪東西，自然他有道理。想來這個必是人見了帖兒照樣作的。」◎14大家此時恍然大悟。賈璉在外間屋裏聽見這話，便說道：「既不是，快拿來給我問問他去，人家這樣事，他敢來鬼混。」賈母喝住道：「璉兒，拿了去給他，叫他去罷。那也是窮極了的人沒法兒了，所以見我們家有這樣事，他便想著賺幾個錢也是有的。如今白白的花了錢弄了這個東西，又叫咱們認出來了。依著我不要難爲他，把這玉還他，說不是我們的，賞給他幾兩銀子。外頭的人知道了，才肯有信兒就送來呢。若是難爲了這一個人，就有眞的，人家也不敢拿來了。」◎15賈璉答應出去。那人還等著呢，半日不見人來，正在那裏心裏發虛，只見賈璉氣忿走出來了。未知何如，下回分解。

評點

◎13.於黛玉則摔眞玉，以黛玉之無玉也。於鳳、襲則撂假玉，以鳳、襲有假金也。（張新之）

◎14.心有眞鑑，豈是以假混眞。如見假玉而不識其假，則見寶釵無異黛玉矣。（陳其泰）

◎15.賈母此言，頗能洞見世情。（姚燮）

第九十六回 瞞消息鳳姐設奇謀　洩機關顰兒迷本性

話說賈璉拿了那塊假玉忿忿走出，到了書房。那個人看見賈璉的氣色不好，心裏先發了虛了，連忙站起來迎著。剛要說話，只見賈璉冷笑道：「好大膽，我把你這個混賬東西！這裏是什麼地方兒，你敢來掉鬼！」回頭便問：「小廝們呢？」外頭轟雷一般幾個小廝齊聲答應。賈璉道：「取繩子去捆起他來。等老爺回來問明了，把他送到衙門裏去。」眾小廝又一齊答應：「預備著呢。」嘴裏雖如此，卻不動身。那人先自唬的手足無措，見這般勢派，知道難逃公道，只得跪下給賈璉碰頭，口口聲聲只叫：「老太爺別生氣。是我一時窮極無奈，才想出這個沒臉的營生來。那玉是我借錢作的，我也不敢要了，只得孝敬府裏的哥兒頑罷。」說畢，又連連磕頭。賈璉啐道：「你這個不知死活的東西！這府裏希罕你的那杇不了的浪

✣《增評補圖石頭記》第九十六回繪畫。（fotoe提供）

東西！」正鬧著，只見賴大進來，陪著笑向賈璉道：「二爺別生氣了。靠他算個什麼東西，饒了他，叫他滾出去罷。」賈璉道：「實在可惡。」賴大賈璉作好作歹，衆人在外頭都說道：「糊塗狗黨的，還不給爺和賴大爺磕頭呢。快快的滾罷，還等窩心腳呢！」那人趕忙磕了兩個頭，抱頭鼠竄而去。◎1從此街上鬧動了「賈寶玉弄出『假寶玉』來。」

* * *

且說賈政那日拜客回來，衆人因爲燈節底下，恐怕賈政生氣，已過去的事了，便也都不肯回。只因元妃的事忙碌了好些時，近日寶玉又病著，雖有舊例家宴，大家無興，也無有可記之事。到了正月十七日，王夫人正盼王子騰來京，只見鳳姐進來回說：「今日二爺在外聽得有人傳說，我們家大老爺趕著進京，離城只二百多里地，在路上沒了。太太聽見了沒有？」王夫人吃驚道：「我沒有聽見，老爺昨晚也沒有說起，到底在那裏聽見的？」鳳姐道：「說是在樞密張老爺家聽見的。」王夫人怔了半天，那眼淚早流下來了，因拭淚說道：「回來再叫璉兒索性打聽明白了來告訴我。」鳳姐答應去了。王夫人不免暗裏落淚，悲女哭弟，又爲寶玉耽憂。如此連三接二，都是不隨意的事，那裏擱得住，便有些心口疼痛起來。又加賈璉打聽明白了來說道：「舅太爺是趕路勞乏，偶然感冒風寒，到了十里屯地方，延醫調治。無奈這個地方沒有名醫，誤用了藥，一劑就死了。但不知家眷可到了那裏沒有。」王夫人聽了，一陣

評點

◎1.假玉一事只可如此了結，若必究治其人，不但又生枝節，且閑費筆墨，於正文毫無關涉。（王希廉）

心酸，便心口疼得坐不住，叫彩雲等扶了上炕，還扎掙著叫賈璉去回了賈政，「即速收拾行裝迎到那裏，幫著料理完畢，既刻回來告訴我們。好叫你媳婦兒放心。」賈璉不敢違拗，只得辭了賈政起身。賈政早已知道，心裏很不受用；又知寶玉失玉以後神志惛憒，醫藥無效；又值王夫人心疼。那年正值京察，工部將賈政保列一等。二月，吏部帶領引見。皇上念賈政勤儉謹慎，即放了江西糧道※1。即日謝恩，已奏明起程日期。雖有衆親朋賀喜，賈政也無心應酬，只念家中人口不寧，又不敢耽延在家。◎2正在無計可施，只聽見賈母那邊叫：「請老爺。」

賈政即忙進去，看見王夫人帶著病也在那裏，便向賈母請了安。賈母叫他坐下，便說：「你不日就要赴任，我有多少話與你說，不知你聽不聽？」說著，掉下淚來。賈政忙站起來說道：「老太太有話只管吩咐，兒子怎敢不遵命呢。」賈母哽咽著說道：「我今年八十一歲的人了，你又要作外任去。偏有你大哥在家，你又不能告親老※2。你這一去了，我所疼的只有寶玉，偏偏的又病得糊塗，還不知道怎麼樣呢。我昨日叫賴升媳婦出去叫人給寶玉算算命，這先生算得好靈，說要娶了金命的人幫扶他，必要沖沖喜才好，不然只怕保不住。我知道你不信那些話，所以教你來商量。你的媳婦也在這裏，你們兩個也商量商量，還是要寶玉好呢，還是隨他去呢？」賈政陪笑說道：「老太太當初疼兒子這麼疼的，難道作兒子的就不疼自己的兒子不成麼？只爲寶玉不上進，所以時常恨他，也不過是恨鐵不成鋼的意思。老太太既要給他成家，這也

是該當的，豈有逆著老太太不疼他的理。如今寶玉病著，兒子也是不放心。因老太太不叫他見我，所以兒子也不敢言語。我到底瞧瞧寶玉是個什麼病。」王夫人見賈政說著也有些眼圈兒紅，知道心裏是疼的，便叫襲人扶了寶玉來。寶玉見了他父親，襲人叫他請安，他便請了個安。賈政見他臉面很瘦，目光無神，大有瘋傻之狀，◎3便叫人扶了進去，便想到：「自己也是望六的人了，如今又放外任，不知道幾年回來。倘或這孩子果然不好，一則年老無嗣，雖說有孫子，到底隔了一層；二則老太太最疼的是寶玉，若有差錯，可不是我的罪名更重了。」瞧瞧王夫人，一包眼淚，又想到他身上，復站起來說：「老太太這麼大年紀，想法兒疼孫子，作兒子的還敢違拗？老太太主意該怎麼便怎麼就是了。但只姨太太那邊不知說明白了沒有？」王夫人便道：「姨太太是早應了的。只為蟠兒的事沒有結案，所以這些時總沒提起。」賈政又道：「這就是第一層的難處。他哥哥在監裏，妹子怎麼出嫁。況且貴妃的事雖不禁婚嫁，寶玉應照已出嫁的姐姐有九個月的功服，此時也難娶親。再者我的起身日期已經奏明，不敢耽擱，這幾天怎麼辦呢？」

賈母想了一想：「說的果然不錯。若是等這幾件事過去，他父親又走了。倘或這病一天重似一天，怎麼好？只可越些禮辦了才好。」想定主意，便說道：「你若給他辦呢，我自然有個道理，包管都礙不著。姨太太那邊我和你媳婦親自過去求他。蟠兒

註

※1：職官名，明清兩代掌管督運漕糧事務的官吏。
※2：舊時官吏因父母或祖父母年老，家中又無兄弟而辭官回家奉養。

評點

◎2.王子騰中途病故，賈存周特放糧道，一悲一喜，俱出自意外。一是見六親同運，將漸漸衰落，一是催寶玉成親，黛玉夭亡。（王希廉）
◎3.寶玉病容，卻從政老看出。（姚燮）

那裏我央蝌兒去告訴他，說是要救寶玉的命，諸事將就，自然應的。若說服裏娶親，當眞使不得。況且寶玉病著，也不可教他成親，不過是沖沖喜。我們兩家願意，孩子們又有金玉的道理，◎4婚是不用合的了。即挑了好日子，按著咱們家分兒過了禮。趕著挑個娶親日子，一概鼓樂不用，倒按宮裏的樣子，用十二對提燈，一乘八人轎子抬了來，照南邊規矩拜了堂，一樣坐床撒帳，可不是算娶了親了麼。寶丫頭心地明白，是不用慮的。內中又有襲人，也還是個妥妥當當的孩子。再有個明白人常勸他更好。他又和寶丫頭合的來。再者姨太太曾說，寶丫頭的金鎖也有個和尚說過，只等有玉的便是婚姻，焉知寶丫頭過來，不因金鎖倒招出他那塊玉來，也定不得。從此一天好似一天，豈不是大家的造化。這會子只要立刻收拾屋子，鋪排起來。這屋子是要你派的。一概親友不請，也不排筵席，待寶玉好了，過了功服，然後再擺席請人。這麼著都趕的上。你也看見了他們小兩口的事，也好放心的去。」◎5賈政聽了，原不願意，◎6只是賈母作主，不敢違命，勉強陪笑說道：「老太太想的極是，也很妥當。只是要吩咐家下衆人，不許吵嚷得裏外皆知，這要耽不是的。姨太太那邊，只怕不肯；若是果眞應了，也只好按著老太太的主意辦去。」賈母道：「姨太太那裏有我呢。你去吧。」賈政答應出來，心中好不自在。因赴任事多，部裏領憑，親友們薦人，種種應酬不絕，竟把寶玉的事，聽憑賈母交與王夫人鳳姐兒了。惟將榮禧堂後身王夫人內屋旁邊一大跨所二十餘間房屋指與寶玉，餘者一概不管。賈母定了主意叫人告訴他去，

✣ 後文提及鳳姐向王夫人、賈母傳授掉包之計。（張羽琳繪）

賈政只說很好，此是後話。

且說寶玉見過賈政，襲人扶回裏間炕上。因賈政在外，無人敢與寶玉說話，寶玉便昏昏沉沉的睡去。賈母與賈政所說的話，寶玉一句也沒有聽見。襲人等卻靜靜兒的聽得明白。頭裏雖也聽得些風聲，到底影響，只不見寶釵過來，卻也有些信眞。今日聽了這些話，心裏方才水落歸漕，倒也喜歡。心裏想道：「果然上頭的眼力不錯，這才配得是。我也造化。若他來了，我可以卸了好些擔子。但是這一位的心裏只有一個林姑娘，幸虧他沒有聽見，若知道了，又不知要鬧到什麼分兒了。」襲人想到這裏，轉喜爲悲，心想：「這件事怎麼好？老太太、太太那裏知道他們心裏的事。一時高興說給他知道，原想要他病好。若是他仍似前的心事：初見林姑娘便要摔玉砸玉；況且那年夏天在園裏把我當作林姑娘，說了好些私心話；後來因爲紫鵑說了句頑話兒，便哭得死去活來。若是如今和他說要娶寶姑娘，竟把林姑娘撂開，除非是他人事不知還可，若稍明白些，只怕不但不能沖喜，竟是催命了！我再不把話說明，那不是一害三個人了麼？」襲人想定主意，

評點

◎4.此句是主腦，從今以往，可不復提木石姻緣矣。（姚燮）
◎5.使賈政不放外任，此事或尚在緩期。（姚燮）
◎6.薛婚勉強作成，全是人定勝天。（陳其泰）

待等賈政出去，叫秋紋照看著寶玉，便從裏間出來，走到王夫人身旁，悄悄的請了王夫人到賈母後身屋裏去說話。賈母只道是寶玉有話，也不理會，還在那裏打算怎麼過禮，怎麼娶親。

那襲人同了王夫人到了後間，便跪下哭了。◎7王夫人不知何意，把手拉著他說：「好端端的，這是怎麼說？有什麼委曲起來說。」襲人道：「這話奴才是不該說的，這會子因為沒有法兒了。」王夫人道：「你慢慢說。」襲人道：「寶玉的親事老太太、太太已定了寶姑娘了，自然是極好的一件事，只是奴才想著，太太看去寶玉和寶姑娘好，還是和林姑娘好呢？」王夫人道：「他兩個因從小兒在一處，所以寶玉和林姑娘又好些。」襲人道：「不是好些。」便將寶玉素與黛玉這些光景一一的說了，還說：「這些事都是太太親眼見的。獨是夏天的話我從沒敢和別人說。」◎8王夫人拉著襲人道：「我看外面兒已瞧出幾分來了，你今兒一說，更加是了。但是剛才老爺說的話想必都聽見了，你看他的神情兒怎麼樣？」襲人道：「如今寶玉若有人和他說話他就笑，沒人和他說話他就睡，所以頭裏的話卻倒都沒聽見。」王夫人道：「倒是這件事叫人怎麼樣呢？」襲人道：「奴才說是說了，◎9還得太太告訴老太太，想個萬全的主意才好。」王夫人便道：「既這麼著，你去幹你的，這時候滿屋子的人，暫且不用提起，等我瞅空兒回明老太太，再作道理。」說著，仍到賈母跟前。

賈母正在那裏和鳳姐兒商議，見王夫人進來，便問道：「襲人丫頭說什麼？這麼鬼鬼祟祟的？」王夫人趁問，便將寶玉的心事，細細回明賈母。賈母聽了，半日沒言語。王夫人和鳳姐也都不再說了。只見賈母嘆道：「別的事都好說。林丫頭倒沒有什麼；若寶玉眞是這樣，這可叫人作了難了。」只見鳳姐想了一想，因說道：「難倒不難，只是我想了個主意，◎10不知姑媽肯不肯。」王夫人道：「你有主意只管說給老太太聽，大家娘兒們商量著辦罷了。」鳳姐道：「依我想，這件事只有一個掉包兒的法子。」賈母道：「怎麼掉包兒？」鳳姐道：「如今不管寶兄弟明白不明白，大家吵嚷起來，說是老爺作主，將林姑娘配了他了。瞧他的神情兒怎麼樣。要是他全不管，這個包兒也就不用掉了。若是他有些喜歡的意思，這事卻要大費周折呢。」王夫人道：「就算他喜歡，你怎麼樣辦法呢？」鳳姐走到王夫人耳邊，如此這般的說了一遍。王夫人點了幾點頭兒，笑了一笑說道：「也罷了。」賈母便問道：「你娘兒兩個搗鬼，到底告訴我是怎麼著呀！」鳳姐恐賈母不懂，露洩機關，便也向耳邊輕輕的告訴了一遍。賈母果眞一時不懂，鳳姐笑著又說了幾句。賈母笑道：「這麼著也好，可就只忒苦了寶丫頭了。倘或吵嚷出來，林丫頭又怎麼樣呢？」鳳姐道：「這個話原只說給寶玉聽，外頭一概不許提起，有誰知道呢？」

正說間，丫頭傳進話來，說：「璉二爺回來了。」王夫人恐賈母問及，使個眼色與鳳姐。鳳姐便出來迎著賈璉努了個嘴兒，同到王夫人屋裏等著去了。一回兒王夫人進來，已見鳳姐哭的兩眼通紅。賈璉請了安，將到十里屯料理王子騰的喪事的話說了

評點

◎7.襲人之一喜一悲，是意中應有之事。喜是爲自己有靠，悲是爲寶黛耽憂，不得不向王夫人將兩人園中先後光景盡情吐露。（王希廉）

◎8.此即緊接大受笞撻之前話。（張新之）

◎9.黛之死，玉之作和尚，釵之寡，皆襲人一人使之。（姚燮）

◎10.觀場之矮人看到此處，必痛恨鳳姐，謂黛玉死於此計矣。不知鳳姐此時轉不足責。（陳其泰）

一遍，便說：「有恩旨賞了內閣的職銜，謚了文勤公，命本宗扶柩回籍，著沿途地方官員照料。昨日起身，連家眷回南去了。舅太太叫我回來請安問好，說如今想不到不能進京，有多少話不能說。聽見我大舅子要進京，若是路上遇見了，便叫他來到咱們這裏細細的說。」王夫人聽畢，其悲痛自不必言。鳳姐勸慰了一番，「請太太略歇一歇，晚上來再商量寶玉的事罷。」說畢，同了賈璉回到自己房中，告訴了賈璉，叫他派人收拾新房。不提。

* * *

一日，黛玉早飯後帶著紫鵑到賈母這邊來，一則請安，二則也爲自己散散悶。出了瀟湘館，走了幾步，忽然想起忘了手絹子來，因叫紫鵑回去取來，自己卻慢慢的走著等他。剛走到沁芳橋那邊山石背後，當日同寶玉葬花之處，忽聽一個人嗚嗚咽咽在那裏哭。黛玉煞住腳聽時，又聽不出是誰的聲音，也聽不出哭著叨叨的是些什麼話。心裏甚是疑惑，便慢慢的走去。及到了跟前，卻見一個濃眉大眼的丫頭在那裏哭呢。黛玉未見他時，還只疑府裏這些大丫頭有什麼說不出的心事，所以來這裏發洩發洩；及至見了這個丫頭，卻又好笑，因想到：這種蠢貨有什麼情種，◎11自然是那屋裏作粗活的丫頭受了大女孩子的氣了。細瞧了一瞧，卻不認得。那丫頭見黛玉來了，便也不敢再哭，站起來拭眼淚。黛玉問道：「你好好的爲什麼在這裏傷心？」那丫頭聽了這話，又流淚道：「林姑娘你評評這個理。◎12他們說話我又不知道，我就說錯了一句

✣「黛玉葬花」，作者曹雪芹塑造了賈寶玉、林黛玉、薛寶釵、史湘雲等主角，賦予不同典型的性格，林黛玉任性純真，成為貫串全書情節的靈魂人物。（臺灣郵政股份有限公司提供）

話，我姐姐也不犯就打我呀。」黛玉聽了，不懂他說的是什麼，因笑問道：「你姐姐是那一個？」那丫頭道：「就是珍珠姐姐。」黛玉聽了，才知他是賈母屋裏的，因又問：「你叫什麼？」那丫頭道：「我叫傻大姐兒。」黛玉笑了一笑，又問：「你姐姐爲什麼打你？你說錯了什麼話了？」那丫頭道：「爲什麼呢，就是爲我們寶二爺娶寶姑娘的事情。」◎13黛玉聽了這句話，如同一個疾雷，心頭亂跳。略定了定神，便叫了這丫頭：「你跟了我這裏來。」那丫頭跟著黛玉到那畸角兒上葬桃花的去處，那裏背靜。黛玉因問道：「寶二爺娶寶姑娘，他爲什麼打你呢？」傻大姐道：「我們老太太和太太二奶奶商量了，因爲我們老爺要起身，說就趕著往姨太太商量把寶姑娘娶過來罷。頭一宗，給寶二爺沖什麼喜，第二宗，——」說到這裏，又瞅著黛玉笑了一笑，才說道：「趕著辦了，還要給林姑娘說婆婆家呢。」黛玉已經聽呆了。這丫頭只管說道：「我又不知道他們怎麼商量的，不叫人吵嚷，怕寶姑娘聽見害臊。我白和寶二爺屋裏的襲人姐姐說了一句：『咱們明兒更熱鬧了，又是寶姑娘，又是寶二奶奶，這可怎麼叫呢！』林姑娘，你說我這話害著珍珠姐姐什麼了嗎，他走過來就打了我一個嘴巴，說我混說，不遵上頭的話，要攆出我去。我知道上頭爲什麼不叫言語呢，你們又沒告訴我，就打我。」說著，又哭起來。◎14

那黛玉此時心裏竟是油兒醬兒糖兒醋兒倒在一處的一般，甜苦酸鹹，竟說不上什麼味兒來了。◎15停了一會兒，顫巍巍的說道：「你別混說了。你再混說，叫人聽見

評點

◎11.吾云這情種不是那情種。蓋那情種乃本性之發，這情種乃本性之迷也。（張新之）
◎12.破空而來，說一「理」字，正與「情種」兩峰對峙。（張新之）
◎13.一字一尖刀，刀刀刺心孔。（姚燮）
◎14.傻大姐眞是招災惹禍的種子，前拾繡囊，以致搜檢諸婢，司棋、晴雯因之殞命，芳官等被逐出家；今漏風聲，又令黛玉氣迷，遂至夭逝。傻之爲禍不淺。（王希廉）
◎15.極力描寫，筆力直透紙背。（陳其泰）

又要打你了。你去罷。」說著，自己移身要回瀟湘館去。那身子竟有千百斤重的，兩隻腳卻像踩著棉花一般，早已軟了，只得一步一步慢慢的走將來。走了半天，還沒到沁芳橋畔，原來腳下軟了。走的慢，且又迷迷痴痴，信著腳從那邊繞過來，更添了兩箭地的路。這時剛到沁芳橋畔，卻又不知不覺的順著堤往回裏走起來。◎16紫鵑取了絹子來，卻不見黛玉。正在那裏看時，只見黛玉顏色雪白，身子恍恍蕩蕩的，眼睛也直直的，在那裏東轉西轉。又見一個丫頭往前頭走了，離的遠，也看不出是那一個來。心中驚疑不定，只得趕過來輕輕的問道：「姑娘怎麼又回去？是要往那裏去？」黛玉也只模糊聽見，隨口應道：「我問問寶玉去！」紫鵑聽了，摸不著頭腦，只得攙著他到賈母這邊來。

黛玉走到賈母門口，心裏微覺明晰，◎17回頭看見紫鵑攙著自己，便站住了問道：「你作什麼來的？」紫鵑陪笑道：「我找了絹子來了。頭裏見姑娘在橋那邊呢，我趕著過來問姑娘，姑娘沒理會。」黛玉笑道：「我打諒你來瞧寶二爺來了呢，不然怎麼

✣ 黛玉從傻大姐那裏聽到寶玉將娶寶釵，一時神志恍惚。（張羽琳繪）

往這裏走呢。」紫鵑見他心裏迷惑，便知黛玉必是聽見那丫頭什麼話了，惟有點頭微笑而已。只是心裏怕他見了寶玉，那一個已經是瘋瘋傻傻，這一個又這樣恍恍惚惚，一時說出些不大體統的話來，那時如何是好？心裏雖如此想，卻也不敢違拗，只得攙他進去。那黛玉卻又奇怪了，這時不似先前那樣軟了，也不用紫鵑打簾子，自己掀起簾子進來，卻是寂然無聲。因賈母在屋裏歇中覺，丫頭們也有脫滑頑去的，也有打盹兒的，也有在那裏伺候老太太的。倒是襲人聽見簾子響，從屋裏出來一看，見是黛玉，便讓道：「姑娘屋裏坐罷。」黛玉笑著道：「寶二爺在家麼？」襲人不知底裏，剛要答言，只見紫鵑在黛玉身後和他努嘴兒，指著黛玉，又搖搖手兒。襲人不解何意，也不敢言語。黛玉卻也不理會，自己走進房來。看見寶玉在那裏坐著，也不起來讓坐，◎18只瞅著嘻嘻的傻笑。黛玉自己坐下，却也瞅著寶玉笑。◎19兩個人也不問好，也不說話，也無推讓，只管對著臉傻笑起來。◎20襲人看見這番光景，心裏大不得主意，只是沒法兒。忽然聽著黛玉說道：「寶玉，你爲什麼病了？」寶玉笑道：「我爲林姑娘病了。」◎21襲人紫鵑兩個嚇得面目改色，連忙用言語來岔。兩個卻又不答言，仍舊傻笑起來。襲人見了這樣，知道黛玉此時心中迷惑不減於寶玉，因悄和紫鵑說道：「姑娘才好了，我叫秋紋妹妹同著你攙回姑娘歇歇去罷。」因回頭向秋紋道：「你和紫鵑姐姐送林姑娘去罷，你可別混說話。」秋紋笑著，也不言語，便來同著紫鵑攙起黛玉。

評點

◎16.以下出力寫「迷」字矣。（張新之）
◎17.寫迷處忽著明晰，乃必有之情，乃必無之文。（張新之）
◎18.禮以節性，本性之迷始於廢禮。（張新之）
◎19.生離死別雖在一時，據我看來本是可笑。（黃小田）
◎20.寫黛玉、寶玉兩人相見時只是傻笑，一個迷失本性，一個瘋顛有病，描畫入神。（王希廉）
◎21.一問一答，直溯心源。（張新之）

那黛玉也就起來，瞅著寶玉只管笑，只管點頭兒。紫鵑又催道：「姑娘回家去歇歇罷。」黛玉道：「可不是，我這就是回去的時候兒了。」說著，便回身笑著出來了，仍舊不用丫頭們攙扶，自己卻走得比往常飛快。紫鵑秋紋後面趕忙跟著走。黛玉出了賈母院門，只管一直走去。紫鵑連忙攙住叫道：「姑娘往這麼來。」黛玉仍是笑著隨了往瀟湘館來。離門口不遠，紫鵑道：「阿彌陀佛，可到了家了！」只這一句話沒說完，只見黛玉身子往前一栽，哇的一聲，一口血直吐出來。◎22未知性命如何，且聽下回分解。

✣「洩機關顰兒迷本性」，描繪《紅樓夢》第九十六回中的場景。情愈重，愈易傷。清代孫溫繪《全本紅樓夢》圖冊第二十冊之五。（清．孫溫繪）

評點

◎22.血生於心，吐血爲失心矣。卷尾用小說故套，而絕不容作尋常故套觀，有如此者。（張新之）

第九十七回

林黛玉焚稿斷痴情　薛寶釵出閨成大禮

話說黛玉到瀟湘館門口，紫鵑說了一句話，更動了心，一時吐出血來，幾乎暈倒。◎1虧了還同著秋紋，兩個人挽扶著黛玉到屋裏來。那時秋紋去後，紫鵑雪雁守著，見他漸漸蘇醒過來，問紫鵑道：「你們守著哭什麼？」紫鵑見他說話明白，倒放了心了，因說：「姑娘剛才打老太太那邊回來，身上覺著不大好，唬的我們沒了主意，所以哭了。」黛玉笑道：「我那裏就能夠死呢。」◎2這一句話沒完，又喘成一處。原來黛玉因今日聽得寶玉寶釵的事情，這本是他數年的心病，一時急怒，所以迷惑了本性。及至回來吐了這一口血，心中卻漸漸的明白過來，把頭裏的事一字也不記得了。這會子見紫鵑哭，方模糊想起傻大姐的話來。此時反不傷心，惟求速死，以完此債。◎3這裏紫鵑雪雁只得守著，想要告訴人去，怕又像

✣《增評補圖石頭記》第九十七回繪畫。（fotoe提供）

上次招得鳳姐兒說他們失驚打怪的。

那知秋紋回去，神情慌遽。正值賈母睡起中覺來，看見這般光景，便問怎麼了。秋紋唬的連忙把剛才的事回了一遍。賈母大驚說：「這還了得！」◎4連忙著人叫了王夫人鳳姐過來，告訴了他婆媳兩個。鳳姐道：「我都囑咐到了，這是什麼人去走了風呢。這不更是一件難事了嗎？」賈母道：「且別管那些，先瞧瞧去是怎麼樣了。」說著便起身帶著王夫人鳳姐等過來看視。見黛玉顏色如雪，並無一點血色，神氣昏沉，氣息微細。半日又咳嗽了一陣，丫頭遞了痰盒，吐出都是痰中帶血的。大家都慌了。只見黛玉微微睜眼，看見賈母在他旁邊，便喘吁吁的說道：「老太太，你白疼了我了！」賈母一聞此言，十分難受，便道：「好孩子，你養著罷，不怕的。」黛玉微微一笑，◎5把眼又閉上了。◎6外面丫頭進來回鳳姐道：「大夫來了。」於是大家略避。王大夫同著賈璉進來，診了脈，說道：「尚不妨事。這是鬱氣傷肝，肝不藏血，所以神氣不定。如今要用斂陰止血的藥，方可望好。」王大夫說完，同著賈璉出去開方取藥去了。

賈母看黛玉神氣不好，便出來告訴鳳姐等道：「我看這孩子的病，不是我咒他，只怕難好。你們也該替他預備預備，沖一沖。或者好了，豈不是大家省心。就是怎麼樣，也不至臨時忙亂。咱們家裏這兩天正有事呢。」鳳姐兒答應了。賈母又問了紫鵑一回，到底不知是那個說的。賈母心裏只是納悶，因說：「孩子們從小兒在一處兒

評點

◎1.此一口血，也只算還淚之利錢。（姚燮）
◎2.知笑甚於哭，即可知不傷心之甚於傷心也。（姚燮）
◎3.至此方悟是債，亦已遲了。（姚燮）
◎4.到此地步，又如何不了得？吾爲之念《好了歌》。（姚燮）
◎5.黛玉總只一笑，大是了悟。（陳其泰）
◎6.一語一笑，一部書完。（張新之）

頑，好些是有的。如今大了懂的人事，就該要分別些，才是作女孩兒的本分，我才心裏疼他。若是他心裏有別的想頭，成了什麼人了呢！◎7我可是白疼了他了。你們說了，我倒有些不放心。」因回到房中，又叫襲人來問。襲人仍將前日回王夫人的話並方才黛玉的光景述了一遍。賈母道：「我方才看他卻還不至糊塗，這個理我就不明白了。咱們這種人家，別的事自然沒有的，這心病也是斷斷有不得的。林丫頭若不是這個病呢，我憑著花多少錢都使得。若是這個病，不但治不好，我也沒心腸了。」鳳姐道：「林妹妹的事老太太倒不必張心，橫豎有他二哥哥天天同著大夫瞧看。倒是姑媽那邊的事要緊。今日早起聽見說，房子不差什麼就妥當了，竟是老太太、太太到姑媽那邊，我也跟了去，商量商量。就只一件，姑媽家裏有寶妹妹在那裏，難以說話，不如索性請姑媽晚上過來，咱們一夜都說結了，就好辦了。」賈母王夫人都道：「你說的是。今日晚了，明日飯後咱們娘兒們就過去。」說著，賈母用了晚飯。鳳姐同王夫人各自歸房。不提。

＊　＊　＊

且說次日鳳姐吃了早飯過來，便要試試寶玉，走進裏間說道：「寶兄弟大喜，老爺已擇了吉日要給你娶親了。你喜歡不喜歡？」寶玉聽了，只管瞅著鳳姐笑，微微的點點頭兒。鳳姐笑道：「給你娶林妹妹過來好不好？」寶玉卻大笑起來。鳳姐看著，也斷不透他是明白是糊塗，因又問道：「老爺說你好了才給你娶林妹妹呢，若還是這麼傻，便不給你娶了。」寶玉忽然正色道：「我不傻，你才傻呢。」說著，便站起來說：「我去瞧瞧林妹妹，叫他放心。」◎8鳳姐忙扶住了，說：「林妹妹早知道了。他如今要作新媳婦了，自然害羞，不肯見你的。」寶玉道：「娶過來他到底是見我不見？」鳳姐又好笑，又著忙，心裏想：「襲人的話不差。提了林妹妹，雖說仍舊說些瘋話，卻覺得明白些。若眞明白了，將來不是林姑娘，打破了這個燈虎兒※1，那饑荒才難打呢。」便忍笑說道：「你好好兒的便見你，若是瘋瘋顚顚的，他就不見你了。」寶玉說道：「我有一個心，前兒已交給林妹妹了。他要過來，橫豎給我帶來，還放在我肚子裏頭。」鳳姐聽著竟是瘋話，便出來看著賈母笑。賈母聽了，又是笑，又是疼，便說道：「我早聽見了。如今且不用理他，叫襲人好好的安慰他。咱們走罷。」

說著王夫人也來。大家到了薛姨媽那裏，只說惦記著這邊的事來瞧瞧。薛姨媽感激不盡，說些薛蟠的話。喝了茶，薛姨媽才要叫人告訴寶釵，鳳姐連忙攔住說：「姑媽不必告訴寶妹妹。」又向薛姨媽陪笑說道：「老太太此來，一則為瞧姑媽，二則也有句要緊的話特請姑媽到那邊商議。」薛姨媽聽了，點點頭兒說：「是了。」於是大家又說些閑話便回來了。

當晚薛姨媽果然過來，見過了賈母，到王夫人屋裏來，不免說起王子騰來，大

註

※1：燈謎。

評點

◎7.賈母言語不近人情。寶玉是誰？黛玉是誰？（姚燮）
◎8.同一心，同一放。（張新之）

家落了一回淚。薛姨媽便問道：「剛才我到老太太那裏，寶哥兒出來請安還好好兒的，不過略瘦些，怎麼你們說得很利害？」鳳姐便道：「其實也不怎麼樣，只是老太太懸心。目今老爺又要起身外任去，不知幾年才來。老太太的意思，頭一件叫老爺看著寶兄弟成了家也放心，二則也給寶兄弟沖沖喜，借大妹妹的金瑣壓壓邪氣，只怕就好了。」薛姨媽心裏也願意，只慮著寶釵委曲，便道：「也使得，只是大家還要從長計較計較才好。」王夫人便按著鳳姐的話和薛姨媽說，只說：「姨太太這會子家裏沒人，不如把妝奩一概蠲免。明日就打發蝌兒去告訴蟠兒，一面這裏過門，一面給他變法兒撕擄官事。」並不提寶玉的心事，又說：「姨太太，既作了親，娶過來早早好一天，大家早放一天心。」◎9正說著，只見賈母差鴛鴦過來候信。薛姨媽雖恐寶釵委曲，然也沒法兒，又見這般光景，只得滿口應承。鴛鴦回去回了賈母。賈母也甚喜歡，又叫鴛鴦過來求薛姨媽和寶釵說明原故，不叫他受委曲。薛姨媽也答應了。便議定鳳姐夫婦作媒人。大家散了。王夫人姐妹不免又敘了半夜話兒。

次日，薛姨媽回家將這邊的話細細的告訴了寶釵，還說：「我已經應承了。」寶釵始則低頭不語，後來便自垂淚。◎10薛姨媽用好言勸慰解釋了好些話。寶釵自回房內，寶琴隨去解悶。薛姨媽才告訴了薛蝌，叫他明日起身，「一則打聽審詳的事，二則告訴你哥哥一個信兒。你即便回來。」

薛蝌去了四日，便回來回覆薛姨媽道：「哥哥的事上司已經准了誤殺，一過堂就要題本了，叫咱們預備贖罪的銀子。妹妹的事，說：『媽媽作主很好的，趕著辦又省了好些銀子，叫媽媽不用等我，該怎麼著就怎麼辦罷。』」薛姨媽聽了，一則薛蟠可以回家，二則完了寶釵的事，心裏安放了好些。便是看著寶釵心裏好像不願意似的，「雖是這樣，他是女兒家，素來也孝順守禮的人，知我應了，他也沒得說的。」便叫薛蝌：「辦泥金※2庚帖，填上八字，即叫人送到璉二爺那邊去。還問了過禮的日子來，你好預備。本來咱們不驚動親友，哥哥的朋友是你說的『都是混賬人』，親戚呢，就是賈王兩家，如今賈家是男家，王家無人在京裏。史姑娘放定的事，他家沒有來請咱們，咱們也不用通知。◎11倒是把張德輝請了來，托他照料些，他上幾歲年紀的人，到底懂事。」薛蝌領命，叫人送帖過去。

次日賈璉過來，見了薛姨媽，請了安，便說：「明日就是上好的日子，今日過來回姨太太，就是明日過禮罷。只求姨太太不要挑飭就是了。」說著，捧過通書※3來。薛姨媽也謙遜了幾句，點頭應允。賈璉趕著回去回明賈政。賈政便道：「你回老太太說，既不叫親友們知道，諸事寧可簡便些。若是東西上，請老太太瞧了就是了，不必告訴我。」賈璉答應，進內將話回明賈母。

這裏王夫人叫了鳳姐命人將過禮的物件都送與賈母過目，並叫襲人告訴寶玉。那寶玉又嘻嘻的笑道：「這裏送到園裏，回來園裏又送到這裏。咱們的人送，咱們的

註

※2：以金和水銀相和成的泥狀物。
※3：古時婚禮男家通知女家迎娶日期的書帖。

評點

◎9.此語則迷惑看官。（張新之）
◎10.「始則低頭不語，後來便垂淚」，這一筆用意很深。（哈斯寶）
◎11.順手帶出史湘雲放定。（黃小田）

人收，何苦來呢。」賈母王夫人聽了，都喜歡道：「說他糊塗，他今日怎麼這麼明白呢。」鴛鴦等忍不住好笑，只得上來一件一件的點明給賈母瞧，說：「這是金項圈，這是金珠首飾，共八十件。這是妝蟒四十匹。這是各色綢緞一百二十匹。這是四季的衣服共一百二十件。外面也沒有預備羊酒，這是折羊酒的銀子。」賈母看了，都說「好」，輕輕的與鳳姐說道：「你去告訴姨太太，說：不是虛禮，求姨太太等蟠兒出來慢慢的叫人給他妹妹作來就是了。那好日子的被褥還是咱們這裏代辦了罷。」鳳姐答應了，出來叫賈璉先過去，又叫周瑞旺兒等，吩咐他們：「不必走大門，只從園裏從前開的便門內送去，我也就過去。這門離瀟湘館還遠，倘別處的人見了，囑咐他們不用在瀟湘館裏提起。」衆人答應著送禮而去。寶玉認以爲眞，心裏大樂，◎12精神便覺得好些，只是語言總有些瘋傻。那過禮的回來都不提名說姓，因此上下人等雖都知道，只因鳳姐吩咐，都不敢走漏風聲。

* * *

且說黛玉雖然服藥，這病日重一日。紫鵑等在旁苦勸，說道：「事情到了這個分兒，不得不說了。姑娘的心事，我們也都知道。至於意外之事是再沒有的。姑娘不信，只拿寶玉的身子說起，這樣大病，怎麼作得親呢。姑娘別聽瞎話，自己安心保重才好。」黛玉微笑一笑，也不答言，又咳嗽數聲，吐出好些血來。紫鵑等看去，只有

賈母幾乎是一個人見人愛的老祖宗。高鶚在續書中把她寫成了不管黛玉死活的冷酷之人，未免太不近情理。（張羽琳繪）

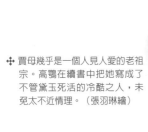

一息奄奄，明知勸不過來，惟有守著流淚，天天三四趟去告訴賈母。鴛鴦測度賈母近日比前疼黛玉的心差了些，所以不常去回。況賈母這幾日的心都在寶釵寶玉身上，不見黛玉的信兒也不大提起，◎13只請太醫調治罷了。

黛玉向來病著，自賈母起，直到姐妹們的下人，常來問候。今見賈府中上下人等都不過來，連一個問的人都沒有，睜開眼，只有紫鵑一人。◎14自料萬無生理，因扎掙著向紫鵑說道：「妹妹，你是我最知心的，雖是老太太派你伏侍我這幾年，我拿你就當作我的親妹妹。」說到這裏，氣又接不上來。紫鵑聽了，一陣心酸，早哭得說不出話來。遲了半日，黛玉又一面喘一面說道：「紫鵑妹妹，我躺著不受用，你扶起我來靠著坐坐才好。」紫鵑道：「姑娘的身上不大好，起來又要抖摟著了。」黛玉聽了，閉上眼不言語了。一時又要起來。紫鵑沒法，只得同雪雁把他扶起，兩邊用軟枕靠住，自己卻倚在旁邊。

黛玉那裏坐得住，下身自覺硌的疼，狠命的撐著。叫過雪雁來道：「我的詩本子。」說著又喘。雪雁料是要他前日所理的詩稿，◎15因找來送到黛玉跟前。黛玉點點頭兒，又抬眼看那箱子。雪雁不解，只是發怔。黛玉氣的兩眼直瞪，又咳嗽起來，又吐了一口血。雪雁連忙回身取了水來，黛玉漱了，吐在盒內。紫鵑用絹子給他拭了嘴。黛玉便拿那絹子指著箱子，又喘成一處，說不上來，閉了眼。紫鵑道：「姑娘歪歪兒罷。」黛玉又搖搖頭兒。紫鵑料是要絹子，便叫雪雁開箱，拿出一塊白綾絹

評點

◎12.此「眞」此「樂」，乃作者之心。（張新之）

◎13.史筆，大書特書。（姚燮）

◎14.不但寫賈母心冷，寶釵事忙，眾人亦俱冷淡，可爲黛玉傷心，且見紫鵑情重，爲將來不睬寶玉埋根。（王希廉）

◎15.讀至此回，方知上回伏筆之細。（姚燮）

子來。黛玉瞧了，撂在一邊，使勁說道：「有字的。」紫鵑這才明白過來，要那塊題詩的舊帕，只得叫雪雁拿出來遞給黛玉。紫鵑勸道：「姑娘歇歇罷，何苦又勞神，等好了再瞧罷。」只見黛玉接到手裏，也不瞧詩，扎掙著伸出那隻手來狠命的撕那絹子，卻是只有打顫的分兒，那裏撕得動。紫鵑早已知他是恨寶玉，卻也不敢說破，只說：「姑娘何苦自己又生氣！」黛玉點點頭兒，掖在袖裏，便叫雪雁點燈。雪雁答應，連忙點上燈來。

黛玉瞧瞧，又閉了眼坐著，喘了一會子，又道：「籠上火盆。」紫鵑打諒他冷，因說道：「姑娘躺下，多蓋一件罷。那炭氣只怕耽不住。」黛玉又搖頭兒。雪雁只得籠上，擱在地下火盆架上。黛玉點頭，意思叫挪到炕上來。雪雁只得端上來，出去拿那張火盆炕桌。那黛玉卻又把身子欠起，紫鵑只得兩隻手來扶著他。黛玉這才將方才的絹子拿在手中，瞅著那火點點頭兒，往上一撂。紫鵑唬了一跳，欲要搶時，兩隻手卻不敢動。雪雁又出去拿火盆桌子，此時那絹子已經燒著了。紫鵑勸道：「姑娘這是怎麼說呢。」黛玉只作不聞，回手又把那詩稿拿起來，瞧了瞧又撂下了。紫鵑怕他也要燒，連忙將身倚住黛玉，騰出手來拿時，黛玉又早拾起，撂在火上。此時紫鵑卻夠不著，乾急。雪雁正拿進桌子來，看見黛玉一撂，不知何物，趕忙搶時，那紙沾火就

✣ 林黛玉焚稿斷痴情。（《紅樓夢煙標精華》杜春耕編著，北京圖書館出版社提供）

著，如何能夠少待，早已烘烘的著了。雪雁也顧不得燒手，從火裏抓起來撂在地下亂踩，卻已燒得所餘無幾了。那黛玉把眼一閉，往後一仰，幾乎不曾把紫鵑壓倒。紫鵑連忙叫雪雁上來將黛玉扶著放倒，心裏突突的亂跳。欲要叫人時，天又晚了；欲不叫人時，自己同著雪雁和鸚哥等幾個小丫頭，又怕一時有什麼原故。好容易熬了一夜。到了次日早起，覺黛玉又緩過一點兒來。飯後，忽然又嗽又吐，又緊起來。紫鵑看著不祥了，連忙將雪雁等都叫進來看守，自己卻來回賈母。那知到了賈母上房，靜悄悄的，只有兩三個老媽媽和幾個作粗活的丫頭在那裏看屋子呢。紫鵑因問道：「老太太呢？」那些人都說不知道。紫鵑聽這話詫異，遂到寶玉屋裏去看，竟也無人。遂問屋裏的丫頭，也說不知。紫鵑已知八九，「但這些人怎麼竟這樣狠毒冷淡！」又想到黛玉這幾天竟連一個人問的也沒有，◎16越想越悲，索性激起一腔悶氣來，一扭身便出來了。自己想了一想，「今日倒要看看寶玉是何形狀！看他見了我怎麼樣過的去！那一年我說了一句謊話他就急病了，今日竟公然作出這件事來！可知天下男子之心眞眞是冰寒雪冷，令人切齒的！」一面走，一面想，早已來到怡紅院。只見院門虛掩，裏面卻又寂靜的很。紫鵑忽然想到：「他要娶親，自然是有新屋子的，但不知他這新屋子在何處？」

正在那裏徘徊瞻顧，看見墨雨飛跑，紫鵑便叫住他。墨雨過來笑嘻嘻的道：「姐姐在這裏作什麼？」紫鵑道：「我聽見寶二爺娶親，我要來看看熱鬧兒。誰知不在這

評點

◎16.可以悟人情，可以悟世道。（姚燮）

裏，也不知是幾兒。」墨雨悄悄的道：「我這話只告訴姐姐，你可別告訴雪雁他們。上頭吩咐了，連你們都不叫知道呢。就是今日夜裏娶，那裏是在這裏，老爺派璉二爺另收拾了房子了。」說著又問：「姐姐有什麼事麼？」紫鵑道：「沒什麼事，你去罷。」墨雨仍舊飛跑去了。紫鵑自己也發了一回呆，忽然想起黛玉來，這時候還不知是死是活。因兩淚汪汪，咬著牙發狠道：「寶玉，我看他明兒死了，你算是躲的過不見了！你過了你那如心如意的事兒，拿什麼臉來見我！」一面哭，一面走，嗚嗚咽咽的自回去了。

還未到瀟湘館，只見兩個小丫頭在門裏往外探頭探腦的，一眼看見紫鵑，那一個便嚷道：「那不是紫鵑姐姐來了嗎？」紫鵑知道不好了，連忙擺手兒不叫嚷，趕忙進去看時，只見黛玉肝火上炎，兩顴紅赤。紫鵑覺得不妥，叫了黛玉的奶媽王奶奶來。一看，他便大哭起來。這紫鵑因王奶媽有些年

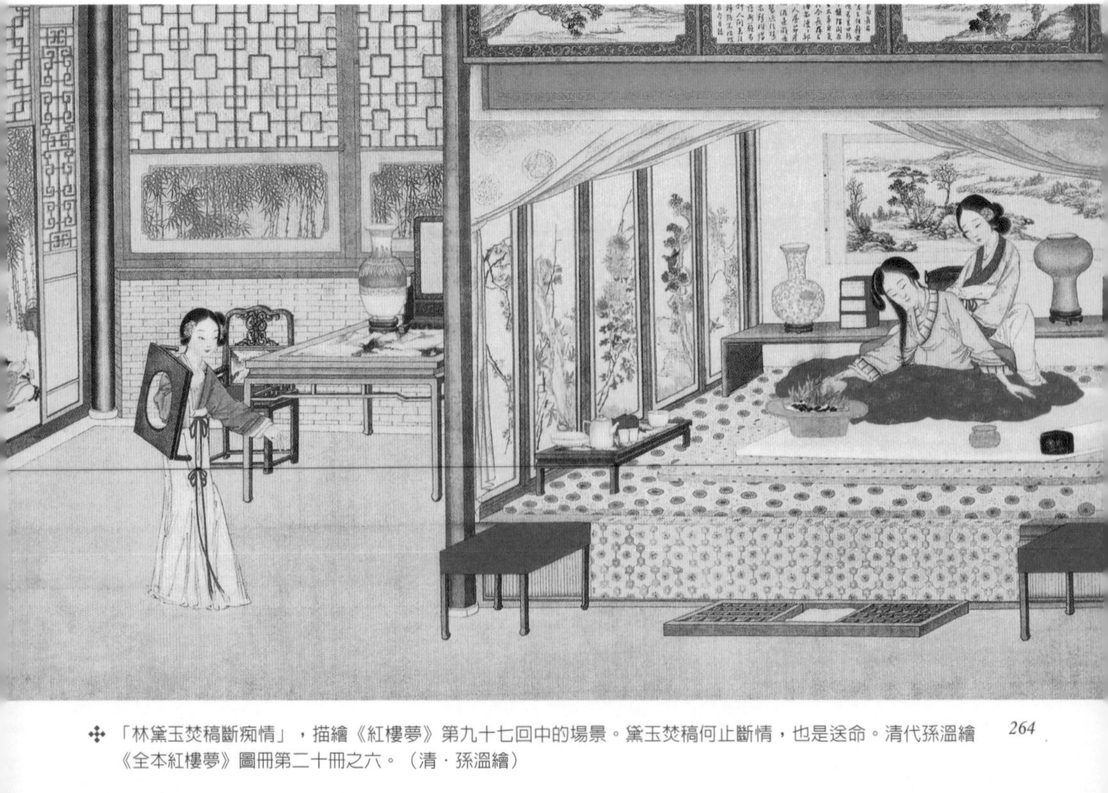

「林黛玉焚稿斷痴情」，描繪《紅樓夢》第九十七回中的場景。黛玉焚稿何止斷情，也是送命。清代孫溫繪《全本紅樓夢》圖冊第二十冊之六。（清・孫溫繪）

紀，可以仗個膽兒，誰知竟是個沒主意的人，反倒把紫鵑弄得心裏七上八下。忽然想起一個人來，便命小丫頭急忙去請。你道是誰？原來紫鵑想起李宮裁是個孀居，今日寶玉結親，他自然迴避。況且園中諸事向係李紈料理，所以打發人去請他。

李紈正在那裏給賈蘭改詩，◎17冒冒失失的見一個丫頭進來回說：「大奶奶，只怕林姑娘好不了，那裏都哭呢。」李紈聽了，嚇了一大跳，也不及問了，連忙站起身來便走，素雲碧月跟著，一頭走著，一頭落淚，想著：「姐妹在一處一場，更兼他那容貌才情真是寡二少雙，惟有青女素娥可以彷彿一二，竟這樣小小的年紀，就作了北邙鄉女※4！偏偏鳳姐想出一條偷梁換柱之計，自己也不好過瀟湘館來，竟未能少盡姐妹之情。真真可憐可嘆。」一頭想著，已走到瀟湘館的門口。裏面卻又寂然無聲，李紈倒著起忙來，想來必是已死，都哭過了。那衣衾未知裝裹妥當了沒有？連忙三步兩步走進屋子來。

裏間門口一個小丫頭已經看見，便說：「大奶奶來了。」紫鵑忙往外走，和李紈走了個對臉。李紈忙問：「怎麼樣？」紫鵑欲說話時，惟有喉中哽咽的分兒，卻一字說不出，那眼淚一似斷線珍珠一般，只將一隻手回過去指著黛玉。李紈看了紫鵑這般光景，更覺心酸，也不再問，連忙走過來。看時，那黛玉已不能言。李紈輕輕叫了兩聲，黛玉卻還微微的開眼，似有知識之狀，但只眼皮嘴唇微有動意，口內尚有出入之

註

※4：指女子的死亡。北邙：墳墓。

評點

◎17.百忙中忽寫一句極閑雅事。（黃小田）

息，卻要一句話一點淚也沒有了。◎18李紈回身見紫鵑不在跟前，便問雪雁。雪雁道：「他在外頭屋裏呢。」李紈連忙出來，只見紫鵑在外間空床上躺著，顏色青黃，閉了眼只管流淚，那鼻涕眼淚把一個砌花錦邊的褥子已濕了碗大的一片。李紈連忙喚他，那紫鵑才慢慢的睜開眼欠起身來。李紈道：「傻丫頭，這是什麼時候，且只顧哭你的！林姑娘的衣衾還不拿出來給他換上，還等多早晚呢。難道他個女孩兒家，你還叫他赤身露體精著來光著去嗎！」紫鵑聽了這句話，一發止不住痛哭起來。李紈一面也哭，一面著急，一面拭淚，一面拍著紫鵑的肩膀說：「好孩子，你把我的心都哭亂了，快著收拾他的東西罷，再遲一會子就了不得了。」◎19

正鬧著，外邊一個人慌慌張張跑進來，倒把李紈唬了一跳，看時卻是平兒。跑進來看見這樣，只是呆磕磕的發怔。李紈道：「你這會子不在那邊，作什麼來了？」說著，林之孝家的也進來了。平兒道：「奶奶不放心，叫來瞧瞧。既有大奶奶在這裏，我們奶奶就只顧那一頭兒了。」李紈點點頭兒。平兒道：「我也見見林姑娘。」說著，一面往裏走，一面早已流下淚來。這裏李紈因和林之孝家的道：「你來的正好，快出去瞧瞧去，告訴管事的預備林姑娘的後事。妥當了叫他來回我，不用到那邊去。」林之孝家的答應了，還站著。李紈道：「還有什麼話呢？」林之孝家的道：「剛才二奶奶和老太太商量了，那邊用紫鵑姑娘使喚使喚呢。」李紈還未答言，只見

✣碧月。李紈的丫鬟。（《紅樓夢煙標精華》杜春耕編著，北京圖書館出版社提供）

✣ 黛玉心中絕望，將手絹和詩稿付之一炬。（張羽琳繪）

紫鵑道：「林奶奶，你先請罷。等著人死了我們自然是出去的，那裏用這麼……」說到這裏卻又不好說了，因又改說道：「況且我們在這裏守著病人，身上也不潔淨。林姑娘還有氣兒呢，不時的叫我。」李紈在旁解說道：「當眞這林姑娘和這丫頭也是前世的緣法兒。倒是雪雁是他南邊帶來的，他倒不理會。惟有紫鵑，我看他兩個一時也離不開。」林之孝家的頭裏聽了紫鵑的話，未免不受用，被李紈這番一說，卻也沒的說，又見紫鵑哭得淚人一般，只好瞅著他微微的笑，因又說道：「紫鵑姑娘這些閑話倒不要緊，只是他卻說得，我可怎麼回老太太呢？況且這話是告訴得二奶奶的嗎？」

正說著，平兒擦著眼淚出來道：「告訴二奶奶什麼事？」林之孝家的將方才的話說了一遍。平兒低了一回頭，說：「這麼著罷，就叫雪姑娘去罷。」李紈道：「他使得嗎？」平兒走到李紈耳邊說了幾句，李紈點點頭兒道：「既是這麼著，就叫雪雁過

評點

◎18.淚已還盡，自然一點沒有。（姚燮）

◎19.僕謂讀此回而不流涕者，非人情也。昔杜默下第，至項王廟中痛哭，泥神爲之下淚。夫下第之怨，何至於此？若此回焚絹子，焚詩稿，雖鐵石心腸，亦應斷絕矣。僕所哭者，尤在寶玉焉。斷痴情之痛，不若成大禮之痛爲更深。天下古今第一有情人，偏生屈作負心人。（陳其泰）

去也是一樣的。」林之孝家的因問平兒道：「雪姑娘使得嗎？」平兒道：「使得，都是一樣。」林家的道：「那麼姑娘就快叫雪姑娘跟了我去。我先去回了老太太和二奶奶，這可是大奶奶和姑娘的主意。回來姑娘再各自回二奶奶去。」李紈道：「是了。你這麼大年紀，連這麼點子事還不耽呢。」林家的笑道：「不是不耽，頭一宗這件事老太太和二奶奶辦的，我們都不能很明白；再者又有大奶奶和平姑娘呢。」說著，平兒已叫了雪雁出來。原來雪雁因這幾日嫌他小孩子家懂得什麼，便也把心冷淡了。況且聽是老太太和二奶奶叫，也不敢不去。連忙收拾了頭，平兒叫他換了新鮮衣服，跟著林家的去了。隨後平兒又和李紈說了幾句話。李紈又囑咐平兒打那麼催著林之孝家的叫他男人快辦了來。平兒答應著出來，轉了個彎子，看見林家的帶著雪雁在前頭走呢，趕忙叫住道：「我帶了他去罷，你先告訴林大爺辦林姑娘的東西去罷。奶奶那裏我替回就是了。」那林家的答應著去了。這裏平兒帶了雪雁到了新房子裏，回明了自去辦事。

* * *

卻說雪雁看見這般光景，想起他家姑娘，也未免傷心，只是在賈母鳳姐跟前不敢露出。因又想道：「也不知用我作什麼，我且瞧瞧。寶玉一日家和我們姑娘好的蜜裏調油，這時候總不見面了，也不知是眞病假病。怕我們姑娘不依，他假說丟了玉，裝出傻子樣兒來，叫我們姑娘寒了心，他好娶寶姑娘的意思。我看看他去，看他見了我傻不傻。莫不成今兒還裝傻麼！」一面想著，已溜到裏間屋子門口，偷偷兒的瞧。這時寶玉雖因失玉昏憒，但只聽見娶了黛玉爲妻，眞乃是從古至今天上人間第一件暢心滿意的事了，那身子頓覺健旺起來，——只不過不似從前那般靈透，所以鳳姐的妙計百發百中，——巴不得即見黛玉，盼到今日完姻，眞樂得手舞足蹈，雖有幾句傻話，卻與病時光景大相懸絕了。雪雁看了，又是生氣，又是傷心，他那裏曉得寶玉的心事，便各自走開。

這裏寶玉便叫襲人快快給他裝新，坐在王夫人屋裏，看見鳳姐尤氏忙忙碌碌，再盼不到吉時，只管問襲人道：「林妹妹打園裏來，爲什麼這麼費事，還不來？」襲人忍著笑道：「等好時辰。」回來又聽見鳳姐與王夫人道：「雖然有服，外頭不用鼓樂，咱們南邊規矩要拜堂的，冷清清使不得。我傳了家內學過音樂管過戲子的那些女人來吹打，熱鬧些。」王夫人點頭說：「使得。」

一時大轎從大門進來，家裏細樂※5迎出去，十二對宮燈，排著進來，倒也新鮮雅致。儐相※6請了新人出轎。寶玉見新人蒙著蓋頭，喜娘披著紅扶著。下首扶新人的你道是誰，原來就是雪雁。寶玉看見雪雁，猶想：「因何紫鵑不來，倒是他呢？」又想道：「是了，雪雁原是他南邊家裏帶來的，紫鵑仍是我們家的，自然不必帶來。」因此見了雪雁竟如見了黛玉的一般歡喜。儐相贊禮，拜了天地。請出賈母受了四拜，

註

※5：不用鑼鼓音響大的而用絲竹管弦等樂器所奏之樂。

※6：結婚典禮時陪伴新郎新娘的人。

✣ 寶釵成婚，揭蓋頭前，寶玉還誤以為
新娘就是黛玉。（張羽琳繪）

後請賈政夫婦登堂，行禮畢，送入洞房。還有坐床撒帳等事，俱是按金陵舊例。賈政原爲賈母作主，不敢違拗，不信沖喜之說。那知今日寶玉居然像個好人一般，賈政見了，倒也喜歡。那新人坐了床便要揭起蓋頭的，鳳姐早已防備，故請賈母王夫人等進去照應。

寶玉此時到底有些傻氣，便走到新人跟前說道：「妹妹身上好了？好些天不見了，蓋著這勞什子作什麼！」欲待要揭去，反把賈母急出一身冷汗來。寶玉又轉念一想道：「林妹妹是愛生氣的，不可造次。」又歇了一歇，仍是按捺不住，只得上前揭了。◎20喜娘接去蓋頭，雪雁走開，鶯兒等上來伺候。寶玉睜眼一看，好像寶釵，心裏不信，自己一手持燈，一手擦眼，一看，可不是寶釵麼！只見他盛妝艷服，豐肩愞體，鬟低鬢嚲，眼瞤息微。眞是荷粉露垂，杏花煙潤了。◎21寶玉發了一回怔，又見鶯兒立在旁邊，不見了雪雁。寶玉此時心無主意，自己反以爲是夢中了，呆呆的只管站著。衆人接過燈去，扶了寶玉仍舊坐下，兩眼直視，半語全無。賈母恐他病發，親自扶他上床。鳳姐、尤氏請了寶釵進入裏間床上坐下，寶釵此時自然是低頭不語。

寶玉定了一回神，見賈母王夫人坐在那邊，便輕輕的叫襲人道：「我是在那裏呢？這不是作夢麼？」◎22襲人道：「你今日好日子，什麼夢不夢的混說。老爺可在外頭呢。」寶玉悄悄兒的拿手指著道：「坐在那裏這一位美人兒是誰？」襲人握了自己的嘴，笑的說不出話來，歇了半日才說道：「是新娶的二奶奶。」衆人也都回過頭

評點

◎20.才一轉念便是二心，木石破而金玉合矣。（張新之）
◎21.竭力描寫寶釵之美，以見寶玉略不移情，眞乃古今第一情種。（陳其泰）
◎22.太虛境一夢，絳芸軒一夢，歸宿於此。（張新之）

✣「薛寶釵出閨成大禮」，描繪《紅樓夢》第九十七回中的場景。大禮雖成，卻從一開始就蒙上了陰影。清代孫溫繪《全本紅樓夢》圖冊第二十冊之七。（清・孫溫繪）

囍
囍
囍
囍
囍
囍
囍
囍
囍
囍

去，忍不住的笑。寶玉又道：「好糊塗，你說二奶奶到底是誰？」襲人道：「寶姑娘。」寶玉道：「林姑娘呢？」襲人道：「老爺作主娶的是寶姑娘，怎麼混說起林姑娘來。」寶玉道：「我才剛看見林姑娘了麼，還有雪雁呢，怎麼說沒有。你們這都是作什麼頑呢？」鳳姐便走上來輕輕的說道：「寶姑娘在屋裏坐著呢。別混說，回來的罪了他，老太太不依的。」寶玉聽了，這會子糊塗更利害了。本來原有昏憒的病，加以今夜神出鬼沒，更叫他不得主意，便也不顧別的了，口口聲聲只要找林妹妹去。賈母等上前安慰，無奈他只是不懂。又有寶釵在內，又不好明說。知寶玉舊病復發，也不講明，只得滿屋裏點起安息香來，定住他的神魂，扶他睡下。衆人鴉雀無聞，停了片時，寶玉便昏沉睡去。賈母等才得略略放心，只好坐以待旦，叫鳳姐去請寶釵安歇。寶釵置若罔聞，也便和衣在內暫歇。賈政在外，未知內裏原由，只就方才眼見的光景想來，心下倒放寬了。恰是明日就是起程的吉日，略歇了一歇，衆人賀喜送行。賈母見寶玉睡著，也回房去暫歇。

　　次早，賈政辭了宗祠，過來拜別賈母，稟稱：「不孝遠離，惟願老太太順時頤養。兒子一到任所，即修稟※7請安，不必掛念。寶玉的事，已經依了老太太完結，只求老太太訓誨。」賈母恐賈政在路不放心，並不將寶玉復病的話說起，只說：「我有一句話，寶玉昨夜完姻，並不是同房。今日你起身，必該叫他遠送才是。他因病沖喜，如今才好些，又是昨日一天勞乏，出來恐怕著了風。故此問你，你叫他送呢，我

✣ 清代彩繡蝴蝶花卉雲肩，河南博物院藏品。雲肩又稱為披肩，多以絲緞織錦製作，明清時候大多都在婚慶喜宴等場合使用。（聶鳴提供）

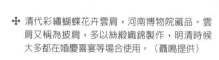

即刻去叫他；你若疼他，我就叫人帶了他來，你見見，叫他給你磕頭就算了。」賈政道：「叫他送什麼，只要他從此以後認眞念書，比送我還喜歡呢。」賈母聽了，又放了一條心，便叫賈政坐著，叫鴛鴦去如此如此，帶了寶玉，叫襲人跟著來。鴛鴦去了不多一會，果然寶玉來了，仍是叫

✣ 安息香，落葉喬木，葉互生，長卵形，葉緣具不規則齒牙。（許旭芒提供）

他行禮。寶玉見了父親，神志略斂些，片時清楚，也沒什麼大差。賈政吩咐了幾句，寶玉答應了。賈政叫人扶他回去了，自己回到王夫人房中，又切實的叫王夫人管教兒子，斷不可如前嬌縱。明年鄉試，務必叫他下場。◎23王夫人一一的聽了，也沒提起別的。即忙命人扶了寶釵過來，行了新婦送行之禮，也不出房。其餘內眷俱送至二門而回。賈珍等也受了一番訓飭。大家舉酒送行，一班子弟及晚輩親友，直送至十里長亭※8而別。

不言賈政起程赴任。且說寶玉回來，舊病陡發，更加昏憒，連飲食也不能進了。未知性命如何，下回分解。◎24

註

※7：給長輩寫信。

※8：古時設在遠郊大路旁供路人休息的亭舍，泛指送行的地方。

評點

◎23.交過排場，預透後文。（張新之）

◎24.寶釵出閣成禮時，即是黛玉魂歸太虛之日。若一回並敘，未免筆墨繁瑣，顧此失彼，描寫不盡，故分做兩回。此回只寫黛玉病危，單寫寶釵成婚光景，至黛玉身故日時，卻於下回寶釵口中說出，用補筆細敘。此文章斟酌先後變動安閑法。（王希廉）

第九十八回 苦絳珠魂歸離恨天 病神瑛淚灑相思地

話說寶玉見了賈政，回至房中，更覺頭昏腦悶，懶待動彈，連飯也沒吃，便昏沉睡去。仍舊延醫診治，服藥不效，索性連人也認不明白了。大家扶著他坐起來，還是像個好人。一連鬧了幾天，那日恰是回九[※1]之期，若不過去，薛姨媽臉上過不去；若說去呢，寶玉這般光景。賈母明知是為黛玉而起，[◎1]欲要告訴明白，又恐氣急生變。寶釵是新媳婦，又難勸慰，必得姨媽過來才好。若不回九，姨媽嗔怪。便與王夫人、鳳姐商議道：「我看寶玉竟是魂不守舍，起動是不怕的。用兩乘小轎叫人扶著從園裏過去，應了回九的吉期，以後請姨媽過來安慰寶釵，咱們一心一意的調治寶玉，可不兩全？」王夫人答應了，即刻預備。幸虧寶釵是新媳婦，寶玉是個瘋傻的，由人掇弄過去了。寶釵也明知其事，心裏只怨母親辦得糊

✣《增評補圖石頭記》第九十八回繪畫。（fotoe提供）

塗，◎2事已至此不肯多言。獨有薛姨媽看見寶玉這般光景，心裏懊悔，只得草草完事。

到家，寶玉越加沉重，次日連起坐都不能了。日重一日，甚至湯水不進。薛姨媽等忙了手腳，各處遍請名醫，皆不識病源。只有城外破寺中住著個窮醫，姓畢，別號知庵的，診得病源是悲喜激射，冷暖失調，飲食失時，憂忿滯中，正氣壅閉：此內傷外感之症。於是度量用藥，至晚服了，二更後果然省些人事，便要水喝。賈母王夫人等才放了心，請了薛姨媽帶了寶釵都到賈母那裏暫且歇息。

寶玉片時清楚，自料難保，見諸人散後，房中只有襲人，因喚襲人至跟前，拉著手哭道：「我問你，寶姐姐怎麼來的？◎3我記得老爺給我娶了林妹妹過來，怎麼被寶姐姐趕了去了？他爲什麼霸占住在這裏？◎4我要說呢，又恐怕得罪了他。你們聽見林妹妹哭得怎麼樣了？」襲人不敢明說，只得說道：「林姑娘病著呢。」寶玉又道：「我瞧瞧他去。」說著，要起來。豈知連日飲食不進，身子那能動轉，便哭道：「我要死了！我有一句心裏的話，只求你回明老太太：橫豎林妹妹也是要死的，我如今也不能保。兩處兩個病人都要死的，死了越發難張羅。不如騰一處空房子，趁早將我同林妹妹兩個抬在那裏，活著也好一處醫治伏侍，死了也好一處停放。你依我這話，不枉了幾年的情分。」襲人聽了這些話，便哭的哽嗓氣噎。寶釵恰好同了鶯兒過來，也聽見了，便說道：「你放著病不保養，何苦說這些不吉利的話。老太太才安

註

※1：女子出嫁後在婚後第九天回娘家。

評點

◎1.偏是明知其意。（姚燮）
◎2.恐終成不了事。（姚燮）
◎3.直到此處方借寶玉口中說破（寶釵）作意。（張新之）
◎4.一個「趕」字，又加「霸占」二字，定了寶釵罪案，莫謂寶玉之傻也。（姚燮）

慰了些，你又生出事來。老太太一生疼你一個，如今八十多歲的人了，雖不圖你的封誥，將來你成了人，老太太也看著樂一天，也不枉了老人家的苦心。太太更是不必說了，一生的心血精神，撫養了你這一個兒子，若是半途死了，太太將來怎麼樣呢。我雖是命薄，也不至於此。據此三件看來，你便要死，那天也不容你死的，所以你是不得死的。只管安穩著，養個四五天後，風邪散了，太和正氣一足，自然這些邪病都沒有了。」◎5寶玉聽了，竟是無言可答，半晌方才嘻嘻的笑道：「你是好些時不和我說話了，這會子說這些大道理的話給誰聽？」寶釵聽了這話，便又說道：「實告訴你說罷，那兩日你不知人事的時候，林妹妹已經亡故了。」寶玉忽然坐起來，大聲詫異道：「果眞死了嗎？」寶釵道：「果眞死了。豈有紅口白舌咒人死的呢。老太太、太太知道你姐妹和睦，你聽見他死了自然你也要死，◎6所以不肯告訴你。」寶玉聽了，不禁放聲大哭，倒在床上。

忽然眼前漆黑，辨不出方向，心中正自恍惚，只見眼前好像有人走來。寶玉茫然問道：「借問此是何處？」那人道：「此陰司泉路。你壽未終，何故至此？」寶玉道：「適聞有一故人已死，遂尋訪至此，不覺迷途。」那人道：「故人是誰？」寶玉道：「姑蘇林黛玉。」那人冷笑道：「林黛玉生不同人，死不同鬼，無魂無魄，何處尋訪！凡人魂魄，聚而成形，散而爲氣，生前聚之，死則散焉。常人尚無可尋訪，何況林黛玉呢？汝快回去罷。」寶玉聽了，呆了半晌道：「既云死者散也，又

如何有這個陰司呢？」那人冷笑道：「那陰司說有便有，說無就無。皆爲世俗溺於生死之說，設言以警世，便道上天深怒愚人，或不守分安常，或生祿未終自行夭折，或嗜淫欲尚氣逞凶無故自隕者，特設此地獄，囚其魂魄，受無邊的苦，以償生前之罪。汝尋黛玉，是無故自陷也。且黛玉已歸太虛幻境，汝若有心尋訪，潛心修養，自然有時相見。如不安生，即以自行夭折之罪囚禁陰司，除父母外，欲圖一見黛玉，終不能矣。」◎7那人說畢，袖中取出一石，向寶玉心口擲來。◎8寶玉聽了這話，又被這石子打著心窩，嚇的即欲回家，只恨迷了道路。

正在躊躇，忽聽那邊有人喚他。回首看時，不是別人，正是賈母、王夫人、寶釵、襲人等圍繞哭泣叫著。自己仍舊躺在床上。見案上紅燈，窗前皓月，依然錦繡叢中，繁華世界。定神一想，原來竟是一場大夢。◎9渾身冷汗，覺得心內清爽。仔細一想，眞正無可奈何，不過長嘆數聲而已。寶釵早知黛玉已死，因賈母等不許衆人告訴寶玉知道，恐添病難治。自己卻深知寶玉之病實因黛玉而起，失玉次之，故趁勢說明，使其一痛決絕，神魂歸一，庶可療治。◎10賈母王夫人等不知寶釵的用意，深怪他造次。後來見寶玉醒了過來，方才放心。◎11立即到外書房請了畢大夫進來診視。那大夫進來診了脈，便道：「奇怪，這回脈氣沉靜，神安鬱散，明日進調理的藥，就可以望好了。」說著出去。衆人各自安心散去。

襲人起初深怨寶釵不該告訴，惟是口中不好說出。鶯兒背地也說寶釵道：「姑娘

評點

◎5.新媳婦一番論說，自是堂皇正大之言。珍之尤，璉之王，蓉之秦，其品地皆所不及。（姚燮）
◎6.寶釵眞有見識，不似藏頭露尾作一味姑娘腔者。（姚燮）
◎7.此段乃作者現身說法，都在兩「冷笑」內。（張新之）
◎8.他山之石可以攻玉，亦即以其人之道治其身。（姚燮）
◎9.自謂出夢，不知其復入夢矣。然此後亦不過未醒之殘夢耳。（姚燮）
◎10.寶釵可謂神於醫心病者。（王希廉）
◎11.但知放心，安知寶釵用術之神。（姚燮）

忒性急了。」寶釵道：「你知道什麼好歹，橫豎有我呢。」那寶釵任人誹謗，並不介意，只窺察寶玉心病，暗下針砭。一日，寶玉漸覺神志安定，雖一時想起黛玉，尚有糊塗。更有襲人緩緩的將「老爺選定的寶姑娘爲人和厚；嫌林姑娘秉性古怪，原恐早夭。老太太恐你不知好歹，病中著急，所以叫雪雁過來哄你」的話時常勸解。寶玉終是心酸落淚。欲待尋死，又想著夢中之言，又恐老太太、太太生氣，又不能撩開。又想黛玉已死，寶釵又是第一等人物，方信金石姻緣有定，自己也解了好些。寶釵看來不妨大事，於是自己心也安了，只在賈母王夫人等前盡行過家庭之禮後，便設法以釋寶玉之憂。寶玉雖不能時常坐起，亦常見寶釵坐在床前，禁不住生來舊病。寶釵每以正言勸解，以「養身要緊，你我既爲夫婦，豈在一時」之語安慰他。那寶玉心裏雖不順遂，無奈日裏賈母王夫人及薛姨媽等輪流相伴，夜間寶釵獨去安寢，賈母又派人伏侍，只得安心靜養。又見寶釵舉動溫柔，也就漸漸的將愛慕黛玉的心腸略移在寶釵身上，此是後話。

卻說寶玉成家的那一日，黛玉白日已昏暈過去，◎12卻心頭口中一絲微氣不斷，把個李紈和紫鵑哭的死去活來。到了晚間，黛玉卻又緩過來了，微微睜開眼，似有要水要湯的光景。此時雪雁已去，只有紫鵑和李紈在旁。紫鵑便端了一盞桂圓湯和的梨汁，用小銀匙灌了兩三匙。黛玉閉著眼靜養了一會子，覺得心裏似明似暗的。此時李紈見黛玉略緩，明知是迴光反照的光景，卻料著還有一半天耐頭，自己回到稻香村料

✣寶釵成婚當日，黛玉氣絕。（張羽琳繪）

理了一回事情。

這裏黛玉睜開眼一看，只有紫鵑和奶媽並幾個小丫頭在那裏，便一手攥了紫鵑的手，使著勁說道：「我是不中用的人了。你伏侍我幾年，我原指望咱們兩個總在一處。不想我……」說著，又喘了一會子，閉了眼歇著。紫鵑見他攥著不肯鬆手，自己也不敢挪動，看他的光景比早半天好些，只當還可以回轉，聽了這話，又寒了半截。半天，黛玉又說道：「妹妹，我這裏並沒親人。我的身子是乾淨的，你好歹叫他們送我回去。」◎13說到這裏，又閉了眼不言語了。那手卻漸漸緊了，喘成一處，只是出氣大入氣小，已經促疾的很了。

紫鵑忙了，連忙叫人請李紈，可巧探春來了。紫鵑見了，忙悄悄的說道：「三姑娘，瞧瞧林姑娘罷。」說著，淚如雨下。探春過來，摸了摸黛玉的手已經涼了，連目光也都散了。探春紫鵑正哭著叫人端水來給黛玉擦洗，李紈趕忙進來了。三個人才見了，不及說話，剛擦著，猛聽黛玉直聲叫道：「寶玉，寶玉，你好……」◎14說到「好」字，便渾身冷汗，不作聲了。◎15紫鵑等急忙扶住，那汗愈出，身子便漸漸的冷

評點

◎12.以下補寫黛玉死時光景。……此用倒敘法。（姚燮）

◎13.雪芹先生不欲以曖昧之事糟蹋閨房，故於黛玉臨終時標出「身子乾淨」四字，使人默喻其意。晴雯將死，亦云「悔不當初」，皆作者極力周旋處。（姚燮）

◎14.「你好」二字下恨恨之至，有千言萬語實難說盡。（姚燮）

◎15.必是「你好負心」四字，作者故作不全語耳。（黃小田）

了。探春李紈叫人亂著攏頭穿衣，只見黛玉兩眼一翻，嗚呼，◎[16]香魂一縷隨風散，愁緒三更入夢遙！

當時黛玉氣絕，正是寶玉娶寶釵的這個時辰。◎[17]紫鵑等都大哭起來。李紈探春想他素日的可疼，今日更加可憐，也便傷心痛哭。因瀟湘館離新房子甚遠，所以那邊並沒聽見。一時大家痛哭了一陣，只聽得遠遠一陣音樂之聲，側耳一聽，卻又沒有了。◎[18]探春李紈走出院外再聽時，惟有竹梢風動，月影移牆，好不淒涼冷淡！◎[19]一時叫了林之孝家的過來，將黛玉停放畢，派人看守，等明早去回鳳姐。

鳳姐因見賈母王夫人等忙亂，賈政起身，又爲寶玉惛憒更甚，

✣ 黛玉葬花。黛玉如今無力葬花，亦不知自身為誰所葬了。（《紅樓夢煙標精華》杜春耕編著，北京圖書館出版社提供）

正在著急異常之時，若是又將黛玉的凶信一回，恐賈母王夫人愁苦交加，急出病來，只得親自到園。到了瀟湘館內，也不免哭了一場。見了李紈探春，知道諸事齊備，便說：「很好。只是剛才你們爲什麼不言語，叫我著急？」探春道：「剛才送老爺，怎麼說呢。」鳳姐道：「還倒是你們兩個可憐他些。這麼著，我還得那邊去招呼那個冤家呢。但是這件事好累墜，若是今日不回，使不得；若回了，恐怕老太太擱不住。」李紈道：「你去見機行事，得回再回方好。」鳳姐點頭，忙忙的去了。

鳳姐到了寶玉那裏，聽見大夫說不妨事，賈母王夫人略覺放心，鳳姐便背了寶玉，緩緩的將黛玉的事回明了。賈母王夫人聽得都唬了一大跳。賈母眼淚交流說道：「是我弄壞了他了。但只是這個丫頭也忒傻氣！」說著，便要到園裏去哭他一場，又惦記著寶玉，兩頭難顧。王夫人等含悲共勸賈母不必過去，「老太太身子要緊。」賈母無奈，只得叫王夫人自去。又說：「你替我告訴他的陰靈：『並不是我忍心不來送你，只爲有個親疏。你是我的外孫女兒，是親的了，若與寶玉比起來，可是寶玉比你更親些。倘寶玉有些不好，我怎麼見他父親呢。』」說著，又哭起來。王夫人勸道：「林姑娘是老太太最疼的，但只壽夭有定。如今已經死了，無可盡心，只是葬禮上要上等的發送。一則可以少盡咱們的心，二則就是姑太太和外甥女兒的陰靈兒，也可以少安了。」賈母聽到這裏，越發痛哭起來。鳳姐恐怕老人家傷感太過，明仗著寶玉心中不甚明白，便偷偷的使人來撒個謊兒哄老太太道：「寶玉那裏找老太太呢。」賈母

評點

◎16.「嗚呼」二字，全書了結。（張新之）
◎17.哀樂不均，死生異路，作者以特筆書之。（姚燮）
◎18.彼不聞哭，此則聞樂。（張新之）
◎19.瀟湘館從此就荒矣。（姚燮）

✣「苦絳珠魂歸離恨天」，描繪《紅樓夢》第九十八回中的場景。黛玉為情而生，情盡而亡。清代孫溫繪《全本紅樓夢》圖冊第二十冊之八。（清．孫溫繪）

聽見，才止住淚問道：「不是又有什麼原故？」鳳姐陪笑道：「沒什麼原故，他大約是想老太太的意思。」賈母連忙扶了珍珠兒，鳳姐也跟著過來。

走至半路，正遇王夫人過來，一一回明了賈母。賈母自然又是哀痛的，只因要到寶玉那邊，只得忍淚含悲的說道：「既這麼著，我也不過去了。由你們辦罷，我看著心裏也難受，只別委曲了他就是了。」王夫人、鳳姐一一答應了。賈母才過寶玉這邊來，見了寶玉，因問：「你作什麼找我？」寶玉笑道：「我昨日晚上看見林妹妹來了，他說要回南去。我想沒人留的住，還得老太太給我留一留他。」賈母聽著，說：「使得，只管放心罷。」襲人因扶寶玉躺下。

賈母出來到寶釵這邊來。那時寶釵尚未回九，所以每每見了人倒有些含羞之意。◎20這一天見賈母滿面淚痕，遞了茶，賈母叫他坐下。寶釵側身陪著坐了，才問道：「聽得林妹妹病了，不知他可好些了？」賈母聽了這話，那眼淚止不住流下來，因說道：「我的兒，我告訴你，你可別告訴寶玉。都是因你林妹妹，才叫你受了多少委曲。你如今作媳婦了，我才告訴你。這如今你林妹妹沒了兩三天了，就是娶你的那個時辰死的。如今寶玉這一番病還是為著這個，你們先都在園子裏，自然也都是明白

❖絳珠仙草與通靈寶石的木石前盟。（《紅樓夢煙標精華》杜春耕編著，北京圖書館出版社提供）

✣寶玉到瀟湘館祭奠黛玉。（張羽琳繪）

的。」寶釵把臉飛紅了，想到黛玉之死，又不免落下淚來。賈母又說了一回話去了。自此寶釵千回萬轉，想了一個主意，只不肯造次，所以過了回九才想出這個法子來。如今果然好些，然後大家說話才不至似前留神。

獨是寶玉雖然病勢一天好似一天，他的痴心總不能解，必要親去哭他一場。賈母等知他病未除根，不許他胡思亂想，怎奈他鬱悶難堪，病多反覆。倒是大夫看出心病，索性叫他開散了，再用藥調理，倒可好得快些。寶玉聽說，立刻要往瀟湘館來。賈母等只得叫人抬了竹椅子過來，扶寶玉坐上。賈母王夫人即便先行。到了瀟湘館內，一見黛玉靈柩，賈母已哭得淚乾氣絕。鳳姐等再三勸住。王夫人也哭了一場。李紈便請賈母王夫人在裏間歇著，猶自落淚。

寶玉一到，想起未病之先來到這裏，今日屋在人亡，不禁嚎啕大哭。想起從前何等親密，今日死別，怎不更加傷感。眾人原恐寶玉病後過哀，都來解勸，寶玉已經哭

評點

◎20.「倒」字生刺。（張新之）

得死去活來，◎21大家攙扶歇息。其餘隨來的，如寶釵，俱極痛哭。獨是寶玉必要叫紫鵑來見，問明姑娘臨死有何話說。紫鵑本來深恨寶玉，見如此，心裏已回過來些，又見賈母王夫人都在這裏，不敢洒落寶玉，便將林姑娘怎麼復病，怎麼燒毀帕子，焚化詩稿，並將臨死說的話，一一的都告訴了。◎22寶玉又哭得氣噎喉乾。探春趁便又將黛玉臨終囑咐帶柩回南的話也說了一遍。賈母王夫人又哭起來。多虧鳳姐能言勸慰，略略止些，便請賈母等回去。寶玉那裏肯捨，無奈賈母逼著，只得勉強回房。◎23

賈母有了年紀的人，打從寶玉病起，日夜不寧，今又大痛一陣，已覺頭暈身熱。雖是不放心惦著寶玉，卻也掙扎不住，回到自己房中睡下。王夫人更加心痛難禁，也便回去，派了彩雲幫著襲人照應，並說：「寶玉若再悲戚，速來告訴我們。」寶釵是知寶玉一時必不能捨，也不相勸，只用諷刺的話說他。寶玉倒恐寶釵多心，也便飲泣收心。歇了一夜，倒也安穩。明日一早，眾人都來瞧他，但覺氣虛身弱，心病倒覺去了幾分。於是加意調養，漸漸的好起來。賈母幸不成病，惟是王夫人心痛未痊。那日薛姨媽過來探望，看見寶玉精神略好，也就放心，暫且住下。

一日，賈母特請薛姨媽過去商量說：「寶玉的命都虧姨太太救的，如今想來不妨了，獨委曲了你的姑娘。如今寶玉調養百日，身體復舊，又過了姑娘的功服，正好圓房。要求姨太太作主，另擇個上好的吉日。」薛姨媽便道：「老太太主意很好，何必

問我。寶丫頭雖生的粗笨，心裏卻還是極明白的。他的性情老太太素日是知道的。但願他們兩口兒言和意順，從此老太太也省好些心，我姐姐也安慰些，我也放了心了。老太太便定個日子。還通知親戚不用呢？」賈母道：「寶玉和你們姑娘生來第一件大事，況且費了多少周折，如今才得安逸，必要大家熱鬧幾天。親戚都要請的。一來酬願，二則咱們吃杯喜酒，也不枉我老人家操了好些心。」薛姨媽聽說，自然也是喜歡的，便將要辦妝奩的話也說了一番。賈母道：「咱們親上作親，我想也不必這些。若說動用的，他屋裏已經滿了。必定寶丫頭他心愛的要你幾件，姨太太就拿了來。我看寶丫頭也不是多心的人，不比的我那外孫女兒的脾氣，所以他不得長壽。」說著，連薛姨媽也便落淚。恰好鳳姐進來，笑道：「老太太姑媽又想著什麼了？」薛姨媽道：「我和老太太說起你林妹妹來，所以傷心。」鳳姐笑道：「老太太和姑媽且別傷心，我剛才聽了個笑話兒來了，◎24意思說給老太太和姑媽聽。」賈母拭了拭眼淚，微笑道：「你又不知要編派誰呢，你說來我和姨太太聽聽。說不笑我們可不依。」只見那鳳姐未從張口，先用兩隻手比著，笑彎了腰了。未知他說出些什麼來，下回分解。

評點

◎21.至責寶玉移情於釵。（張新之）

◎22.紫鵑終能體貼寶玉之心，所以爲黛玉知心人也。（陳其泰）

◎23.嘗記住見《石頭記》舊版不止百二十回，事蹟較多於今本，其最著者，榮、寧結局如史湘雲流爲女傭，寶釵、黛玉淪落教坊等事。（姚鵬圖）

◎24.史、尤、政、赦諸笑話總括於此。（張新之）

第九十九回 守官箴惡奴同破例 閱邸報老舅自擔驚

話說鳳姐見賈母和薛姨媽爲黛玉傷心，便說：「有個笑話兒說給老太太和姑媽聽。」未從開口，先自笑了，因說道：「老太太和姑媽打諒是那裏的笑話兒？就是咱們家的那二位新姑爺新媳婦啊！」賈母道：「怎麼了？」鳳姐拿手比著道：「一個這麼坐著，一個這麼站著。一個這麼扭過去，一個這麼轉過來。一個又……」說到這裏，賈母已經大笑起來，說道：「你好生說罷，倒不是他們兩口兒，你倒把人慪的受不得了。」薛姨媽也笑道：「你往下直說罷，不用比了。」鳳姐才說道：「剛才我到寶兄弟屋裏，我看見好幾個人笑。我只道是誰，巴著窗戶眼兒一瞧，原來寶妹妹坐在炕沿上，寶兄弟站在地下。寶兄弟拉著寶妹妹的袖子，口口聲聲只叫：『寶姐姐，你爲什麼不會說話了？你這麼說一句話，我的病包

✣《增評補圖石頭記》第九十九回繪畫。（fotoe提供）

✣賈母。（《紅樓夢煙標精華》杜春耕編著，北京圖書館出版社提供）

管全好。』寶妹妹卻扭著頭只管躲。寶兄弟卻作了一個揖，上前又拉寶妹妹的衣服。寶妹妹急的一扯，寶兄弟自然病後是腳軟的，索性一撲，撲在寶妹妹身上了。寶妹妹急的紅了臉，說道：『你越發比先不尊重了。』」說到這裏，賈母和薛姨媽都笑起來。鳳姐又道：「寶兄弟便立起身來笑道：『虧了跌了這一交，好容易才跌出你的話來了。』」◎1薛姨媽笑道：「這是寶丫頭古怪。這有什麼的，既作了兩口兒，說說笑笑的怕什麼。他沒見他璉二哥和你。」鳳姐兒笑道：「這是怎麼說呢，我饒說笑話給姑媽解悶兒，姑媽反倒拿我打起卦來※1了。」賈母也笑道：「要這麼著才好。夫妻固然要和氣，也得有個分寸兒。我愛寶丫頭就在這尊重上頭。只是我愁著寶玉還是那麼傻頭傻腦的，這麼說起來，比頭裏竟明白多了。你再說說，還有什麼笑話兒沒有？」鳳姐道：「明兒寶玉圓了房，親家太太抱了外孫子，那時侯不更是笑話兒了麼？」賈母笑道：「猴兒，我在這裏同著姨太太想你林妹妹，你來慪個笑兒還罷

註

※1：指打趣、開玩笑。

評點

◎1.閨房調笑卻從鳳姐口中述出，新婚後亦不可無此點綴。（姚燮）

了，怎麼臊起皮來了。你不叫我們想你林妹妹，你不用太高興了，你林妹妹恨你，將來不要獨自一個到園裏去，隄防他拉著你不依。」鳳姐笑道：「他倒不怨我。他臨死咬牙切齒倒恨著寶玉呢。」賈母薛姨媽聽著，還道是頑話兒，也不理會，便道：「你別胡拉扯了。你去叫外頭挑個很好的日子給你寶兄弟圓了房兒罷。」鳳姐去了，擇了吉日，重新擺酒唱戲請親友。這不在話下。

卻說寶玉雖然病好復原，寶釵有時高興翻書觀看，談論起來，寶玉所有眼前常見的尚可記憶，若論靈機，大不似從前活變了，連他自己也不解。寶釵明知是通靈失去，所以如此。倒是襲人時常說他：「你何故把從前的靈機都忘了？那些舊毛病忘了才好，爲什麼你的脾氣還覺照舊，在道理上更糊塗了呢？」寶玉聽了並不生氣，反是嘻嘻的笑。有時寶玉順性胡鬧，多虧寶釵勸說，諸事略覺收斂些。襲人倒可少費些唇舌，惟知悉心伏侍。別的丫頭素仰寶釵貞靜和平，各人心服，無不安靜。只有寶玉到底是愛動不愛靜的，時常要到園裏去逛。賈母等一則怕他招受寒暑，二則恐他睹景傷情，雖黛玉之柩已寄放城外庵中，◎2然而瀟湘館依然人亡屋在，不免勾起舊病來，所以也不使他去。況且親戚姐妹們，薛寶琴已回到薛姨媽那邊去了；史湘雲因史侯回京，也接了家去了，又有了出嫁的日子，所以不大常來，只有寶玉娶親那一日與吃喜酒這天來過兩次，也只在賈母那邊住下，爲著寶玉已經娶過親的人，又想自己就要出嫁的，也不肯如從前的詼諧談笑，就是有時過來，也只和寶釵說話，見了寶玉不過問

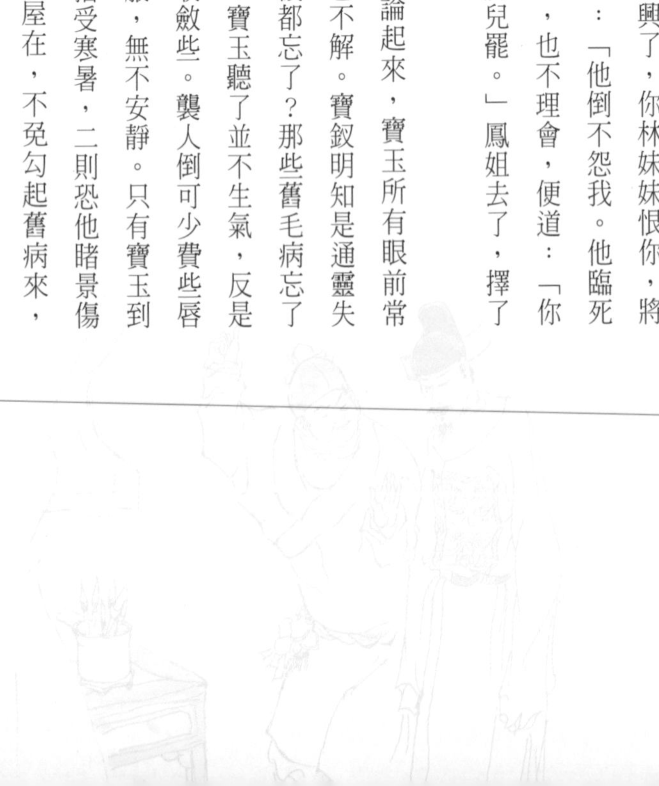

好而已；那邢岫煙卻是因迎春出嫁之後便隨著邢夫人過去；李家姐妹也另住在外，即同著李嬸娘過來，亦不過到太太們與姐妹們處請安問好，即回到李紈那裏略住一兩天就去了：所以園內的只有李紈、探春、惜春了。◎3賈母還要將李紈等挪進來，爲著元妃薨後，家中事情接二連三，也無暇及此。現今天氣一天熱似一天，◎4園裏尚可住得，等到秋天再挪。此是後話，暫且不提。◎5

* * *

且說賈政帶了幾個在京請的幕友，曉行夜宿，一日到了本省，見過上司，即到任拜印受事，便查盤各屬州縣糧米倉庫。賈政向來作京官，只曉得郎中事務都是一景兒的事情，就是外任，原是學差，也無關於吏治上。所以外省州縣折收糧米勒索鄉愚這些弊端，雖也聽見別人講究，卻未嘗身親其事。只有一心作好官，◎6便與幕賓商議出示嚴禁，並諭以一經查出，必定詳參揭報※2。初到之時，果然胥吏畏懼，便百計鑽營，偏遇賈政這般古執。◎7那些家人跟了這位老爺在都中一無出息，好容易盼到主人放了外任，便在京指著在外發財的名頭向人借貸，作衣裳裝體面，心裏想著，到了任，銀錢是容易的了。不想這位老爺呆性發作，認眞要查辦起來，州縣饋送一概不受。◎8門房、簽押等人心裏盤算道：「我們再挨半個月，衣服也要當完了。債又逼起來，那可怎麼樣好呢。眼見得白花花的銀子，只是不能到手。」那些長隨也道：「你

註

※2：呈報上級，揭發弊端，進行彈劾。

評點

◎2.略還下落，耳黛已出大觀之外，寶尚在大觀之中，一心了而未了也。（張新之）
◎3.帶敘姑娘們一一分散之故，使人回首當年，淒然腸斷，從此大觀園內，惟餘淒風冷月而已。（姚燮）
◎4.時節不對，寶釵圓房應在秋冬之間。（陳其泰）
◎5.本回裏歷數大觀園眾姐妹各奔一方的情景，總攬一筆。（哈斯寶）
◎6.面子是美，底子是刺。（張新之）
◎7.「古執」字下得嚴，即硯臺迷之意。……語語悉有映射。（張新之）
◎8.以下專寫家人長隨刁詐險惡情狀。（姚燮）

們爺們到底還沒花什麼本錢來的。我們才冤，花了若干的銀子打了個門子※3，來了一個多月，連半個錢也沒見過。想來跟這個主兒是不能撈本兒的了。明兒我們齊打夥兒告假去。」次日果然聚齊，都來告假。賈政不知就裏，便說：「要來也是你們，要去也是你們。既嫌這裏不好，就都請便。」那些長隨怨聲載道而去。

只剩下些家人，又商議道：「他們可去的去了，我們去不了的，到底想個法兒才好。」內中有一個管門的叫李十兒，便說：「你們這些沒能耐的東西，著什麼忙！我見這長字號兒的在這裏，不犯給他出頭。如今都餓跑了，瞧瞧你十太爺的本領，少不得本主兒依我。只是要你們齊心，打夥兒弄幾個錢回家受用，若不隨我，我也不管了，橫豎拚得過你們。」眾人都說：「好十爺，你還主兒信得過，若你不管，我們實在是死症了。」李十兒道：「不要我出了頭得了銀錢，又說我得了大分兒了。窩兒裏反起來，大家沒意思。」眾人道：「你萬安，沒有的事。就沒有多少，也強似我們腰裏掏錢。」

賈政在江西糧道任上，聽任下人違法亂紀卻毫無辦法。（張羽琳繪）

正說著，只見糧房書辦走來找周二爺。李十兒坐在椅子上，蹺著一隻腿，挺著腰說道：「找他作什麼？」書辦便垂手陪著笑說道：「本官到了一個多月的任，這些州縣太爺見得本官的告示利害，知道不好說話，到了這時侯都沒有開倉。若是過了漕※4，你們太爺們來作什麼的。」李十兒道：「你別混說。老爺是有根蒂的，說到那裏是要辦到那裏。這兩天原要行文催兌，因我說了緩幾天才歇的。你到底找我們周二爺作什麼？」書辦道：「原爲打聽催文的事，沒有別的。」李十兒道：「越發胡說，方才我說催文，你就信嘴胡謅。可別鬼鬼祟祟來講什麼賑，我叫本官打了你，退你。」書辦道：「我在這衙門內已經三代了。外頭也有些體面，家裏還過得，就規規矩矩伺候本官陞了還能夠，不像那些等米下鍋的。」說著，回了一聲：「二太爺，我走了。」李十兒便站起，堆著笑說：「這麼不禁頑，幾句話就臉急了。」書辦道：「不是我臉急，若再說什麼，豈不帶累了二太爺的清名呢。」李十兒過來拉著書辦的手說：「你貴姓啊？」書辦道：「不敢，我姓詹，單名是個『會』字，從小兒也在京裏混了幾年。」李十兒道：「詹先生，我是久聞你的名的。我們弟兄們是一樣的，有什麼話晚上到這裏咱們說一說。」書辦也說：「誰不知道李十太爺是能事的。把我一詐就嚇毛了。」大家笑著走開。那晚便與書辦咕唧了半夜。第二天拿話去探賈政，被賈政痛罵了一頓。

註

※3：找了個門路，得了個差事。

※4：超過了漕運的期限。漕：水路運輸，這裏專指水道運糧。

隔一天拜客，裏頭吩咐伺候，外頭答應了。停了一會子，打點已經三下了，大堂上沒有人接鼓。好容易叫個人來打了鼓。賈政踱出暖閣，站班喝道的衙役只有一個。賈政也不查問，在墀下上了轎，等轎夫又等了好一回，來齊了，抬出衙門，那個炮只響得一聲，吹鼓亭的鼓手只有一個打鼓，一個吹號筒。賈政便也生氣說：「往常還好，怎麼今兒不齊集至此。」抬頭看那執事，卻是攙前落後。勉強拜客回來，便傳誤班的要打。有的說因沒有帽子誤的，有的說是號衣當了誤的，又有的說是三天沒吃飯抬不動。賈政生氣，打了一兩個也就罷了。隔一天，管廚房的上來要錢，賈政帶來銀兩付了。

以後便覺樣樣不如意，比在京的時侯倒不便了好些。無奈，便喚李十兒問道：「我跟來這些人怎樣都變了？你也管管。現在帶來銀兩早使沒有了，藩庫※5俸銀尚早，該打發京裏取去。」李十兒稟道：「奴才那一天不說他們，不知道怎麼樣這些人都是沒精打彩的，叫奴才也沒法兒。老爺說家裏取銀子，取多少？現在打聽節度衙門這幾天有生日，別的府道老爺都上千上萬的送了，我們到底送多少呢？」賈政道：「爲什麼不早說？」李十兒說：「老爺最聖明的。我們新來乍到，又不與別位老爺很來往，誰肯送信。巴不得老爺不去，便好想老爺的美缺。」賈政道：「胡說，我這官是皇上放的，不與節度作生日便叫我不作不成！」◎9李十兒笑著回道：「老爺說的也

✣賈政在道德上幾乎沒有瑕疵，只是為人太過迂腐刻板，無論理家還是為官，又非常庸碌無能。不管是作為嚴父還是清官，他都沒有成功。（張羽琳繪）

不錯。京裏離這裏很遠，凡百的事都是節度奏聞。◎10他說好便好，說不好便吃不住。到得明白，已經遲了。就是老太太、太太們，那個不願意老爺在外頭烈烈轟轟的作官呢？」賈政聽了這話，也自然心裏明白，道：「我正要問你，爲什麼都說起來？」李十兒回說：「奴才本不敢說。老爺既問到這裏，若不說是奴才沒良心，若說了少不得老爺又生氣。」賈政道：「只要說得在理。」李十兒說道：「那些書吏衙役都是花了錢買著糧道的衙門，那個不想發財？俱要養家活口。自從老爺到了任，並沒見爲國家出力，倒先有了口碑載道。」賈政道：「民間有什麼話？」李十兒道：「百姓說，凡有新到任的老爺，告示出得愈利害，愈是想錢的法兒。州縣害怕了，好多多的送銀子。收糧的時候，衙門裏便說新道爺的法令，明是不敢要錢，這一留難叨蹬※6，那些鄉民心裏願意花幾個錢早早了事，所以那些人不說老爺好，反說不諳民情。便是本家大人是老爺最相好的，他不多幾年已巴到極頂的分兒，也只爲識時達務能夠上和下睦罷了。」賈政聽到這話，道：「胡說，我就不識時務嗎？若是上和下睦，叫我與他們貓鼠同眠嗎？」◎11李十兒回說道：「奴才爲著這點忠心兒掩不住，才這麼說。若是老爺就是這樣作去，到了功不成名不就的時候，老爺又說奴才沒良心，有什麼話不告訴老爺了。」賈政道：「依

註

※5：明清時代，各省所設掌管財務等事的承宣布政使司，又稱藩司，故稱藩庫。

※6：故意刁難、折騰。

評點

◎9.賈政是唯一的正人君子和讀書人（除開大觀園中的寶玉、賈蘭等）。他品行端正，爲官「非膏粱輕薄仕宦之流」。……其仕途經濟無助於社會。正人君子、清官忠臣的存在也不能「除弊」、「補天」，個人價值無法實現的悲劇，更是賈府或社會的悲劇。更何況還有寶玉一類人在不斷衝擊著本已不堪一擊的社會。賈政形象正式宣告了男性世界最後希望的破滅，宣告了這個世界的主心骨不再有任何活力。整個封建末世的中樞神經系統全面混亂，家國之肌體全面癱瘓也就在所難免。《紅樓夢》不僅寫了「千紅一窟（哭）」、「萬艷同杯（悲）」的悲劇，也描寫了男性世界的悲劇。它連同女性世界的悲劇構成了人的悲劇，成爲小說展開的社會人生悲劇的核心部分。（方星移）

◎10.你想想看，皇上還靠得住否？（姚燮）

◎11.作者把賈政形象定位爲三點。個人身分是正派的讀書人，家族角色是文字輩的繼承人，社會角色是無所作爲的臣子。由此，作者揭示了賈政的尷尬處境和悲劇性人生。（方星移）

你怎麼作才好？」李十兒道：「也沒有別的，趁著老爺的精神年紀，裏頭的照應，老太太的硬朗，爲顧著自己就是了。不然到不了一年，老爺家裏的錢也都貼補完了，還落了自上至下的人抱怨，都說老爺是作外任的，自然弄了錢藏著受用。倘遇著一兩件爲難的事，誰肯幫著老爺？那時辦也辦不清，悔也悔不及。」賈政道：「據你一說，是叫我作貪官嗎？送了命還不要緊，必定將祖父的功勳抹了才是？」◎12李十兒回稟道：「老爺極聖明的人，沒看見舊年犯事的幾位老爺嗎？這幾位都與老爺相好，老爺常說是個作清官的，如今名在那裏！現有幾位親戚，老爺向來說他們不好的，如今陞的陞、遷的遷。只在要作的好就是了。老爺要知道：民也要顧，官也要顧。若是依著老爺不准州縣得一個大錢，外頭這些差使誰辦。只要老爺外面還是這樣清名聲原好，裏頭的委曲只要奴才辦去，關礙不著老爺的。奴才

✣「守官箴惡奴同破例」，描繪《紅樓夢》第九十九回中的場景。有的時候在官場之上，奴才卻比主子更加主動。清代孫溫繪《全本紅樓夢》圖冊第二十冊之十。（清・孫溫繪）

跟主兒一場，到底也要掏出忠心來。」◎13賈政被李十兒一番言語，說得心無主見道：「我是要保性命的，你們鬧出來不與我相干！」◎14說著，便踱了進去。

李十兒便自己作起威福，鈎連內外一氣的哄著賈政辦事，反覺得事事周到，件件隨心。所以賈政不但不疑，反多相信。便有幾處揭報，上司見賈政古樸忠厚，也不查察。惟是幕友們耳目最長，見得如此，得便用言規諫，無奈賈政不信，也有辭去的，也有與賈政相好在內維持的。於是漕務事畢，尚無隕越※7。◎15

* * *

一日賈政無事，在書房中看書。簽押上※8呈進一封書子，外面官封上開著：「鎭守海門等處總制公文一角，飛遞江西糧道衙門。」賈政拆封看時只見上寫道：

金陵契好，桑梓※9情深。昨歲供職來都，竊喜常依座右。仰蒙雅愛，許結朱陳※10，至今佩德勿諼。祇因調任海疆，未敢造次奉求，衷懷歉仄，自嘆無緣。今幸棨戟遙臨，快慰平生之願。正申燕賀※11，先蒙翰教，邊帳光生，武夫額手。雖隔重洋，尚叨樾蔭※12。想蒙不棄卑寒，希望蔦蘿之附。小兒已承青

註

※7：顚墜。這裏比喻失敗、丟官。
※8：指掌管收發、處理公文的部門。
※9：兩種樹名。因多種宅旁，故常用以代指家鄉。
※10：代指聯姻。朱陳：村名，在江蘇省豐縣。據說村中朱、陳兩姓世代通婚。
※11：本爲慶賀新屋落成之詞。此用來祝賀官位的升遷。
※12：代指別人的庇護。樾：樹蔭。

評點

◎12.賈政爲眞政府之官員。眞政府官員中，賈雨村爲主，賈政爲副。賈雨村代表官僚之腐敗，賈政則代表官僚之無能。只能誤事，不能治國。其二人代表朝廷之官場現形。其他官僚也多爲一丘之貉。（袁維冠）
◎13.自曰「掏出心來」，豈知其心橫者掏不出。（劉履芬）
◎14.在寶玉周圍生活著兩種追求「仕途經濟」的讀書人。一種是以賈雨村爲代表的仕途通達、利慾薰心的無行文人，一種是以賈政爲代表的忠心耿耿而又碌碌無爲的文人。……賈政代表了「無爲」文人的「仕途經濟」，他們以品行的端正保持著不與前者同流合污的操守，卻發現自己不合時宜，只能退守清靜無爲之地。（方星移）
◎15.寫李十兒設法慫恿情事，描畫長隨家人串通書役播弄主人伎倆，明透如鏡。凡作官者，安得不墮其術中？（王希廉）

盼，淑媛素仰芳儀。如蒙踐諾，即遣冰人※[13]。途路雖遙，一水可通。不敢云百輛之迎，敬備仙舟以俟。茲修寸幅，恭賀陞祺，並求金允。臨穎※[14]不勝待命之至。

世弟周瓊頓首。◎[16]

賈政看了，心想：「兒女姻緣果然有一定的。◎[17]舊年因見他就了京職，又是同鄉的人，素來相好，又見那孩子長得好，在席間原提起這件事。因未說定，也沒有與他們說起。後來他調了海疆，大家也不說了。不料我今陞任至此，他寫書來問。我看起門戶卻也相當，與探春倒也相配。但是我並未帶家眷，只可寫字與他商議。」正在躊躇，只見門上傳進一角文書，是議取到省會議事件。賈政只得收拾上省，候節度派委。

*　　*　　*

一日在公館閑坐，見桌上堆著一堆字紙，賈政一一看去，見刑部一本：「為報明事，會看得金陵籍行商薛蟠——」賈政便吃驚道：「了不得，已經提本了！」隨用心看下去，是「薛蟠毆傷張三身死，串囑屍證捏供誤殺一案。」賈政一拍桌道：「完了！」只得又看，底下是：

✣ 凜然不可侵犯的探春姻緣於此帶出。（崔君沛繪）

據京營節度使咨※15稱：緣薛蟠籍隸金陵，行過太平縣，在李家店歇宿，與店內當槽之張三素不相認，於某年月日薛蟠令店主備酒邀請太平縣民吳良同飲，令當槽張三取酒。因酒不甘，薛蟠令換好酒。張三因稱酒已沽定難換。薛蟠因伊倔強，將酒照臉潑去，不期去勢甚猛，恰值張三低頭拾箸，一時失手，將酒碗擲在張三囟門，皮破血出，逾時殞命，李店主趨救不及，隨向張三之母告知。伊母張王氏往看，見已身死，隨喊稟地保赴縣呈報。前署縣詣驗，仵作將骨破一寸三分及腰眼一傷，漏報填格，詳府審轉。看得薛蟠實係潑酒失手，擲碗誤傷張三身死，將薛蟠照過失殺人，准鬥殺罪收贖等因前來。臣等細閱各犯證屍親前後供詞不符，且查《鬥殺律》注云：「相爭為鬥，相打為毆。必實無爭鬥情形，邂逅身死，方可以過失殺定擬。」應令該節度審明實情，妥擬具題。今據該節度疏稱：薛蟠因張三不肯換酒，醉後拉著張三右手，先毆腰眼一拳。張三被毆回罵，薛蟠將碗擲出，致傷囟門深重，骨碎腦破，立時殞命。是張三之死實由薛蟠以酒碗砸傷深重致死，自應以薛蟠擬抵，將薛蟠依《鬥殺律》擬絞監候※16，吳良擬以杖徒※17。承審不實之府州縣應請……

註

※13：即媒人。
※14：當執筆寫信的時候。穎：筆尖。
※15：諮文，舊時用於同級機關的公文。
※16：清代刑律，擬成死罪但不立即處決，暫時監禁等候秋審叫監候。
※17：仗、徒皆為五刑之一。用木棍、竹板或荊條拷打犯人。徒：強制犯人服一定時間的勞役。

評點

◎16.三姑娘親事於此逗出。（姚燮）
◎17.天定勝人，人定亦勝天，看主見如何耳。（張新之）

✣ 賈政看到有關薛蟠誤殺人命的邸報，怕自己受到牽連，因此擔驚受怕。（張羽琳繪）

以下注著「此稿未完」。賈政因薛姨媽之托曾托過知縣，若請旨革審起來，牽連著自己，好不放心。即將下一本開看，偏又不是。只好翻來覆去將報看完，終沒有接這一本的。心中狐疑不定，更加害怕起來。◎18

正在納悶，只見李十兒進來：「請老爺到官廳伺候去，大人衙門已經打了二鼓了。」賈政只是發怔，沒有聽見。李十兒又請了一遍。賈政道：「這便怎麼處？」李十兒道：「老爺有什麼心事？」賈政將看報之事說了一遍。李十兒道：「老爺放心。若是部裏這麼辦了，還算便宜薛大爺呢。奴才在京的時侯聽見，薛大爺在店裏叫了好些媳婦，都喝醉了生事，直把個當槽兒的活活打死的。奴才聽見不但是托了知縣，還求璉二爺去花了好些錢各衙門打通了才提的。不知道怎麼部裏沒有弄明白。如今就是鬧破了，也是官官相護的，不過認個承審不實革職處分罷，那裏還肯認得銀子聽情呢。老爺不用想，等奴才再打聽罷。不要誤了上司的事。」賈政道：「你們那裏知道，只可惜那知縣聽了一個情，把這個官都丟了，還不知道有罪沒有呢。」李十兒道：「如今想他也無益，外頭伺候著好半天了，請老爺就去罷。」賈政不知節度傳辦何事，且聽下回分解。◎19

評點

◎18.賈政身任監司，不諳吏治，任憑李十兒搬弄，其邸抄皆未寓目，僅於官廳候傳翻閱廢紙，始睹薛蟠翻案塘抄，其惶遽之狀，歷歷如繪，尤爲可哂。（徐鳳儀）

◎19.此書已結，但留一寶玉，爲後文廿餘回地步，以暢演家敗人亡之驗。（張新之）

第一百回

破好事香菱結深恨　悲遠嫁寶玉感離情

話說賈政去見了節度，進去了半日不見出來，外頭議論不一。李十兒在外也打聽不出什麼事來，便想到報上的饑荒，實在也著急，好容易聽見賈政出來，便迎上來跟著，等不得回去，在無人處便問：「老爺進去這半天，有什麼要緊的事？」賈政笑道：「並沒有事。只爲鎮海總制是這位大人的親戚，有書來囑托照應我，所以說了些好話。又說我們如今也是親戚了。」李十兒聽得，心內喜歡，不免又壯了些膽子，便竭力縱恿賈政許這親事。賈政心想薛蟠的事到底有什麼掛礙，在外頭信息不早，難以打點，故回到本任來便打發家人進京打聽，順便將總制求親之事回明賈母，如若願意，即將三姑娘接到任所。家人奉命趕到京中，回明了王夫人，便在吏部打聽得賈政並無處分，惟將署太平縣的這位老爺革職。即寫了稟帖安慰了賈政，然後住著等信。

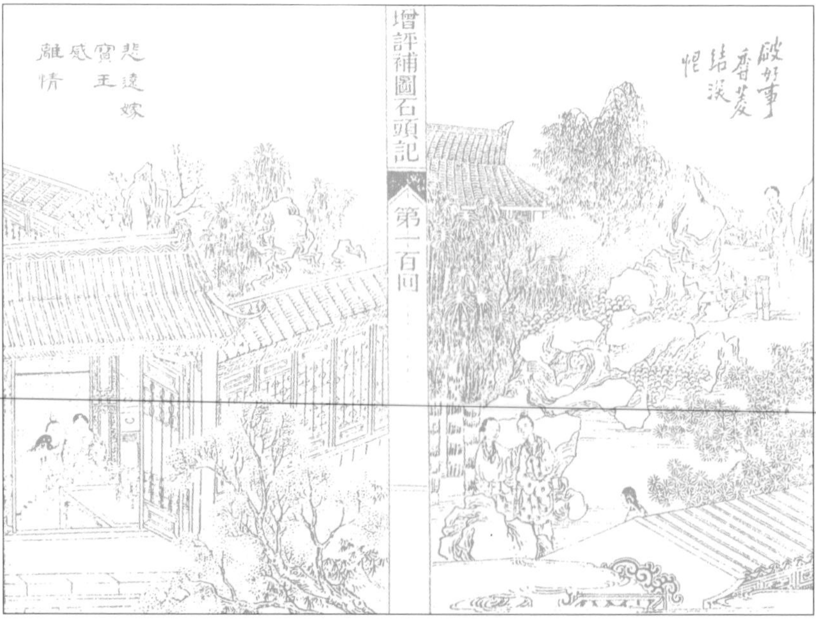

✣《增評補圖石頭記》第一百回繪畫。（fotoe提供）

＊　　＊　　＊

且說薛姨媽爲著薛蟠這件人命官司，各衙門內不知花了多少銀錢，才定了誤殺具題。原打諒將當舖折變給人，備銀贖罪。不想刑部駁審，又托人花了好些錢，總不中用，依舊定了個死罪，監著守候秋天大審。薛姨媽又氣又疼，日夜啼哭。寶釵雖時常過來勸解，說是：「哥哥本來沒造化，承受了祖父這些家業，就該安安頓頓的守著過日子。在南邊已經鬧的不像樣，便是香菱那件事情就了不得，因爲仗著親戚們的勢力，花了些銀錢，這算白打死了一個公子。哥哥就該改過作起正經人來，也該奉養母親才是，不想進了京仍是這樣。媽媽爲他不知受了多少氣，哭掉了多少眼淚。給他娶了親，原想大家安安逸逸的過日子，不想命該如此，偏偏娶的嫂子又是一個不安靜的，所以哥哥躲出門的。眞正俗語說的『冤家路兒狹』，不多幾天就鬧出人命來了。媽媽和二哥哥也算不得不盡心的了，花了銀錢不算，自己還求三拜四的謀幹。無奈命裏應該，也算自作自受。大凡養兒女是爲著老來有靠，便是小戶人家還要掙一碗飯養活母親，那裏有將現成的鬧光了反害的老人家哭的死去活來的？不是我說，哥哥的這樣行爲，不是兒子，竟是個冤家對頭。媽媽再不明白，明哭到夜，夜哭到明，又受嫂子的氣。我呢，又不能常在這裏勸解，我看見媽媽這樣，那裏放得下心。他雖說是傻，也不肯叫我回去。前兒老爺打發人回來說，看見京報唬的了不得，所以才叫人來打點的。我想哥哥鬧了事，擔心的人也不少。幸虧我還是在跟前的一樣，若是離鄉調遠聽見了這個信，只怕我想媽媽也就想殺了。我求媽媽暫且養養神，趁哥哥的活口現在，問問各處的賬目。人家該咱們的，咱們該人家的，亦該請個舊伙計來算一算，看看還有幾個錢沒有。」

薛姨媽哭著說道：「這幾天爲鬧你哥哥的事，你來了，不是你勸我，便是我告訴你衙門的事。你還不知道，京裏的官商名字已經退了，兩個當舖已經給了人家，銀子早拿來使完了。還有一個當舖，管事的逃了，虧空了好幾千兩銀子，也夾在裏頭打官司。你二哥哥天天在外頭要賬，料著京裏的賬已經去了幾萬銀子，只好拿南邊公分裏銀子並住房折變才夠。前兩天還聽見一個荒信[※1]，說是南邊的公當舖也因爲折了本兒收了。若是這麼著，你娘的命可就活不成的了。」說著，又大哭起來。寶釵也哭著勸道：「銀錢的事，媽媽操心也不中用，還有二哥哥給我們料理。單可恨這些伙計們，見咱們的勢頭兒敗了，各自奔各自的去也罷了，我還聽見說幫著人家來擠我們的訛頭。可見我哥哥活了這麼大，交的人總不過是些個酒肉弟兄，急難中是一個沒有的。媽媽若是疼我，聽我的話，有年紀的人，自己保重些。媽媽這一輩子，想來還不致挨凍受餓。家裏這點子衣裳傢伙，只好聽憑嫂子去，那是沒法兒的了。所有的家人婆子，瞧他們也沒心在這裏，[◎1]該去的叫他們去。就可憐香菱苦了一輩子，只好跟著媽媽過去。實在短什麼，我要是有的，還可以拿些過來，料我們那個也沒有不依的。就是襲姑娘也是心術正道的，他聽見我哥哥的事，他倒提起媽媽來就哭。我們那一個還

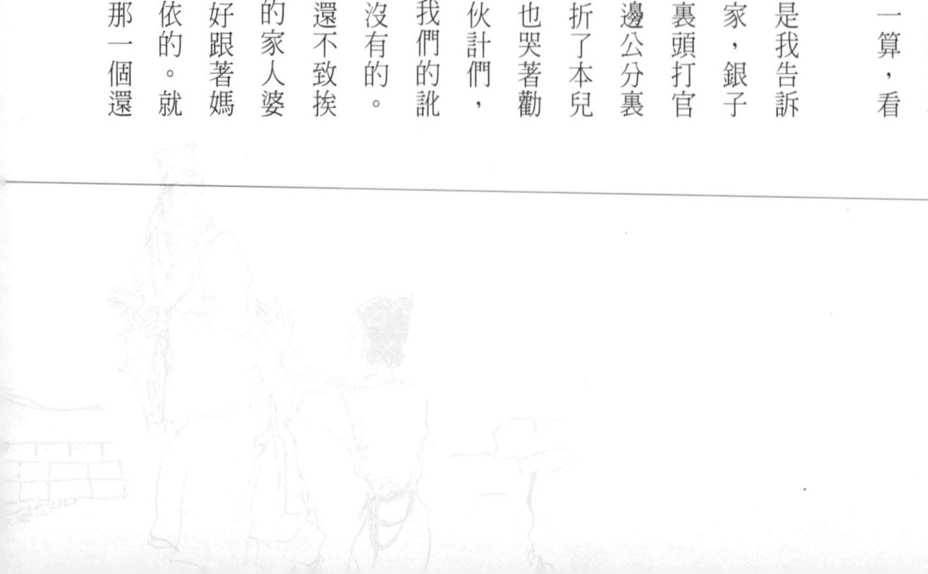

道是沒事的，所以不大著急，若聽見了也是要唬個半死兒的。」薛姨媽不等說完，便說：「好姑娘，你可別告訴他。他為一個林姑娘幾乎沒要了命，如今才好了些。要是他急出個原故來，不但你添一層煩惱，我越發沒了依靠了。」◎2寶釵道：「我也是這麼想，所以總沒告訴他。」

正說著，只聽見金桂跑來外間屋裏哭喊道：「我的命是不要的了！男人呢，已經是沒有活的分兒了。咱們如今索性鬧一鬧，大伙兒到法場上去拚一拚。」說著，便將頭往隔斷板上亂撞，撞的披頭散髮。氣的薛姨媽白瞪著兩隻眼，一句話也說不出來。還虧得寶釵嫂子長、嫂子短，好一句、歹一句的勸他。金桂道：「姑奶奶，如今你是比不得頭裏的了。你兩口兒好好的過日子，我是個單身人兒，要臉作什麼！」說著，便要跑到街上回娘家去，虧得人還多，扯住了，又勸了半天方住。把個寶琴唬的再不敢見他。若是薛蝌在家，他便抹粉施脂，描眉畫鬢，奇情異致的打扮收拾起來，◎3不時打從薛蝌住房前過，或故意咳嗽一聲，或明知薛蝌在屋，特問房裏何人。有時遇見薛蝌，他便妖妖喬喬、嬌嬌痴痴的問寒問熱，忽喜忽嗔。丫頭們看見，都趕忙躲開。他自己也不覺得，只是一意一心要弄得薛蝌感情時，好行寶蟾之計。那薛蝌卻只躲著；有時遇見，也不敢不周旋一二，只怕他撒潑放刁的意思。更加金桂一則為

註

※1：不確定的信息。

評點

◎1.「樹倒猢猻散」，豈獨薛氏為然？（姚燮）
◎2.從薛蟠歸到林姑娘，冤有頭債有主。（張新之）
◎3.入題如草蛇灰線，接「縱淫心」回，絕不另起爐灶。（張新之）

色迷心，越瞧越愛，越想越幻，那裏還看得出薛蝌的眞假來。只有一宗，他見薛蝌有什麼東西都是托香菱收著，衣服縫洗也是香菱，兩個人偶然說話，他來了，急忙散開，一發動了一個醋字。欲待發作薛蝌，卻是捨不得，只得將一腔隱恨都擱在香菱身上。卻又恐怕鬧了香菱得罪了薛蝌，倒弄得隱忍不發。◎4

一日，寶蟾走來笑嘻嘻的向金桂道：「奶奶看見了二爺沒有？」金桂道：「沒有。」寶蟾笑道：「我說二爺的那種假正經是信不得的。咱們前日送了酒去，他說不會喝；剛才我見他到太太那屋裏去，那臉上紅撲撲兒的一臉酒氣。奶奶不信，回來只在咱們院門口等他，他打那邊過來時奶奶叫住他問問，看他說什麼。」金桂聽了，一心的怒氣，便道：「他那裏就出來了呢。他既無情義，問他作什麼！」寶蟾道：「奶奶又迂了。他好說，咱們也好說；他不好說，咱們再另打主意。」金桂聽著有理，因叫寶蟾瞧著他，看他出去了。寶蟾答應著出來。金桂卻去打開鏡奩，又照了一照，把嘴唇兒又抹了一抹，然後拿一條酒花絹子，才要出來，又似忘了什麼的，心裏倒不知怎麼是好了。只聽寶蟾外面說道：「二爺今日高興呀，那裏喝了酒來了？」金桂聽了，明知是叫他出來的意思，連忙掀起簾子出來。◎5只見薛蝌和寶蟾說道：「今日是張大爺的好日子，所以被他們強不過吃了半鍾，到這時候臉還發燒呢。」一句話沒說完，金桂早接口道：「自然人家外人的酒比咱們自己家裏的酒是有趣兒的。」薛蝌被

✣ 香菱。自小被拐賣，對童年失去了記憶，面對薛蟠，她不知自己從何而來，更無力把握未來。（《紅樓夢煙標精華》杜春耕編著，北京圖書館出版社提供）

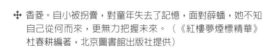

他拿話一激，臉越紅了，連忙走過來陪笑道：「嫂子說那裏的話！」寶蟾見他二人交談，便躲到屋裏去了。

這金桂初時原要假意發作薛蝌兩句，無奈一見他兩頰微紅，雙眸帶澀，別有一種謹愿可憐之意，早把自己那驕悍之氣感化到爪洼國去了，因笑說道：「這麼說，你的酒是硬強著才肯喝的呢。」薛蝌道：「我那裏喝得來。」金桂道：「不喝也好，強如像你哥哥喝出亂子來，明兒娶了你們奶奶兒，像我這樣守活寡受孤單呢！」◎6說到這裏，兩個眼已經乜斜了，兩腮上也覺紅暈了。薛蝌見這話越發邪僻了，打算著要走。金桂也看出來了，那裏容得，早已走過來一把拉住。薛蝌急了道：「嫂子放尊重些。」說著渾身亂顫。金桂索性老著臉道：「你只管進來，我和你說一句要緊的話。」正鬧著，忽聽背後一個人叫道：「奶奶，香菱來了。」把金桂唬了一跳，回頭瞧時，卻是寶蟾掀著簾子看他二人的光景，一抬頭見香菱從那邊來了，趕忙知會金桂。金桂這一驚不小，手已鬆了。薛蝌得便脫身跑了。那香菱正走著，原不理會，忽聽寶蟾一嚷，才瞧見金桂在那裏拉住薛蝌往裏死拽。香菱卻唬的心頭亂跳，自己連忙轉身回去。這裏金桂早已連嚇帶氣，呆呆的瞅著薛蝌去了。怔了半天，恨了一聲，自己掃興歸房，從此把香菱恨入骨髓。◎7那香菱本是要到寶琴那裏，剛走出腰門※2，看見這般，嚇回去了。

註

※2：沿著牆所開之便門。

評點

◎4.是文章到極緊處，轉放寬一法。（劉履芬）
◎5.一個暗招，一個明接。（姚燮）
◎6.說得十二分不堪，恨不以武松之掌摑之。（姚燮）
◎7.破好事，爲後文張本；悲遠嫁，了上文未完。敘金桂之淫，如見淫婦；敘寶釵之忍，如見忍人。文人之筆，何所不可。（陳其泰）

是日，寶釵在賈母屋裏聽得王夫人告訴老太太要聘探春一事。賈母說道：「既是同鄉的人，很好。只是聽見那孩子到過我們家裏，怎麼你老爺沒有提起？」王夫人道：「連我們也不知道。」賈母道：「好便好，但是道兒太遠。雖然老爺在那裏，倘或將來老爺調任，可不是我們孩子太單了嗎？」王夫人道：「兩家都是作官的，也是拿不定。或者那邊還調進來；即不然，終有個葉落歸根。況且老爺既在那裏作官，上司已經說了，好意思不給麼？想來老爺的主意定了，只是不敢作主，故遣人來回老太太的。」賈母道：「你們願意更好。只是三丫頭這一去了，不知三年兩年那邊可能回家？若再遲了，恐怕我趕不上再見他一面了。」說著，掉下淚來。王夫人道：「孩子們大了，少不得總要給人家的。就是本鄉本土的人，除非不作官還使得，若是作官的，誰保得住總在一處。只要孩子們有造化就好。譬如迎姑娘倒配得近呢，偏是時常聽見他被女婿打鬧，甚至不給飯吃。就是我們送了東西去，他也摸不著。近來聽見益發不好了，也不放他回來。兩口子拌起來就說咱們使了他家的銀錢。可憐這孩子總不得個出頭的日子。前兒我惦記他，打發人去瞧他，迎丫

✣ 金桂色迷心竅，趁機對薛蝌獻殷勤。
（張羽琳繪）

頭藏在耳房裏不肯出來。老婆子們必要進去，看見我們姑娘這樣冷天還穿著幾件舊衣裳。他一包眼淚的告訴婆子們說：『回去別說我這麼苦，這也是命裏所招，也不用送什麼衣服東西來，不但摸不著，反要添一頓打。說是我告訴的。』◎8老太太想想，這倒是近處眼見的，若不好更難受。倒虧了大太太也不理會他，大老爺也不出個頭！如今迎姑娘實在比我們三等使喚的丫頭還不如。我想探丫頭雖不是我養的，老爺既看見過女婿，定然是好才許的。只請老太太示下，擇個好日子，多派幾個人送到他老爺任上。該怎麼著，老爺也不肯將就。」賈母道：「有他老子作主，你就料理妥當，揀個長行的日子送去，也就定了一件事。」王夫人答應著「是」。寶釵聽得明白，也不敢則聲，只是心裏叫苦：「我們家裏姑娘們就算他是個尖兒，如今又要遠嫁，眼看著這裏的人一天少似一天了。」見王夫人起身告辭出去，他也送了出來，一逕回到自己房中，並不與寶玉說話。見襲人獨自一個作活，便將聽見的話說了。襲人也很不受用。

卻說趙姨娘聽見探春這事，反歡喜起來，心裏說道：「我這個丫頭在家忒瞧不起我，我何從還是個娘，比他的丫頭還不濟。況且洑上水護著別人。他擋在頭裏，連環兒也不得出頭。如今老爺接了去，我倒乾淨。想要他孝敬我，不能夠了。只願意他像迎丫頭似的，我也稱稱願。」一面想著，一面跑到探春那邊與他道喜說：「姑娘，你是要高飛的人了，到了姑爺那邊自然比家裏還好，想來你也是願意的。便是養了你一場，並沒有借你的光兒。就是我有七分不好，也有三分的好，總不要一去了把我擱在

評點

◎8.因探春親事，於王夫人口中述及迎春苦況，是趁勢補筆法，且爲迎春將死根由。（王希廉）

腦杓子後頭。」◎9探春聽著毫無道理，只低頭作活，一句也不言語。趙姨娘見他不理，氣忿忿的自己去了。

這裏探春又氣又笑，又傷心，也不過自己掉淚而已。坐了一回，悶悶的走到寶玉這邊來。寶玉因問道：「三妹妹，我聽見林妹妹死的時候你在那裏來著。我還聽見說，林妹妹死的時候遠遠的有音樂之聲。或者他是有來歷的也未可知。」探春笑道：「那是你心裏想著罷了。只是那夜卻怪，不似人家鼓樂之音，你的話或者也是。」寶玉聽了，更以爲實。又想前日自己神魂飄蕩之時，曾見一人，說是黛玉生不同人，死不同鬼，必是那裏的仙子臨凡。忽又想起那年唱戲作的嫦娥，飄飄艷艷，何等風致。過了一回，探春去了。因必要紫鵑過來，立即回了賈母去叫他。無奈紫鵑心裏不願意，雖經賈母王夫人派了過來，也就沒法，只是在寶玉跟前，不是噯聲，就是嘆氣的。寶玉背地裏拉著他，低聲下氣要問黛玉的話，紫鵑從沒好話回答。寶釵倒背底裏誇他有忠心，並不嗔怪他。那雪雁雖是寶玉娶親這夜出過力的，寶釵見他心地不甚明白，便回了賈母王夫人，將他配了一個小廝，各自過活去了。◎10王奶媽養著他，將來好送黛玉的靈柩回南。鸚哥等小丫頭仍伏侍了老太太。

✣ 紫鵑。大觀園中情義最深重的丫鬟之一。（《紅樓夢煙標精華》杜春耕編著，北京圖書館出版社提供）

寶玉聽寶釵和襲人談論探春出嫁之事，悲從中來，深感姐妹星散，人生無趣。（張羽琳繪）

寶玉本想念黛玉，因此及彼，又想跟黛玉的人已經雲散，更加納悶。悶到無可如何，忽又想起黛玉死得這樣清楚，必是離凡返仙去了，反又喜歡。

忽然聽見襲人和寶釵那裏講究探春出嫁之事，寶玉聽了，啊呀的一聲，哭倒在炕上。唬的寶釵襲人都來扶起說：「怎麼了？」寶玉早哭的說不出來，定了一回子神，說道：「這日子過不得了！我姐妹們都一個一個的散了！◎11林妹妹是成了仙去了。大姐姐呢已經死了，這也罷了，沒天天在一塊。二姐姐呢，碰著了一個混賬不堪的東西。三妹妹又要遠嫁，總不得見的了。史妹妹又不知要到那裏去。薛妹妹是有了人家的。這些姐姐妹妹，難道一個都不留在家裏，單留我作什麼！」◎12

評點

◎9.於政、王、邢、赦外，又跳出一個怪物。（張新之）
◎10.鵑啼血演木石之破，故不配人，雁得匹演木石之成，故必配人。（張新之）
◎11.從寶玉口中總敘一遍，是文章提挈處。（姚燮）
◎12.寶哥已回頭近岸矣。（姚燮）

襲人忙又拿話解勸。寶釵擺著手說：「你不用勸他，讓我來問他。」因問著寶玉道：「據你的心裏，要這些姐妹都在家裏陪到你老了，都不要爲終身的事嗎？◎13若說別人，或者還有別的想頭。你自己的姐姐妹妹，不用說沒有遠嫁的；就是有，老爺作主，你有什麼法兒！打諒天下獨是你一個人愛姐姐妹妹呢，若是都像你，就連我也不能陪你了。大凡人念書，原爲的是明理，怎麼你益發糊塗了。這麼說起來，我同襲姑娘各自一邊兒去，讓你把姐姐妹妹們都邀了來守著你。」寶玉聽了，兩隻手拉住寶釵、襲人道：「我也知道。爲什麼散的這麼早呢？等我化了灰的時候再散也不遲。」襲人掩著他的嘴道：「又胡說。才這兩天身上好些，二奶奶才吃些飯。若是你又鬧翻了，我也不管了。」寶玉慢慢的聽他兩個人說話都有道

理，只是心上不知道怎麼才好，◎14只得強說道：「我卻明白，但只是心裏鬧的慌。」◎15寶釵也不理他，暗叫襲人快把定心丸給他吃了，慢慢的開導他。襲人便欲告訴探春說臨行不必來辭。寶釵道：「這怕什麼。等消停幾日，待他心裏明白，還要叫他們多說句話兒呢。況且三姑娘是極明白的人，不像那些假惺惺的人，少不得有一番箴諫※3。他以後便不是這樣了。」◎16正說著，賈母那邊打發過鴛鴦來說，知道寶玉舊病又發，叫襲人勸說安慰，叫他不要胡思亂想。」襲人等應了。鴛鴦坐了一會子去了。那賈母又想起探春遠行，雖不備妝奩，其一應動用之物俱該預備，便把鳳姐叫來，將老爺的主意告訴了一遍，即叫他料理去。鳳姐答應，不知怎麼辦理，下回分解。

註

※3：規戒勸諫。

✣「悲遠嫁寶玉感離情」，描繪《紅樓夢》第一百回中的場景。賈府諸姐妹中，寶玉最合得來的就是探春。清代孫溫繪《全本紅樓夢》圖冊第二十一冊之三。（清・孫溫繪）

評點

◎13.其實寶兄弟不過求其常常熱鬧而已。（姚燮）
◎14.是喜聚不喜散，別無他意。（姚燮）
◎15.原是你心裏自鬧。（姚燮）
◎16.襲人要探春不必辭行，寶釵要探春好為箴諫，兩人不同，其憐愛寶玉則一，然畢竟寶釵所見高出一層。（王希廉）

參考書目

一、 原典

1.《紅樓夢》，曹雪芹、高鶚著，北京：人民文學出版社，1982年新校本，中國藝術研究院紅樓夢研究所校注。其底本爲：前八十回採用庚辰本，後四十回採用程甲本。

2.《革新版彩畫本紅樓夢校注》，臺灣：里仁書局，實爲與人民文學版對應的繁體本。

▲備註：

本書以庚辰本、程甲本爲底本，凡底本可通之處，一般沿用，個別地方從他本擇優採用；明顯的錯誤則參照他本訂正，不出校記。

二、 注釋

1.《紅樓夢》，曹雪芹、高鶚著，北京：人民文學出版社，1982年新校本，中國藝術研究院紅樓夢研究所校注。

2.《紅樓夢鑑賞辭典》，孫遜主編，北京：漢語大詞典出版社，2005年5月。

三、 評點

1.《脂硯齋重評石頭記》，曹雪芹著，瀋陽：瀋陽出版社，2006年1月。

2.《脂硯齋全評石頭記》，曹雪芹著，霍國玲、柴軍校勘，上海：東方出版社。

3.《紅樓夢脂評輯校》，鄭紅楓、鄭慶山輯校，北京：北京圖書館出版社。

4.《紅樓夢資料彙編》，朱一玄編，南京：南京大學出版社。

5.《紅樓夢批語偏全》，〔美〕蒲安迪編釋，北京：北京大學出版社。

6.《瓜飯樓重校評批紅樓夢》，馮其庸主編，瀋陽：遼寧人民出版社，2005年1月。

7.《紅樓夢：百家匯評本》，曹雪芹著，陳文新、王煒輯評，武漢：長江文藝出版社。

8.《紅樓男性》，任明華編著，北京：中華書局，2006年2月。

9.《紅樓女性》（上、下），何紅梅編著，北京：中華書局，2006年2月。

10.《紅樓夢奧秘解讀》，馬瑞芳、左振坤主編，吉林文史出版社，2004年5月。

特別感謝本書內頁圖片授權人及單位（以首字筆劃排列順序）

1.王勘授權使用北京西山黃葉村曹雪芹紀念館內所拍攝共5張照片。

2.北方崑曲劇院（北京）授權使用《西廂記》、《琵琶記》、《牡丹亭》劇照共10張。

3.北京圖書館出版社授權使用杜春耕所編著《紅樓夢煙標精華》內頁圖片共128張。

⊙杜春耕，高級工程師。1964年南開大學物理系畢業。畢業後一直從事大型光學精密儀器的光學設計工作，設計成果獲得首屆科學大會獎及多次部委的獎勵。1994年起從事《紅樓夢》的成書過程及早期抄本及刻印本的版本研究，在報刊上發表有關論文五十餘篇。現任中國紅樓夢學會常務理事，農工民主黨紅樓夢研究小組組長等職。

⊙《紅樓夢煙標精華》，彙集民國年間流傳於上海等地的有關《紅樓夢》人物故事的煙標及香煙廣告共十餘套、三百餘幅，極富收藏及藝術鑑賞價值，更是研究民國時期社會經濟、商業文化、民俗時尚，特別是「紅樓文化」在當時發展情況的珍貴史料。

4.朱士芳授權使用內頁繪圖共130張。

⊙朱士芳，男，生於70年代，山東德州人，現居於北京。從事兒童繪本創作和中國傳統繪畫藝術的研究，曾與中華書局、上海少年兒童出版社、大雅文化、華東師範大學出版社、唐碼書業等多家出版機構合作。出版作品有：《道德經》、《論語》、《易經》、《中國古代四大名劇》等。

5.朱寶榮授權使用內頁繪圖共80張。

⊙朱寶榮，從小酷愛美術，因家庭情況無緣於高等學府深造，引爲憾事，2004年與兩位志趣相投的好友組成心境插畫工作室至今，能夠從事自己喜愛的工作，覺得是一件很幸福的事！對《紅樓夢》一直有很多感觸，參與此書插畫創作，眞的是很幸運的事。

6.財團法人雲門舞集文教基金會授權使用「紅樓夢」之舞作照片共2張。

7.國立國光劇團授權使用，林榮錄攝影，《劉姥姥》、《王熙鳳大鬧寧國府》劇照共7張。

8.崔君沛授權使用《崔君沛紅樓夢人物冊》內頁圖片共20張。

⊙崔君沛，1950年生於上海，廣東番禺人。畢業於上海大學美術學院和交通大學文藝系油畫班。上海人民美術出版社專職畫家，中國美術家協會上海分會會員，上海老城廂書畫會副會長。出版過個人畫集。作品連環畫《李自成．清兵入塞》曾獲全國美展二等獎。曾在上海、香港、澳門、臺灣等處舉辦過個人畫展和聯展。個人傳略已編入《國際現代書畫篆刻家大辭典》並獲世界銅獎藝術家稱號。

9.張羽琳授權使用內頁繪圖共90張。

⊙張羽琳，女，27歲，北京人。插圖畫家，在繪畫過程中深知創新的重要性與艱難，所以堅持獨立思考和創新。曾經合作：北大出版社、福瑞來文化交流有限公司、博士達力文化公司、漫客動漫遊有限公司，參與創作：《懸疑小說》、《新世紀童話》、《曾國藩》、《封神演義》等，雪亮眼鏡T恤圖案設計大賽優秀獎、火神網青銅展廳。

10.趙塑授權使用北京大觀園內所拍攝共22張照片。

11.臺灣郵政股份有限公司授權使用「中國古典小說郵票－紅樓夢」樣票1套。

12.廣州集成圖像有限公司「FOTOE」授權使用部分內頁圖片。

國家圖書館出版品預行編目資料

紅樓夢(五)——黛玉魂歸／高鶚原著；
侯桂新編撰-
-初版.—臺中市:好讀,2007[民96]
面：　公分，——（圖說經典：05）
ISBN 978-986-178-037-5（平裝）

857.49　　95025265

好讀出版

圖說經典 05

紅樓夢(五)
【黛玉魂歸】

原　　著／高　鶚
編　　撰／侯桂新
總 編 輯／鄧茵茵
責任編輯／朱慧蒨
執行編輯／林碧瑩、陳詩恬、莊銘桓
美術編輯／陳麗蕙
封面設計／永真急制Workshop
發 行 所／好讀出版有限公司
台中市 407 西屯區工業 30 路 1 號
台中市 407 西屯區大有街 13 號（編輯部）
TEL：04-23157795 FAX：04-23144188
http://howdo.morningstar.com.tw
（如對本書編輯或內容有意見，請來電或上網告訴我們）
法律顧問 陳思成律師

填寫線上讀者回函
獲得更多好讀資訊

總經銷／知己圖書股份有限公司
106 台北市大安區辛亥路一段 30 號 9 樓
TEL：02-23672044　23672047 FAX：02-23635741
407 台中市西屯區工業 30 路 1 號 1 樓
TEL：04-23595819 FAX：04-23595493
E-mail：service@morningstar.com.tw
網路書店 http://www.morningstar.com.tw
讀者專線：04-23595819 # 230
郵政劃撥：15060393（知己圖書股份有限公司）
印刷／上好印刷股份有限公司

初　　版／西元2007年7月15日
初版六刷／西元2022年8月05日
定　　價／299元
如有破損或裝訂錯誤，請寄回知己圖書更換

Published by How Do Publishing Co., Ltd.
2022 Printed in Taiwan
ISBN 978-986-178-037-5